Christine von Raussendorff

Einmal Kreuzberg - Neuruppin

So war´s in den Dreißigern
Kindheit in Berlin unter den Nazis

Gestaltung und Satz: Julia Liebscher
Herstellung: Books on Demand GmbH

ISBN 3-8311-3153-8

Der Bezirksbürgermeister
von Berlin-Kreuzberg

Vorwort zu „Einmal Kreuzberg - Neuruppin"

Eine Kindheit in Kreuzberg, im Krieg: Biografische Aufzeich-
nungen aus einer heute nicht mehr gegenwärtigen Zeit schil-
dern eine historische Wirklichkeit, die Kreuzberg nachhaltiger
geprägt hat als dem Stadtbild anzusehen ist. Jenseits jeder
Geschichtsschreibung entfaltet sich ein sehr persönliches Bild
der Lebenswelt in der Mitte Berlins in den dreißiger- und
vierziger -Jahren des endenden Jahrhunderts, des täglichen
Lebens unter Naziherrschaft und Bombenteppich, in Kinder-
sicht im Rückblick einer Erwachsenen. Es ergibt sich aus - fast
zufällig aneinandergereihten, nebeneinandergesetzten -
Erinnerungs- und Erlebnisfetzen, die zu einem farbigen
Mosaik erst bei einfühlender Lektüre werden. Das Bild er-
schließt sich erst der Gesamtbetrachtung. Und Kreuzberg - hier
auch: Paradigma einer Millionenstadt der ersten Hälfte des 20.
Jahrhunderts - ist mehr als nur ein Stadtteil; hier leben Menschen.
Ihre Wirklichkeit unter historischen Umständen ist mehr als ein
Mosaiksteinchen hier, ein Farbtupfer dort. Und im vorliegenden
Fall sind es bedrückende Umstände. Gleichwohl erlebt der
einzelne Mensch, das Geschehen in einzigartiger Perspektive;
insofern mag sie wirklicher sein als das Bild einer Epoche mit
gleichsam offiziellem Segen. Eine autobiografische Sicht eröffnet
den Blick auf vielerlei Einzelheiten: andere Menschen, Abhängig-
keiten, individuelle Freuden und Nöte, Menschlichkeiten eben.
Christine von Raussendorff beschreibt ein Stück vergangenes
Kreuzberg. Ihr persönliches Blickfeld mag eingeschränkt sein,
bleibt aber keinesfalls unreflektiert. Es erweitert vielmehr den
Horizont des Lesers. Denn, so ein Zitat: „Kriegskinder sind
feinfühliger, aufmerksamer für ihre Umgebung."

Franz Schulz, Bezirksbürgermeister

Die junge Familie steigt die Treppen rauf, pustend, müde und verklammt. Man wohnt zwar im Vorderhaus, aber ganz oben unter dem Dach, man ist arm. Mutter trägt Mädi, Vater schleppt den Kinderwagen. Und da... erst klingelt es oben, dann kommen sie die Treppe herabgestürzt. Mutter schreit, Vater knallt den Kinderwagen hin und saust hinterher, zur Haustür hinaus, über den Fahrdamm, in die Nebenstraße und dann... peng, peng, peng macht es. Vater schwirren die Kugeln um den Kopf. Einer der Männer hat sich umgedreht und schießt auf ihn! Geschehen im Winter 1929/30 in Berlin-Kreuzberg.

Klingelfahrer nennt man diese Einbrecher, weil sie sich durch Klingelzeichen Gefahr signalisieren. Dieser Winter 29 ist mörderisch. 5 Millionen Arbeitslose gibt es, kaum Unterstützung, keine Tarife, keinen Kündigungsschutz, keine Krankenversicherung. Viele sind am Verhungern, sterben an Grippe. Aber Berlin tanzt! Die Cafés, die Theater, Kinos sind voll! Der Berliner geht nicht unter!

Man zieht um. Nach schräg gegenüber. Ecke Großbeeren-Kleinbeerenstraße; links über den Landwehrkanal geht es zum Kreuzberg, rechts zur Stresemannstraße und dem Halleschen Tor, geradeaus sieht man ein Stück Kuppel vom Anhalter Bahnhof. Was für eine Gegend! Ruhige, hohe, mit verschnörkeltem Putz geschmückte Häuser, Fenster an Fenster, in der Kleinbeerenstraße nur unterbrochen vom roten Backsteinbau der alten Turnhalle, wo Mutter nach der Jahrhundertwende schon als kleines Mädchen in der Riege geturnt hat. Sie hat in einem dieser schönen Häuser gewohnt. Unten auf der Straße lief sie Rollschuh, schrie gelegentlich nach oben: „Mama, schmeiß mir mal 'ne Stulle runter!", spielte mit dem kleinen Orje, ehe er von einem Internat ins andere wanderte, weil er zusammen mit seinem kleineren Bruder Gerhard seine Lehrer durch Faulheit und Streiche zur Verzweiflung brachte. Orje heiratete dann Mutter, nach vielen Irrwegen über andere

Mädchen und Cousinen, doch noch. Vater Orje, mit seinen geschickten Händen, hat Zahntechnik gelernt, ist nun Dentist und wartet auf Patienten. Und nun zieht man um. In den 1. Stock. Mädi pustet. Sie hat sich die Wasserkaraffe genommen. Die ist hoch, schmal, mit herrlichen Rosen bemalt und aus Emaille. Es scheppert bei jeder Stufe, Mädi muss sich anstrengen, die Kanne hinter sich herziehen. Und dann kommt Mutter, nimmt ihr die Kanne weg und schimpft.

Sie stehen im Esszimmer vor dem hohen, geschnitzten Büffet; Vater im weißen Ärztekittel, Mutter mit der Schürze um, Mädi im handgestrickten Kleidchen, in das Mutter alte Seidenstrümpfe genäht hat, weil es immer so kratzt. Vater schimpft, Mutter weint und Mädi versucht zu begreifen. Sie ist erst drei, aber seltsam wach. Plötzlich löst sie sich von Mutters Hand, streckt die kleine Gestalt und tastet nach der bunten Blechdose auf dem Büffet, in der es verheißungsvoll klimpert. „Da", sagt sie und drückt Mutter die Dose in die Hand, die das Kind laut weinend in die Arme schließt. Mutter kann einkaufen gehen, niemand braucht an diesem Tag zu hungern. Es ist der erste unvergessliche und bewusste Blick ins Leben. Sanne ist so dünn, so weiß und so elegant. Bei Sanne ist alles elegant, die Glasvitrinen mit den funkelnden Kristallgläsern im Esszimmer, das honigfarbene Damenzimmer, grüner Rips auf den zierlichen Sesseln, bestickte grüne Seidenkissen und dann dieser Teppich! Einkuscheln kann man sich in ihn, wie in eine Decke. Bei jedem Luftzug klingelt leise der Lüster. Im Eckzimmer der mächtige Schreibtisch des Hausherrn, der nie etwas anderes tut, als seine beiden Damen zu bedienen, die riesigen Ledersessel, herrlich kühl im Sommer, mit Herzklopfen benutzt, denn es ist streng verboten, das Herrenzimmer zu betreten. Mädi sitzt im Sessel, ungeduldig mit den Füßen wippend. Sanne bekommt mal wieder das Essen nicht runter. Ihr Teller steht auf einem Stövchen, sonst wäre alles schon eiskalt. Endlich hat sie es geschafft, nun noch dieser entsetzliche Orangen-Lebertran, brrr. Dann ist auch diese Prozedur vorüber. (Sie bekommt immer Eierlebertran. Mutter muss die Flasche ganz hoch oben im Buffet einschließen, seitdem sie das Kind einmal dabei erwischt hat, wie es auf einem Stuhl, auf Zehenspitzen stehend, nach der Flasche geangelt hat!) Erleichtert laufen die Kinder die Treppe hinunter, zur Haustür hinaus, wie auf Kommando links herum in die nächste Ladentür. Es ist eine Bäckerei. „Sechs Schnecken", sagt Sanne, und dann, das feine Näschen hochmütig in die Luft streckend, „bitte schreiben Sie es an!" Schließlich gehört das große Haus mit der Bäckerei und dem Lebensmittelgeschäft ihnen. Na also!

Ein herrlicher Sonnentag, weißes Kleidchen, nur von zwei blauen Schleifen gehalten, große Propeller -auch blau, passend natürlich- in den winzigen blonden Zöpfchen, neue Schuhe an den Füßen, so hopst Mädi die Straße entlang, ganz allein. Kein Mensch ist zu sehen, keine Bahn fährt, kein Auto. Feiertag, Sonntag?

Mädi singt. Sie singt aus lauter Kehle: „Deutsch ist die Saar... Ja, deutsch ist die Saar! Es ist herrlich, ein deutsches Kind zu sein!" Besuch ist da, eigentlich ist immer Besuch da. Sie lassen sich alle von Vater die Zähne heilen. Er hat so leichte Hände, sagen sie. Mädi ist stolz auf diese schmalen, zarten Hände. Manchmal, wenn sie zusammen am Tisch sitzen, dreht sie Vaters Hand herum und schmiegt ihr Gesicht hinein. Dann steigt Wärme in den kleinen Bauch. Man fühlt sich so geborgen!

Hans, der Cousin, ist angesagt! Da werden hurtig, hurtig all die hübschen Spielsachen weggepackt, in den großen Kasten im Buffet und in die geschnitzte Truhe, deren Deckel fast zu schwer für das Kind ist. Aber Hans ist so wild. Er macht alles kaputt, dann gibt es bittere Tränen. Alle Philipps sind so wild, auch die Großen! Großvater hat im Streit mit Großmama -komischerweise immer im Schlafzimmer!- seine Nachthemden von oben bis unten aufgerissen. Großmama hat sie ein ganzes

Jahr lang gesammelt, von der Näherin wieder heilmachen lassen und sie Großvater zu Heiligabend allesamt unter den Weihnachtsbaum gelegt! Bei dem Ruf „Tante Fuchs kommt!", rennt alles entsetzt durcheinander. Das Kind begreift nie den Verwandtschaftsgrad dieser „Tante", aber so viel merkt es doch: Sie ist der Schrecken der ganzen Familie! Ganz anders Tante Thekla, klein, zart, liebenswürdig, mit silbernen Löckchen, immer irgendwie schutzbedürftig und wie aus einer anderen Welt. Ein Fräulein von Raussendorff, eine Schwester von Großmutter, mütterlicherseits, versteht sich. Mädi besitzt noch die Nachricht ihres Todes aus einer Anstalt in Buckow bei Berlin. Die Nazis entledigten sich ihrer im Zuge der Euthanasie. Und dann Tante Elisabeth! Dunkel, während Mutter hell ist, noch pummeliger als diese (und das soll schon was heißen!), mit schwarzen Kirschenaugen, während Mutter lustige grünbraun gesprenkelte Augen hat. „Fitsche-Fitsche", sagt Tante Elisabeth, „jetzt gehen wir aus!" Das ist ein Fest! Das Kind wird fein gemacht und dann geht es los! Zu Kempinski in die Leipziger Straße, das ist nicht weit. Da sitzen sie dann oben im 1. Stock und sehen auf das Gewimmel der Menschen, Bahnen und Autos. Natürlich haben sie einen Tisch am Fenster. Tante Elisabeth ist OP-Schwester bei einem ganz berühmten Chirurgen, von dem sie immer sagt: „Er ist ein Ekel!" Als Kind soll sie ein furchtbares Ekel gewesen sein. Großmutter Raussendorff war vor ihrer Heirat Erzieherin in England, bei einem Baronet. Nur mit der eigenen Tochter wurde sie nicht fertig. Übrigens, die von Raussendorffs werden 1338 zum ersten Mal erwähnt. Ihnen gehörte die Burg Greiffenstein in Schlesien und die späteren Gutshäuser stehen heute noch und sind für die Polen ein beliebtes Ausflugsziel. Die Raussendorffs waren stets preußische Offiziere gewesen. Mit ihren blonden Haaren, dem edlen Profil, wurde von Mädi ständig gesagt, sie sähe nach „Potsdamer Adel" aus. Großmutter präsentiert sie stolz ihren adeligen Freundinnen. Dem Kind gefällt das. Es lässt sich bereitwillig mit Windbeutel und

Schlagsahne vollstopfen, bis ihm schlecht wird. So geschehen bei „Winkelmann" in der Yorckstraße. Dort wohnen Onkel Franz und Tante Friedel in der Nr. 68. Sie sind beide Vertreter bei „Knorr" und besitzen ein Motorrad mit Beiwagen, während Vater und Mutter ein normales Motorrad besitzen. Fahren alle zusammen, kommt das Kind in den Beiwagen, den es „Mädis Auto" nennt.

Es ist dunkle Nacht, Stimmen geistern durch die Wohnung, Weinen ist zu hören. Das Kind bekommt Angst, es ruft nach der Großmutter im Nebenzimmer. Diese kommt angezogen ans Bett und beruhigt das Kind. Aber es weiß: etwas Furchtbares ist geschehen. Später erfährt es, dass Tante Friedel sich in ihrer Wohnung erhängt hat, Onkel Franz hat sie abends gefunden. Sie war sehr ehrgeizig, hatte einen leitenden Posten bei „Knorr". Als ihrem Mann auch ein besserer Posten angeboten wurde und er ihn ablehnte, verlor sie die Nerven. Onkel Franz ist ein ganz weicher Typ, der seine Bequemlichkeit liebt.

Gäste sind auch Raues. Sie ist sehr schön, zart, mit herrlichem rotem Haar. Beide sind bekannte und beliebte Pianisten am Berliner Rundfunk. Er spielt mittags in einer Schallplatten-Sendung die Überleitungen. Als sie sich scheiden lassen, beginnt ein furchtbarer Kampf um den einzigen Sohn. Sie sitzt dann oft völlig gebrochen im Wohnzimmer und Vater und Mutter haben die undankbare Aufgabe, sie wieder zum Leben zu erwecken. Mädi findet diesen Bengel grässlich, um den so viel Theater gemacht wird. Er ist so hübsch und rothaarig wie seine Mutter, aber einfach unausstehlich. Vater hat Geburtstag, und diesmal gibt es abends eine große Tafel mit der ganzen Familie und Gästen. Der große Tisch ist ausgezogen, die blaugoldene Tischdecke aufgelegt, das hauchdünne, handgemalte Porzellan leuchtet im Kerzenschein, es ist alles sehr festlich. Mutter hat herrliche belegte Brötchen und viele, viele rote, mit Fleischsalat gefüllte Tomaten -im April!- anzubieten, alles ist am Schmausen, auch Familie Raue, in feierlicher Stille.

Bis plötzlich sehr vernehmlich ein Laut ertönt, der ganz und gar nicht dorthin gehört. „Aber Hänschen!", ruft Frau Raue verlegen und entsetzt. Treuherzig blickt er auf. „Ich wollte ja nicht, aber ich hatte einen", sagt er und hat damit für alle Zukunft ein geflügeltes Wort für die ganze Familie erfunden. Vater hat im April Geburtstag, das ist immer eine spannende Sache, denn manchmal fällt er genau auf Ostern. Auf jeden Fall sind dann immer Ferien. Einmal verbringen sie den Urlaub im Riesengebirge. Die Sprechstundenhilfe, ein ganz junges, reizendes Mädchen, das bei ihnen wohnt und völligen Familienanschluss hat, haben die Eltern mitgenommen. Ganz früh geht sie mit dem Kind in den Wald. Was für ein Wald! Bäume, wie Säulen in den Himmel ragend! Dazwischen frisches, duftendes Gras und Schneeglöckchen! Schneeglöckchen, wohin man sieht! So hoch und so groß und in einem einzigen weißen Vlies wie sie das Kind nie wieder sieht! Beide Arme voller Blumen, mit glückstrahlenden Gesichtern, stehen sie an Vaters Bett und gratulieren.

Einige Jahre später, schon mit eigenem Wagen, verleben sie diesen Tag in Nürnberg. Das Festmahl soll im berühmten „Bratwurstglöckle" stattfinden. Hungrig vom vielen Laufen und Schauen warten sie auf die Würstel. Nie wird Mädi den ungläubigen Blick ihres Vaters vergessen, als er die winzigen Würstchen auf seinem Teller sieht! Aufspringen und rauslaufen ist eins. Und dann bricht der Sturm los! „Neppbude" ist noch der gelindeste Ausdruck. Mutter ist das alles sehr peinlich, doch als sie beruhigen will, bekommt sie selbst noch einen Teil ab! Das Jahr davor erlebten sie das Fest in Altfriesack, einem 200-Seelen-Dorf bei Neuruppin. Vater hat einem Ehepaar Geld geliehen, damit sie eine Haushälfte kaufen konnten. Dafür stellen sie ständig ein Zimmer und eine Kammer unter dem Dach zur Verfügung. Natürlich bezahlt Vater noch extra, und nicht zu knapp. Es macht ihm großen Spaß, der „reiche

Doktor aus Berlin" zu sein. Diesmal haben sie Dorle, eine Freundin von Mädi, im Auto mitgenommen.

Mitten im Luch, auf einsamer Landstraße, bleiben sie stecken. Im Schnee! Den ganzen Winter hatte es noch nicht so viel geschneit wie an diesem Apriltag kurz vor Ostern! Vater steigt aus, holt seinen Spaten und fängt an, sie auszugraben. Seine Flüche wiederzugeben, würde allen die Schamröte ins Gesicht treiben! „Bäh, bäh, bäh, unsere Matzbläke heult wieder", Mutter ist verzweifelt. Man braucht das Kind nur schief anzublicken, schon werden die Schleusen geöffnet. Woher hat es nur diese Empfindlichkeit? Es ist peinlich vor den Freunden, schließlich machen sie Ferien am Tornowsee und wollen ihre Ruhe haben. Keiner von Ihnen hat ein Kind. Da sind Charleys mit ihrer „dicken Hummel", einem Segelboot, mit Motor bei Bedarf, auf dem sie wohnen wie in einer schwimmenden Laube. Man darf es nur mit Turnschuhen betreten, da ist Herr Charley eigen. Sonst ist er ein reizender Mann, sportlich und hilfsbereit und Konfektionär am Spittelmarkt. Seine Frau, lieb und rundlich, eine richtige Mami, nur eben ohne Kind. „Leider", sagt sie. Sie weiß eine Menge über Häkeln und Sticken, und bespricht Kochrezepte mit Frau Schmidt, die mit ihrem Mann in einem Zelt kampiert. Ihr Mann hat nur noch ein heiles Bein, das andere ist ein Stückchen Stumpf, aber „Tutti" rennt damit und schwimmt wie ein Fisch, von der „Matzbläke" gebührend bewundert und bestaunt. Putti ist „Sozi", später wird er die rechte Hand von OB Reuter und ein wichtiger Mann im Nachkriegs-Berlin. Aber davon weiß er noch nichts. Im Moment ist er dabei, den größten Fisch zu angeln, den er und alle anderen je gesehen haben. Es ist ein Hecht, von der Erde an geht er ihm bis an die Schulter! Ehrenwort! Es gibt ein Erinnerungsfoto davon. Alle reiben sich die Augen. Was ist das denn? Bei Werner Lehmann, Schrauben-Lehmann aus der Friedrichstraße, bekannt von Dresden bis Rostock bei allen Handwerkern die Schrauben brauchen, flattert es auf den Leinen des Zeltes! Ein halbes Höschen hier, ein halbes Hemdchen da, alles aus Seide und mit Spitze, versteht sich! Ein merkwürdig aussehender BH, Seidenstrümpfe, alles fein säuberlich angeklammert, flattert fröhlich in der frischen Morgenbrise. Und dann kommt er selbst lachend hervorgekrabbelt und stellt der versammelten Mannschaft seine neueste Flamme vor. Sie ist im Badeanzug (was anderes hat sie nicht mehr) und schimpft wie ein Rohrspatz! „Dieser verrückte Kerl! Er konnte es nicht mehr abwarten, da hat er mich von oben bis unten mit der Schere aufgeschnitten!"

Das Kind wacht auf in seiner Hängematte. Es hört leise das Wasser des Sees plätschern, die Kiefern rauschen, aber da ist noch etwas anderes draußen im Dunkeln, etwas Unheimliches. Da, da ist es wieder! Lautes, gedehntes Rufen: „Evi!" kann es verstehen, immer wieder „Evi" mal näher, mal weiter weg. Das Kind ängstigt sich. Mutter kommt gebückt durch den Eingang. „Es ist furchtbar", sagt sie. „Sie suchen alle ein Kind, ein BDM-Mädchen, das mit seiner Gruppe am See zeltet, es ist verschwunden." Es wurde eine unruhige Nacht. Lichtschein flackerte durch die Zeltwände, zuweilen flüstern Stimmen draußen. Als ein stahlender Morgen heraufzog, läutete das Glöckchen der kleinen Waldkapelle. Es war ein Totenglöckchen für das Kind. Sie hatten es am See gefunden. Nun lag es aufgebahrt und nahm sein Geheimnis mit sich, warum es so spät allein noch zum See gegangen war. Bewohner des Dorfes hatten Blumen aus ihren Gärten gebracht und das Kind und die kleine Andachtsstätte liebevoll geschmückt. Niemand kannte das Mädchen, aber alle waren erschüttert. Auch Mädi schaute mit erschreckten Augen auf all das Seltsame. Wie konnte der ruhige, friedliche Tornowsee etwas so Schreckliches anrichten? Dabei wäre Mädi beinahe selber am See gestorben. Sie streifte umher, besah sich interessiert Blüten und Blätter zwischen dem Gras am Boden, erkletterte einen kleinen Hügel und stand einem Ding gegenüber das aussah wie eine Mohrrübe. Nur, Möhren sind ein Wurzelgemüse, aber dieses Gewächs da streckte seine Spitze nach oben, es sah rot, blank, verführersich, und beinahe wie eine Zuckerstange aus. Kurz und gut, Mädi fraß das Ding auf. Und dann wurde ihr schlecht und sie bekam Magenkrämpfe und Angst! Die Mahnungen der Eltern fielen ihr ein. Laut schreiend rannte sie zurück und die Erwachsenen hatten Mühe zu erfahren, was eigentlich passiert war. Und dann ging alles sehr schnell. Finger in den Mund, brechen, Milch hinunter, Milch, Milch, Milch! Und wieder der Finger und alles heraus. Und wieder Milch, und so weiter. Bis alles draußen war und die Gefahr damit vorbei. Aber dann Vater! Nur in Badehose, der Bauchansatz wabbelte, das Kinn wabbelte, die hellen Augen sprühten. Er brüllte. Er brüllte seine Tochter an wie noch nie vorher und auch später nie wieder. Und sie versprach hoch und heilig, so etwas nie, nie wieder zu tun.

14

Es ist heiß, die Sonne knallt auf Mädis Kopf, die Füße tun ihr weh.Nimmt denn dieser Weg nie ein Ende? Neben ihr Menschen, vor ihr Menschen, hinter ihr Menschen, eine riesige Karawane ist es. Im Zug nach Potsdam war es schon rappelvoll gewesen. Mit Rucksack und Kinderkarre fliehen die Menschen aus der flirrenden Großstadt mit ihrem kochenden Asphalt. Raus, ans Wasser! Das ist die Devise des Berliners an einem solch schönen Samstag. Wochenende in Berlin! Das muss man erlebt haben! Mit Wurststullen-Paketen, selbstgemachtem Kartoffelsalat, hartgekochten Eiern, seiner Pulle Bier und den Kindern im Gepäck, ist der Berliner unterwegs. Die Laubenpieper, die Wassersportler, die Wanderer. Raus, raus, raus! Endlich klinkt Mutter das große Tor auf. Am Ziel! Erst mal abladen. Den Schuppen aufschließen und alles aufbauen. Den Tisch, den man zusammenrollen kann, die Klappstühle, die Zeltbetten unter einen Baum stellen, Kissen drauf, langlegen, puh! Das tut gut. Und dann regnet es ganz sanft und zart. Blütenblätter. Baumblüte in Werder! Da muss man schauen! Wenn man auch in Glindow ist, aber in einem Garten so groß, Mädi kann stundenlang laufen, sie ist immer noch nicht am

Zaun. Wie Soldaten in Reih und Glied stehen die Obstbäume. Der Besitzer ist froh über die Wochenend-Kampierer in seinem Schuppen, so kommen nicht so leicht Diebe. Zum Dank dafür dürfen sie essen was sie wollen, so viel sie wollen; riesige Erdbeeren zuerst im Jahr, dann die knackigen Kirschen, Äpfel später, so saftig, dass es spritzt beim Reinbeißen, aber dann die Pfirsiche! Riesig sind sie, mit weicher Haut, wie Mutters Wange, wie Honig fließt es einem am Mund entlang. Und welche Pracht, wenn sie blühen! Mädi liebt die zarten weißen Kirschblüten, die kräftigen rosagerandeten Apfelblüten, aber der Schaum der rosa Pfirsichblüten ist doch das Schönste, was es gibt! Ein Meer von Blüten, so weit man auch schaut und darüber ein knallblauer Himmel. Man muss blinzeln und niesen, wenn man hinauf sieht. Aber dann nichts wie runter zum Boot! Paddel, Kissen hinein, Außenbordmotor hochge-klappt, der blaue „Orje" (nach Vater) ist startklar. „Orje" ist ein echt kanadisches Kanu. Als Mutter vorne einsteigt, hebt „Orje" hinten seinen Sterz, Mädi hüpft zwischen Mutters Beine. Sie ist ein Fliegengewicht, aber dann Vater! Er ist, seit es Krankenkas-sen gibt und die Praxis besser geht, erheblich stärker gewor-den. Es gluckert und rauscht um „Orje", Mutter und Mädi werden wie in einem Fahrstuhl nach oben getragen. Mädi ist ernstlich in Sorge, dass sie untergehen. Aber nein, ein schmaler Rand bleibt an der Außenwand noch frei, Vater zieht mit dem Lederriemen den Motor an und ab geht es, auf die Havel! Bis zur Müritz sind sie mit Zelt und Boot schon gereist!

In dem riesigen Saal kocht es vor Hitze und Menschen. Kaffeetassen klappern, Rufe erschallen, auf der Tanzfläche schieben sich die Paare auf und ab. Die Musiker kämpfen verzweifelt gegen den Lärm. Denn nach dem Kaffee kommt erst das Beste: der Apfelwein. Und der heizt ein. Da werden die Wangen rot, die Augen glänzen, und die bemalten Münder der Damen stehen nicht still. Tante Eva, die zweite Frau von

Onkel Franz, ist so, Mutter nicht. Tante Eva redet, redet, redet. Onkel Franz ist verlegen, Mutter hört ernsthaft zu, Vater grinst nur und betrachtet sich interessiert die Damenwelt. Tanznachmittag in „Wilhelmshöhe" in Werder, zur Blütenzeit. Und plötzlich ist Mädi weg, spurlos verschwunden! Um Gottes Willen, wo ist das Kind? Wie soll man sie hier wiederfinden! Mutter blickt unruhig umher, Vater zieht unheilverkündend die Brauen zusammen, Tante Eva gackert wie eine Henne, die ein Küken verloren hat, Onkel Franz, ratlos, versucht zu beschwichtigen. Tante Eva rennt los, kommt zurück, nichts. Es wird doch nichts passiert sein? Bei Mädi weiß man nie... Dann entdecken sie sie. Auf der Tanzfläche!

Mutter bleibt die Luft weg, Vater fängt lauthals an zu lachen, teils vor Erleichterung, teils aus Amüsement über das kecke Kind. So mag er sie, so liebt er sie! Mutter weniger. Dann steht Mädi am Tisch, lachend, strahlend, an der Hand einen verlegenen kleinen Jungen. Große Zahnlücken, zerstrubbeltes Haar. „Ich musste mal", sagt sie. „Und dann wollte ich tanzen. Er ist der Sohn von der Klosettfrau."

Ist es noch herrlich, ein deutsches Kind zu sein? Irgendetwas hat sich verändert, irgendetwas ist dunkler geworden. Wenn jetzt „Putti" Schmidt und Onkel Charley kommen, sitzen die Männer mit ernsten Gesichtern beisammen. Mädi hockt sich zu ihnen. Sie hört öfter das Wort „Jude", dabei sprechen sie leise, als könnte jemand sie belauschen. Es ist aber niemand da, außer den Frauen und die reden immer noch von ihrem Haushaltskram. Mutter langweilt das, sie übt lieber Klavier oder liest die neuesten Bücher. Davon verstehen die beiden anderen wieder nichts. „Sie sind immer so auf dem Laufenden", sagen sie und lächeln verlegen. Mutter bleibt liebenswürdig, aber mit halbem Ohr horcht sie ab und zu zu den Herren hinüber. Vater holt seine neueste Errungenschaft, ein herrliches Cello. Goldgelb ist es und hat einen wunderbaren Klang. Vater sammelt nicht nur Instrumente als Kapitalanlage, er spielt auch grandios Cello. Als es ihnen einmal ganz schlecht ging, nahm

Mutter Mädi mit ins Café Fürstenhof am Potsdamer Platz. Da saß Vater oben auf einer Empore und spielte Cello, im Verein mit einer Geige und einem Klavier. Und kaum einer hörte zu. Die Gäste aßen und tranken und unterhielten sich laut. Mädi war sehr böse darüber. Jetzt aber setzt er sich hin und spielt ein paar Läufe und alle hören aufmerksam zu. „Es gehörte Herrn Katzen-Ellenbogen", sagt Vater leise, „von der Schultheiß-Patzenhofer Brauerei". Alle gucken betroffen. Herr Katzen-Ellenbogen ist Jude. Und er ist geflohen. Vor den Nazis, sozusagen in letzter Minute. Vater kaufte ihm das Cello ab, da hatte er noch mehr Geld zur Flucht. Vater lebt gefährlich. Jüdisches Eigentum ist Staatseigentum, also hat Vater den Staat bestohlen. Und dass er einem Juden geholfen hat, welche Strafe gibt es dafür? Den Gästen graust es. An diesem Abend kommt keine gute Stimmung auf.

Mädi sieht Gestalten in den Straßen, denn Menschen sind das doch nicht mehr. Bleiche, eingefallene Gesichter, herabhängende Schultern, so schleichen sie an den Häuserwänden entlang, als hätten sie Angst, sich bemerkbar zu machen. Mädi versteht das nicht, aber sie hat ein schlechtes Gefühl in der Magengrube, wenn sie diese gelben Sterne auf der Brust sieht. Warum zwingt man sie, so herumzulaufen? Vor wenigen Monaten hatte Mädi ein herrliches Erlebnis. Ein junger Bursche kam ins Wohnzimmer, mit einer Gitarre im Arm. Er setzte sich in einen Sessel und spielte und sang in einer fremden Sprache. „Das ist ungarisch", sagte er strahlend. Alles an ihm strahlte vor Lebenslust und alles an ihm war braun, die leuchtenden Augen, die glänzender Haare, die Haut, die langen schmalen Finger, mit denen er so herrlich Gitarre spielen konnte. Varö hieß er mit Nachnamen. Sie waren beide allein im Wohnzimmer, er spielte nur für sie. Sie hat ihn nie wieder gesehen. Was wurde aus ihm? Seine Familie wohnte in der Kleinbeerenstraße, ein paar Häuser weiter von Dorle. Sie waren ungarische Juden. Immer wieder trieb es Mädi vor das Haus und sie blickte vorsichtig nach oben in den 5. Stock. Ein paar Mal sah sie die ganze Familie noch, dunkel, dünn, mit dem Stern auf der Brust, aber er war nie mehr dabei. Sie sahen nicht zu ihr hin, aber sie wusste, man hatte sie bemerkt. Hellsichtig erkannte sie, dass man sie schützen wollte. Aber warum? Sie begriff es nicht. Früher waren sie Vaters Patienten, befreundet mit ihnen. Jetzt schauten sie an ihr vorbei. Und dann geschah etwas Entsetzliches. Eines Tages hingen keine Gardinen mehr an den Fenstern, die Wohnung war leer! Wo waren sie geblieben? Die Eltern, die große Tochter, der hübsche, braune Ungarjunge, sein kleiner Bruder? Es gingen Gerüchte herum, dass nachts Menschen aus ihren Häusern geholt wurden und niemand sah sie je wieder. Sie wusste, es gab eine Geheime Staatspolizei, die berüchtigte Gestapo, die Kommandozentrale lag ganz in der Nähe, um die Ecke herum. Dort sollte es Keller geben, worin Menschen eingesperrt wurden. Woher Mädi das wusste? Sie hatte gute Ohren und hockte, fast unbemerkt von den Erwachsenen, stets in der Nähe, wenn Vater sich mit seinen Freunden heimlich über so etwas unterhielt. Putti Schmidt war immer bestens unterrichtet. Ob die Familie Varö auch dort in einem Keller saß? Mädi fühlte sich sehr elend, und irgendwo, tief innen drin, fühlte sie ein großes Schuldgefühl, das sie ihr ganzes Leben nicht mehr verlassen sollte. Aber was konnte sie tun? Sie war ja noch ein Kind und selbst die Erwachsenen konnten nichts tun, im Gegenteil, niemand durfte davon etwas wissen, geschweige denn darüber reden. Und das war das Allerschlimmste: sie durfte mit niemandem, wirklich mit niemandem, nicht einmal mit ihrer besten Freundin Sanne darüber reden, wenn sie nicht selbst alle abgeholt werden sollten. Niemand hatte ihr das gesagt, aber sie wusste es.

Jeden Sonntag Vormittag trafen sich die Kinder in einem kleinen Laden und dann erzählte ihnen eine Schwester in Tracht von dem Jesuskind. Sie lernten Lieder und kleine Verse und zum Schluss gab es bunte Heiligenbildchen und durchsichtige Hauchbildchen. Sie waren sehr begehrt, vor allem zum Tauschen.

Hauchte man sie an, rollten sie sich zusammen. Auch das Dorle mit seinen langen braunen Zöpfen kam regelmäßig. Ihre Eltern besaßen eine Schneiderwerkstatt und Mädi kannte sie nicht anders als an der Nähmaschine sitzend oder am Bügeltisch stehend, von dampfenden Schwaden umgeben. Sie waren als sehr gläubig bekannt, zu dieser Zeit auch keine ganz ungefährliche Eigenschaft, und zeigten ständig sehr ruhige und weiße Gesichter. Die hübsche Uschi, Dorles große Schwester, die schon außer Haus arbeiten ging, liebte Mädi heiß und innig. Komisch war es, dass gerade Dorle, die aus solch einer ruhigen Familie kam, die Kräftigste, Sportlichste und auch Wildeste war. Mädi übte ihr gegenüber Zurückhaltung, sie liebte keine wilden Spiele. Im ersten Kriegswinter 39, als es in Berlin nichts zu essen gab, schickten Dorles Eltern sie zur Erholung nach Schneidemühl. Dorle wollte nicht weg, sie war sehr unglücklich als sie fahren musste. Sie kam zurück und war schwer krank. Sie hatte Diphterie. Wochenlang lag sie im Krankenhaus, dann durfte sie nach Hause. Sanne und Mädi besuchten sie, aber sie fanden nicht mehr ihr Dorle, diesen halben Jungen. Sehr ernst, schmal und weiß lag sie da. Sie hatte eine Zungenlähmung und konnte kaum sprechen. Sanne und Mädi fühlten sich befangen; schweigend standen sie am Fußende des Bettes und versuchten verzweifelt, irgendetwas zu sagen. Sie waren froh, als Frau Schmidt kam, um sie heimzuschicken. Ein paar Tage später war das Dorle tot. Die ganze Klasse begleitete sie auf ihrem letzten Weg. Sie lag in ihrem letzten Bett, als schliefe sie. Die langen, braunen Zöpfe sauber geflochten, umgeben von weißen Lilien. Sanne und Mädi erfassten diesen Tod nicht. Die Spannung war zu groß für sie. Während alle andern Kinder ernst und feierlich schauten, mussten sie ihr Kichern mit vorgehaltener Hand unterdrücken. Hörte die eine auf, fing die andere wieder an. Sie wussten, es gehörte sich nicht, sie trauerten ehrlich und tief ums Dorle, aber die Abwehr in ihnen gegen diese ernsten Dinge war stärker. Noch Jahre später schämten sie sich, wenn sie an diese

Stunde dachten. Zur Bibelstunde kam auch Annemarie. Sie war jünger, zarter, nervöser als ihre Freundinnen. Sie wohnte in einem Gartenhaus, d.h. man musste durch das Vordergebäude und über den Hof zur Wohnung. Das Vordergebäude wurde von einem grimmigen Portier bewacht, hinter einem Fenster zum Flur, und nur auf Zehenspitzen, mit klopfendem Herzen, liefen die Kinder daran vorbei. Mädi bewunderte Annemarie, denn so klein sie war, sie musste schon kochen und spülen. Und die einfachen Räume putzen. Ihre Mutter war schon älter, hatte graue Haare und gegenüber den anderen Müttern ein trauriges, armes Dasein. Ihr Mann war ein wenig seltsam und den anderen Müttern war es peinlich, ihm zu begegnen, denn er grüßte nicht wie andere Männer, sondern machte vor ihnen einen Knicks mit anschließendem Hopser! Die Kinder fanden

das riesig interessant und zum Lachen, sie freuten sich immer, wenn solch ein Treffen stattfand, nur Annemarie war das gar nicht recht, sie stand halb trotzig, halb verlegen dabei, aber die anderen hatten kein Erbarmen mit ihr. Kinder sind grausam. Sicher lebte Annemaries Mutter ständig in Angst, denn es war die Zeit, wo es gefährlich war, nicht wie andere zu sein. Ein „unnützes" Mitglied der Gesellschaft, das vernichtet werden musste.

Herr Schmidt, der Schneider und Annemaries Vater und deren Familien waren ganz bestimmt keine Nazis, und ebenso wenig Sannes Vater. groß, schwer, kahlköpfig, war er der gütigste und freundlichste Mensch, von den Kindern heiß geliebt. Er war es, der Sanne pflegte wenn sie krank war, er machte sie morgens zur Schule fertig, er sah in die Zeitung, wo ein jugendfreier Film lief, erklärte ihnen den Weg und welche Straßenbahn sie nehmen mussten, gab ihnen das Geld dafür, vermittelte, wenn Sanne Krach mit ihrer Mutter hatte, und das passierte öfter. Sanne war oft, lange und schwer krank. Hinterher wurde sie verschickt und versäumte die Schule. Dann musste sie regelmäßig am offenen Fenster atmen, Pillen, Medizin schlucken und zur Nachhilfestunde gehen. Mädi hasste die Nachhilfelehrerin. Sie begleitete Sanne oft bis dorthin, dann verschluckte die Haustür Sanne und Mädi war stundenlang allein und langweilte sich. Großmutter war - ehrlich gesagt - immer froh, wenn Sanne weg war, dann spielte Mädi brav mit ihrer Puppenstube, die Vater ihr gebastelt hatte, führte ihre Puppen im Wagen spazieren, oder las und malte. Klavier spielen lernte sie auch, Großmutter saß links, Mutter rechts, beide zählten laut den Takt, aber Mädi schaffte es eigentlich nur bis zum „Wilden Reiter". Dabei hatte sie immer eine Eins in Musik, weil sie so gut singen konnte. Aber wenn Mädi kein Interesse mehr für alles hatte, dann seufzte Großmutter und sagte: „Man merkt es, Sanne ist wieder da".

Aber Sanne konnte auch grausam sein. Gegenüber der Groß-beerenstraße 6 gab es einen offenen Torweg, der zu einer grobgepflasterten Gasse führte. Im Torweg ging es rechts eine Treppe hinunter in eine Kellerkneipe. Dorthin wurde Mädi von Mutter mit einer großen grünen Kanne zum Bierholen geschickt. Mädi mochte das gar nicht. Die Kanne war schwer, und außerdem gab es dann mittags Fisch mit Biersoße. Das aß sie gar nicht gern. Aber, was sollte sie machen? Sie musste gehen und sie musste essen. Eines Tages spielte sie mit Sanne und anderen Kindern selbstvergessen Wippe auf einem schmutzigen Kastenwagen, der nur zwei Räder hatte und nur auf einer Seite Stützen, kippte er zur anderen Seite, knallte er mit einem heftigen Ruck auf das Pflaster. Man musste aufpassen und schnell abspringen. Es war ein herrliches Spiel! Und so merkte Mädi gar nicht, wie Sanne mit den anderen Kindern wisperte und kicherte und plötzlich sprangen alle Kinder außer Mädi mit einem Satz auf die Kippseite und auf die Erde. Mädi aber flog in hohem Bogen, mit dem Kopf voran, genau auf die eiserne Kante der großen Rad-Nabe. Sie bekam ein fürchterliches Loch in den Kopf. Das Blut lief ihr in die Augen, über die Brust, das gewölbte Bäuchlein, über den Rock bis auf die Füße. Wie sah ihr hübsches blaues Lieblings-kleidchen aus! Das schmerzte mehr als die Wunde. Brüllend brach sie in Vaters Praxis ein und versetzte die Erwachsenen in

nicht gelinden Schrecken! Aber Vater heilte alles! Uhren, Musik-
instrumente und auch Mädis Blessuren. Stöhnend und schwit-
zend saß er einmal mit einer glühenden Nadel vor ihr, um die
großen, durchsichtigen Blasen, die die scharfe Sonne auf
Mädis Arme gebrannt hatte, vorsichtig aufzupieksen, er litt
dabei mehr als sie! Oder als sie im Sportunterricht beim
100m-Lauf auf dem Schulhof stürzte. Mit einem Wattebausch
tupfte er vorsichtig die roten zackigen Ränder sauber und holte
dann mit einer Pinzette Steinchen für Steinchen den Schul-
hofkies aus Mädis Knie. Wie oft rannte er nach einem breiten
Messer, um es Mädi an die Stirn zu pressen. Dann wurde die
Beule nicht so dick! Wie oft musste er die Knie verbinden!
Mädi war nicht wild, aber außergewöhnlich unsportlich. Später
bekam sie immer eine 5 in Turnen. Dazu besaß sie zu lange
Beine, über die sie ständig stolperte. Sie war immer die Längste und der Schrecken ihrer Sportlehrerinnen! Sie kam weder
über ein Pferd noch über einen Bock, an den Ringen und am
Barren hing sie wie ein Mehlsack und bei den Kampfspielen
wurde sie als Letzte abgewählt. Und das als „echtes deutsches
Hitlermädchen!" Wo sogar die Abiturnote in Sport am
wichtigsten war!

Mit den Beinen wuchs sehr schnell auch das Haar. Die Zöpfe
waren so lang und so dick, dass sogar der Frisör zu stöhnen
anfing, wenn Mädi seinen Laden betrat, denn Mutter lehnte es
kategorisch ab, diesen „Wust von Haaren" selber zu waschen
oder gar zu trocknen! Da stand dann das arme Lehrmädchen
mit dem Föhn und bekam lahme Arme, bis alles wieder
trocken war. Aber Vater war sehr stolz auf diese Pracht! Es
kam vor, dass er seine Tochter ins Arztzimmer rief. Mädi
kannte diesen Ton schon und wappnete sich mit Trotz. Und
richtig! Da saß eine ältere Dame auf dem Zahnarztstuhl und
brach bei Mädis Anblick in ekstatische Rufe aus: „Nein so was!
Ein richtiges deutsches Mädchen!" Und Mädi dachte: „Alte
Kuh! Ist Sanne vielleicht kein richtiges deutsches Mädchen?
Weil sie kurzgeschnittenes braunes Haar hat? Oder Dorle? Mit

ihren hellbraunen Zöpfen?" Aber sie gab artig die Hand und machte ihren Knicks, Vater erwartete das und sah sehr zufrieden aus.

Mädi lag gemütlich auf dem Teppich, das Gesicht in die Hände gestützt und lauschte. Mutter übte Chopin. Es klang sehr schön. Nur an einer Stelle verquirlten sich ihre Finger. Mutter seufzte ungeduldig und fing von vorn an. Mädi wartete gespannt. Würde sie es diesmal schaffen? Nein, noch einmal von vorn! Mädi seufzte verständnisvoll mit. Aber nun hatte sie es geschafft! Und nun noch einmal von vorn! Jawohl, sie hatte es in den Fingern, Gott sei Dank!

Mädi saß im Lehnstuhl und las. Sie las viel und schnell. Sie konnte sich von ihren Büchern nie trennen. Abends gab es einen Kampf mit dem Schlafengehen und unter der Bettdecke mit der Taschenlampe ging es heimlich weiter. Aber nun beobachtete Mädi Mutter. Sie saß allein an dem riesigen Esstisch, das Kaffeegeschirr stand noch da, Vater war schnell rübergekommen zu seinem Brötchen, es klingelte unentwegt, im Flur ertönte die freundliche Stimme der Sprechstundenhilfe, Türen klappten auf und zu, aber Mutter ließ sich nicht stören. Sie las! Aber nicht nur das! Auf einer Rundnadel strickte sie für Mädi einen neuen Rock! Ihre Finger bewegten sich ständig im Takt. Zwischendurch schlug sie schnell eine Seite um, dann gingen die Finger flink weiter mit der Nadel. Das sollte ihr mal einer nachmachen!

Man war mal wieder umgezogen. Ein Stückchen weiter, an die Ecke Saarlandstraße. Da fiel Vaters Schild mehr auf und es gab mehr Patienten. Unten war eine Apotheke, oben drüber wohnte ein jüdischer Kinderarzt. Mädi liebte ihn sehr. Er musste leider öfter kommen, denn Mädi litt ständig an vereiterten Mandeln. Da gab es dann manchmal auch Fieber. Sie war immer noch eine Mimose, schnell gekränkt und weinerlich. Und er hörte das. Und es ging ihm auf die Nerven. Mädi sitzt auf dem Klo und brüllt aus nichtigem Anlass nach Mutter. Aber die hat keine Zeit. Plötzlich ertönt über Mädi eine entsetzliche tiefe Stimme:„Hier ist der Weihnachtsmann!" (Es ist mitten im Sommer und sehr warm draußen!) Mädi sitzt einen Moment wie erstarrt vor Entsetzen! Dann fährt sie hoch und rast mit runtergelassenem Höschen durch die Wohnung: „Der Weihnachtsmann! Der Weihnachtsmann!" Es stellte sich dann heraus, dass Dr. Baer das Gebrüll hörte und durch das Wasserleitungsrohr ein bisschen erzieherisch eingreifen wollte. Vater und Mutter lachten sehr, Mädi hat es nie vergessen.

Auch nicht das schreckliche Unglück. Sie langweilte sich und sah ein wenig aus dem Fenster, als es entsetzlich krachte! Nie wird sie diesen Anblick vergessen, obwohl Mutter ganz schnell herbeikam und sie vom Fenster wegholte. Auf dem Rinnstein saß eine weinende alte Frau voller Blut und mitten auf dem Damm lag ein junger Mann neben seinem Motorrad, er sah aus wie tot. Die alte Frau hatte nicht Acht gegeben und war ihm genau ins Rad gelaufen.

Gegenüber, mitten zwischen den Häusern, stand die kleine Christuskirche. Jeden Abend um 19 Uhr bimmelte weithin ihre Glocke. Vater war der liebste Mensch, aber bei einem kannte er kein Pardon: Wo Mädi auch gewesen war und was sie auch gerade anstellte, um 19 Uhr hatte sie zu Hause zu sein! So kam es, dass man jeden Abend, beim ersten Klang des Kirchleins, eine fliegende Gestalt um die Straßenecken flitzen sah! Aber am 31. Oktober war für dieses Kirchlein, Mädi und Sanne ein wichtiger Tag. Es war Reformationstag, die Schule fiel aus, statt dessen gingen alle Kinder morgens in die Kirche und Sanne hatte Geburtstag! Das war immer ein Ereignis! Es gab Herrliches zu essen, im Damenzimmer wurde gespielt und eine Tombola mit tollen Gewinnen gab es auch. Und zum Abschluss Wackelpudding, das war schon Tradition!

Müde und zufrieden nach diesem herrlichen Tag, den Gewinn an die Brust gedrückt, ließ sich Mädi von Sannes Vater nach Hause bringen.

Die neue Wohnung war schön, trotzdem gab es Überraschungen. Nach Eröffnung der Praxis legte sich Vater mittags ein wenig auf die Liege in seinem Arztzimmer. Als er aufstand, entdeckte Mädi auf seinem weißen Kittel mitten auf der Brust einen schwarzen Fleck. Es war - eine dicke Wanze! Und nach einiger Zeit wechselten das Haus und die Apotheke den Besitzer. Natürlich wollte der Apotheker auch in seinem neuen Haus wohnen. Also ging er von einem Mieter zum anderen, um die Wohnungen zu besichtigen. Mutter war so zufrieden mit der neuen Wohnung, dass sie diese in den höchsten Tönen lobte, mit dem Erfolg, dass auch der Hausbesitzer diese Wohnung als die Schönste fand und Vater die Wohnung kündigte. Es gab einen riesigen Ehekrach. Vater tobte und brüllte, Mutter weinte, aber es half nichts, sie mussten wieder umziehen. Also gingen Vater und Mädi auf Wohnungssuche. Und sie fanden „die" Wohnung in dem schönsten Haus, das Mädi je in ihrem Leben gesehen hat. Nie vorher und auch nie, nie wieder nachher. Nur ein paar Häuser weiter in Richtung Anhalter Bahnhof, gegenüber der Hedemannstraße. Sie sollte 150 RM kosten. „Nur?", staunte Mädi. Ihr kam das furchtbar billig vor für diese große, tolle Wohnung, in diesem herrlichen Haus. Aber Vater blitzte sie mit seinen hellen Augen an. „Verdiene du erst einmal 150 RM", sagte er grollend. Wie recht er hatte! Aber Mädi auch! Denn mit dieser Wohnung fing das gute Leben an! Die Praxis lief wie geschmiert. Von morgens neun bis abends acht stand Vater am Stuhl. Sein Bauch wurde dick, aber auch seine Krampfadern, vom vielen Stehen. Er machte seinen Führerschein, damals hatte nur jeder 46. ein Auto! - die Familie bekam eng anliegende Autokappen, dicke Brillen und Mädi einen hellen Mantel mit dicken braunen Lederknöpfen, denn schließlich wollte man

auch einmal das Verdeck herunter machen. Eines Tages
wanderte die Familie so angetan zu einer Autowerkstatt und
Vater lieh sich einen Wagen. Zur ersten Probefahrt. Es wurde
ein Ereignis. Und noch öfter wiederholt. Denn Vater war ein
vorsichtiger Mann. Erst wollte er mal ein sicherer Fahrer
werden. Aber den ganzen Winter saß er über den Prospekten
und Autokarten, (das war 1936/37) tippte Briefe, bekam
Antworten, telefonierte und dann stand die Sommerreise fest.
Man würde mit dem Zug nach Frankfurt/Main fahren, dort
bei den Adler-Werken den schon bestellten Wagen abholen
und dann sechs Wochen durch Deutschland fahren. Für jeden
Abend war der Ort genau festgelegt, das Zimmer im sorgfältig ausgesuchten Logis vorbestellt, für 6 Wochen!

Aber erst mal war Sommer 35, und was für ein Sommer! Die
Sonne knallte vom Himmel, der Asphalt glühte und Berlin
bereitete sich auf die Olympiade vor! Das Stadion wurde mit
allen Finessen gebaut, die Wilhelmstraße um die Ecke rum,
war ja schon fertig, ebenso um die andere Ecke rum, die
Gestapo-Keller, und am Landwehrkanal, ganz in der Nähe,
saß Canaris mit seiner Abwehr (aber das wussten nur Wenige),
von den Gestapo-Kellern wussten die meisten, aber sie
wollten möglichst nicht daran denken. Es war eine tolle Zeit.
Die Avus wurde gebaut, es gab Autorennen, es gab Bernd
Rosemeier und Carraciola, es gab Maxe Schmeling und Anni
Ondra, die Ufa mit ihren Stars kurbelte einen Film nach dem
anderen herunter. Sonntags ertönten Pfiffe unten im Hof und
Sigi vom Feinkostgeschäft im Hause, teure und feine Sachen
gab es da, fragte:
„Kommste mit ins Kino?" Und Mädi ging zu Vater: „Gibste
mir'ne Mark fürs Kino?" Und dann zogen die beiden los.
Sanne musste sonntags zu Hause bleiben, da gab's dann immer
Besuch, stinkvornehm und -stinklangweilig. Vater dagegen
schlurfte im verlschossenen Bademantel herum, legte sich
wieder hin, las, stand wieder auf -ohne sich anzuziehen -griff

zum Cello, brüllte nach Mutter, die in der Küche am kochen war, verlangte, dass das Gas abgedreht wurde und dann setzte sich Mutter an den Stutzflügel, hatte kaum Zeit die Schürze abzubinden, und dann musizierten sie. Mittagessen gab es dann um 3 Uhr, wenn die anderen vom Schläfchen erwachten und ans Kaffeetrinken dachten. Aber auf diese Weise hatte Mädi Zeit, nach dem Kino zu bummeln. Großmutter verzog sich in ihr Zimmer am hinteren Flur, er war 13 Meter lang, die Familie maß es genau aus. Die Sprechstundenhilfe hatte frei, ihr Zimmer lag neben dem von Großmutter, und je nach Schönheit und Temperament benutzte sie den Tag zum Waschen und Bügeln oder zum Ausgehen.

Da war einmal ein tolles Mädchen, die Hilde. Sie kam aus Ostpreußen, von einem Dorf, sprach Dialekt und nicht richtig deutsch. Sie bat, jeden Fehler zu korrigieren, sie ging abends in eine Sprachschule, sie lernte Schreibmaschine, alles neben der anstrengenden Arbeit, denn im Haushalt musste, wenn nötig, samstags auch noch geholfen werden. Sie liebte Mädi abgöttisch, nahm sie im Winter mit zum Rodeln und Schlittschuh laufen und dann kam die Sache mit Peter. Peter war Bayer, blond, blauäugig, 1,90 Meter groß, ein Kerl wie ein Baum und, er bewachte die Reichskanzlei. Und Hitler. Wenn er da war. Zu der Zeit war er viel da. Es gab große Reden, die im Radio übertragen wurden, die Familie hörte zu. Großmutter schüttelte den Kopf dazu, sie war voll schrecklicher Vorahnungen. Da sie brillant Englisch sprach, war sie die Expertin für die Nachrichten der BBC. Und da hörte sich vieles ganz anders an als bei Hitler, und noch mehr, wenn Goebbels klangvoll dem deutschen Volke die Ohren vollsäuselte. Die ganze Welt wurde nach Berlin eingeladen, und - alle kamen. Ein Triumph für Hitler und seine Mannen. Peter kam auch, strahlte, lächelte, stellte sich vor und Mädi durfte mit in die Reichskanzlei. Sie wurde von den Kameraden in der Wachstube herzlich aufgenommen und wunderte sich, woher alle diese langen Kerle kamen. Sie fand sie alle irgendwie gleich in ihren schwarzen SS-Uniformen. Dann, einige Wochen später, wurde Hilde merkwürdig nervös. Dauernd saß sie am Telefon und legte enttäuscht den Hörer wieder und wieder auf. Zu der Zeit war der Schlager „Peterle, mein gutes Peterle" gerade große Mode und jedesmal wenn Hilde das Lied im Radio hörte, fing sie prompt an zu weinen. Mädi wunderte sich aber schon sehr! Hilde ging dann als Sekretärin in ein Büro, sie hatte den Absprung geschafft.

Vater verdiente viel, und er war geizig. Auf diese Art kam er zu was. Er fand die Frauen toll, wenn sie gut frisiert, geschmückt und teuer und elegant angezogen waren, aber er war nicht bereit, mehr als nur das Mindeste an Kleidung zu bezahlen. Mutter hatte es sehr schwer, das bisschen Wäsche das jeder besaß in Ordnung zu halten. Sie bestrickte und benähte Mädi und diese Sachen mussten jahrelang halten. Mädi schämte sich oft in der Schule, die Kinder liefen lachend hinter ihr her, auch Sanne, das tat weh. Einmal stand sie schon vor der Tür des Rektors. Aber petzen? Nee, dann lieber weiter leiden. Sannes Mutter schüttelte oft den Kopf und fragte: „Kind, hast du denn gar nichts anderes anzuziehen?" Und Mädi hatte nichts. Aber Vater!

In jedem der riesigen Berliner Zimmer stand in einer Ecke ein hoher Kachelofen mit einem Sims drum herum. Und im Schlafzimmer, das nach vorne lag, wo es richtig schön laut war und nachts trotz geschlossener Jalousien die Leuchtfarben der Hotelreklamen durchs Zimmer liefen, immer abwechselnd - rot - lila - blau - grün, so, dass Mädi auf ihrer Couch nicht einschlafen konnte und in der Schule immer sooo müde war, - also auf diesem Sims lagen sage und schreibe 7000 RM, sieben! - Haufen mit Hundertmarkscheinen, fein säuberlich nebeneinander geschichtet. Es war Vaters größtes Vergnügen, sie durchzuzählen und wieder fein säuberlich aufzuschichten.

Arme Mutter! Sie sah das viele Geld, aber sie bekam keines. Sie wäre auch gern einmal zum Friseur gegangen, sie hätte sich gerne nach der neuesten Mode gekleidet, sie war eine hübsche Frau, aber selbst zum Einkaufen der Lebensmittel musste sie ins Sprechzimmer kommen und bitten: „Orje, gibste mir mal 5 RM, ich will einkaufen". Es war sehr demütigend für sie. Und das Schlimmste war, Mädi bekam alles, was sie wollte! Es war für sie immer eine tolle Sache, mit Vater in das Kaufhaus Wertheim zu gehen. Er setzte nie einen Hut auf, weil er so viele Leute in sämtlichen Etagen grüßen musste. Allein 3000 Angestellte des riesigen Kaufhauses am Potsdamer Platz waren seine Patienten. Er arbeitete immer durch, die Angestellten kamen in ihrer Mittagspause, oder sie kamen abends nach 17 Uhr, wenn das Kaufhaus schloss, er hatte 60 bis 70 Patienten am Tag!

Und er machte seine Technik selbst. Zum Schluss landeten sie dann in der Spielwarenabteilung, und dort wurden lauter Schätze vor Mädi aufgebaut. Vater fragte nur: „Willst du das haben?" Wer hätte da wohl Nein gesagt? So kam es, dass Mädi selber ein ganzes Spielzeugwarenlager zu Hause hatte. Zum Entzücken der ganzen Rotznasen aus der Nachbarschaft, die alle bei Mädi spielen durften, wenn sie nicht zu viel Krach machten. Die meisten von ihnen waren so schrecklich arm, für sie war es eine große Sache, bei Zahnarzt Philipps Christa spielen zu dürfen, dass sie ganz brav und still wurden und mit Feuereifer bei der Sache waren, wenn Mädi ihre Herrlichkeiten auspackte. So saßen sie oft mit sechs, sieben Kindern um den Tisch herum, bauten ganze Städte und Dörfer auf, mit Marktplätzen und Kornfeldern aus Zinn gegossen, es gab eine kleine Eisenbahn, die richtig fuhr, es war eine Wunderwelt. Zum Schluss wurde alles wieder sorgsam verpackt und dann stürmte die ganze Bande zur Tür raus. Für sie war diese Mädi eine kleine Prinzessin, und klar, dass sie auch beim Spielen die Prinzessin war, die geraubt wurde. Sanne schüttelte den Kopf, für sie waren das „dreckige Dreikäsehochs", aber Mädi war glücklich. Sie saß oben auf der großen Kiste mit Streusand und hielt Hof. Seltsamerweise war sie das einzige Mädchen zwischen Großbeeren- und Möckernstraße.

Und nun war dieser heiße Sommer. Sie hatten ein neues Mädchen, das Mädi nicht besonders gefiel. Den Eltern wohl auch nicht, aber es wurde viel verlangt, da konnte selbst Vater nicht so wählerisch sein. Der zählte mal wieder sein Geld auf dem Ofen und ihm stockte der Atem. Sieben Hunderter, genau 7, fehlten. Wer hatte das Geld genommen? Vater war außer sich. Er tobte, er fragte jeden aus. Zuletzt blieb nur das neue Mädchen und bei ihr fand man das Geld. Es kam die Kriminalpolizei in die Wohnung und nahm sie mit. War das eine aufregende Sache!

Vater war modern. Für neue Techniken hatte er immer Interesse und Geld. Er baute sich als Erster ein Radio in der Familie, dann für alle anderen in der Familie, dann für Fremde, gegen Geld. Da liefen diese Dinger noch mit Kopfhörern. Jetzt, 1936, kam ein Plattenspieler, ein Schrank, ins Haus. Und jede Menge Schellackplatten. Ganz vorsichtig musste man damit umgehen. Es wurde ein Register angelegt, jede Platte bekam eine Nummer und ihren festen Platz. Aber nicht genug, Vater, der Geschickte, baute sich einen Lautsprecher, hängte ihn in die breite Tür zwischen Schlafzimmer und Sprechzimmer, zog ein Kabel zum Plattenschrank und auf diese Art konnte er schon morgens im Bett sonntags die „Diebische Elster" hören oder die „Stars and Stripes" von Susa. Und er kam zu Mädi. Sie wurde beordert, eine Musiksendung zusammen zu stellen, aus den ganzen Schlagern. Peter Kreuder, die Cuban-Boys, Barnabas von Gezy, alle waren vertreten. Und Mädi legte sich lang und machte Musik für Vater und seine Patienten. Er machte die Tür zum Schlafzimmer auf und so konnten sie es hören. Auch auf andere Art gab Vater viel Geld aus. Da er den ganzen Tag kaum richtig zum essen kam, gingen die Eltern abends los. Mädi hörte Namen wie Pschorr-Bräu, Moka-Efti,

Haus Vaterland. Da gab es die Rheinterrassen, auf denen sogar ein richtiges Gewitter aufzog. Mädi wünschte sich glühend, endlich erwachsen genug zu sein, um einmal dieses Gewitter zu erleben. Stattdessen stand sie weinend dabei, als im November 43 das geliebte Haus Vaterland niederbrannte. Auch den dicken Portier vom Ufa-Kino, den kannte Mädi persönlich. Stolz ging sie zu ihm und bat: „Könnte ich wohl die bestellten Karten für Zahnarzt Philipp haben?" Ja, Mädi kam rum in Berlin. Vater schickte sie zu Boenicke in die Potsdamer Straße, wegen seiner Spezialmarke der Zigarren. Er schickte sie zu den Kinos am Zoo, um Karten abzuholen. Mutter nahm sie mit in die Philharmonie, wo sie Elly Ney spielen hörte, sie sah den Lohengrin, wo sie gespannt auf den Schwan wartete, sie sah Heinrich George und Emil Jannings auf der Bühne, sie sah Horst Kaspar als Ritter vom Strahl im Käthchen von Heilbronn, sie sah Mozarts Zauberflöte mit Erna Berger als Königin der Nacht. Einmal im Monat gingen sie in die Skala. Aber da war es ihr räumlich zu eng. Viel mehr liebte sie den Wintergarten mit seiner breiten Bühne, den funkelnden Glühlampen wie Sterne an der Decke. Dort saßen sie oben auf dem Rang an einem Tisch direkt an der Balustrade, die Eltern aßen etwas und tranken Wein. Dort erlebte Mädi Charly Rivel, wie er mit seinen Kindern eine Brücke baute, sie erlebte den unglaublichen Jongleur Rastelli, sie sah Die Drei Codonas durch die Luft fliegen, den Clown Grock, sie hörte Rosita Serano und und und. Sie fuhr mit Sanne nach Charlottenburg zur Anprobe bei der Schneiderin, sie fuhren zum Alex und schlenderten durch die Markthallen und kauften sich Melonen, sie gingen in den Tunnel unter dem Askanischen Platz bis zum Hotel Exzelsior, sie nahmen ihre Puppenwagen und karrten damit bis zum Kreuzberg, wo sie einmal bei den Tennisplätzen landeten, sehr abgelegen und ziemlich einsam. Nur zwei alte Männer saßen da, die ihnen nach kurzer Zeit unheimlich wurden. Sanne und Mädi sprachen nichts, nur das Gefühl einer großen Gefahr war da. Wie auf Befehl sprangen sie auf und rasten mit ihren Wagen so lange weiter, bis sie wieder bei belebten Spielplätzen mit Kindern und Müttern anlangten. Sie zogen mit den Rotznasen in den Tiergarten und spielten Räuber und Prinzessin.

Sannes Eltern besaßen ein Wochenendhaus draußen an der Dahme, Mädi durfte manchmal mit am Wochenende, und dann da schlafen. Das war immer eine aufregende Sache. Während der Fahrt mit der U-Bahn zählten sie die offenen Fenster und schauten gerne hinein. Dann ging es weiter mit der Straßenbahn und noch zu Fuß durch den Wald. Das Häuschen stand auf einem großen Bootsplatz, es war braun gestrichen und roch ganz herrlich nach altem Holz. Oben unter dem Dach hatte Sanne ihr Zimmer. Kaum angekommen, zogen sie ihre alten Trainingsanzüge an. Darin fühlten sie sich am wohlsten. Frau T. wollte ihre Tochter damenhaft erziehen, aber Sanne blieb immer Sanne und kaum war sie dem Machtbereich ihrer Mutter entronnen, zog sie die eleganten Klamotten aus und schlüpfte in ihren Trainingsanzug. Der erste Weg führte die beiden in den Wald. Sie suchten einen bestimmten Platz mit einer Konservenbüchse. Das war ihr Platz. Und erst nachdem beide in diese Dose gepinkelt hatten, fühlten sie sich richtig angekommen und bereit zu allen Schandtaten. Da waren einmal die Straßenbahnschienen. Sie legten große Steine darauf, versteckten sich und warteten mit wild klopfenden Herzen, ob die nächste Bahn entgleisen würde. Als sie es nicht tat, waren sie aber froh! Dann gab es da einen zusammengebrochenen, halb im Wasser liegenden Anlegesteg. Frau T. hatte gewarnt, Sanne sei immerzu krank und sehr anfällig. Sie dürften nicht ans Wasser gehen, Sanne dürfte auf keinen Fall nass werden. Der Steg war glitschig von grünen Algen. Klar, dass darauf geschlittert werden musste, so lange, bis Sanne mit beiden Schuhen im Wasser stand.

Herrliche Geschäfte gibt es zwischen dem Anhalter Bahnhof und dem Potsdamer Platz! Mädi kann sich gar nicht daran satt sehen. Vor allem die Porzellan-Läden haben es ihr angetan. Sie liebt das funkelnde Kristall genauso wie die zierlichen Porzellanfigürchen und das hauchdünne Geschirr. Sie drückt sich die Nase platt an der Scheibe und kann sich gar nicht trennen. Sie weiß nicht, dass diese Herrlichkeiten jüdischen Kaufleuten gehören. Aber eines Tages nimmt Vater sie an die Hand. Er ist still und blass und sie wundert sich. Dann versteht sie überhaupt nichts mehr. Die Scheiben der Porzellan-Läden sind eingeschlagen, in den Schaufenstern und im Geschäftsraum liegen die bewunderten Schätze zerbrochen, kaputt, alles kaputt! Mit Gewalt zerschlagen! Warum? stellt sich das Kind die Frage, warum kaputt machen? Wenn sie den Juden alles wegnehmen wollen, warum verschenken sie die Sachen nicht? Warum alles zerschlagen? Stumm steht das Kind vor den zerbrochenen Kostbarkeiten, eine unbeschreibliche Trauer im Herzen. Sie weiß jetzt schon, sie wird diesen Anblick und diese Stunde nie mehr im Leben vergessen. Und irgendwo im Leib sitzt ein unbehagliches Gefühl der Schuld. Aber was kann man denn tun? Sie spürt, Vater fühlt genauso. Er sagt nichts, knirscht mit den Zähnen und macht eine Faust in der Tasche. In München im Urlaub, gab es eine Gedenktafel an einer Häuserwand, vor der jeder den „Deutschen Gruß" machen musste. Kurz davor ging Vater auf die andere Straßenseite. „Ich grüße doch nicht so ein dämliches Schild", knurrte er damals wütend. Und nun steht er vor diesem Unrecht und kann nichts, gar nichts tun. Und dann kommen uniformierte SA-Leute und scheuchen die beiden drohend weiter.

Sie sind auf großer Tour mit dem kleinen Adler. Mädi sitzt vorn und ist froh darüber, denn die arme Mutter kann sich, eingekeilt durch Gepäck, kaum rühren. Für sechs Wochen und drei Personen braucht man schon einiges. Sie sind den Rhein entlang gefahren, vorbei an vielen Burgen, dem Binger Loch, dem Mäuseturm, der Loreley. Nun sind sie auf dem Weg nach Baden-Baden, zum Hotel „Zur Nachtigal", mitten im Wald. Riesige, dicke Bäume wie Mädi sie noch nie sah. Sie springt herum und ist glücklich. Dann Richtung Bodensee. Sie sind hoch, sehr hoch. Unten im Tal liegen Dörfer wie aus ihrer Spielzeugschachtel. Vater fährt konzentriert und angestrengt. „Jetzt kommt auch noch Nebel auf", brummt er ärgerlich, aber es ist kein Nebel, sie fahren in den Wolken. Bodensee mit Windstärke 9! Mädi geht in Lindau nahe zum Kai und springt dann jubelnd zurück. Laut klatschend schlagen die hohen Wellen darüber weg und überfluten den gepflasterten Platz. Dazu heult und braust der Sturm, es ist herrlich! Von Konstanz fahren sie mit dem Schiff nach Meersburg. Nun ist der See wieder freundlich und blau. Mädi genießt alles sehr, denn der Geruch nach Wasser, den sie so liebt, die Wärme der Sonne, die zufriedenen Eltern. Abends im Hotelzimmer ist alles fremd, aber endlich schläft Mädi doch. Die Eltern sitzen unten in der Gaststube. Plötzlich ein entsetzliches Krachen. Laut schreiend fährt sie hoch, aber da ist schon Mutter am Bett: „Ich dachte schon, dass du Angst bekommst", sagt sie. Es tobt ein furchtbares Gewitter draußen, sie bleibt, bis das Blitzen und Donnern vorbei ist. Befriedigt seufzend dreht sich Mädi zur Wand. Es ist doch schön, so liebevoll umsorgt zu werden! Wie sagt Vater immer? „Du warst sehr vorsichtig in der Auswahl deiner Eltern".

Vaters Gesicht ist ausdruckslos, als er im weißen Kittel am Behandlungsstuhl steht, aber Mädi kennt ihn zu genau, sie weiß, er kocht vor Wut! Sie haben die Gestapo im Hause, jawohl! Auf dem eisernen Balkon am Sprechzimmer steht einer und im Schlafzimmer am offenen Fenster. Sie haben kalte, harte Gesichter, tragen überlange graue Ledermäntel und machen Mädi Angst. Ganz still ist sie, furchtsam, bemüht nicht aufzufallen. Draußen in der Saarlandstraße ist die Hölle los. Ein hoher Staatsgast wird erwartet. Aus vielen Fenstern hängen die Hakenkreuzfahnen, riesig lang, und knattern leise im Wind. SA, Polizei und große HJ- Burschen halten sich untergehakt, sie stemmen sich fest auf den Boden, um von der drängenden unruhigen Menschenmasse hinter ihnen nicht umgestoßen zu werden. Vom Anhalter Bahnhof um die zwei Ecken herum bis zur Wilhelmstraße stehen die Leute Kopf an Kopf, es ist ein Sausen und ein Brausen in der Luft, das sich orkanartig verstärkt und zum infernalischen Geheul wird, als die Kolonne in Sicht kommt. Tausende Arme strecken sich in die Luft, Tausende schreien: „Heil, heil heil!" In ihren schwarzen Mercedes fahren sie langsam vorbei, stehend, mit erhobenem Arm. Da ist Goebbels, nach ihm der dicke Göring in Luftwaffen-Uniform, Hitler in Uniform mit dem Gast in Zivil. Molotow hat Mädi so gesehen, und Chamberlain. Alle sind froh, als der Spuk vorbei ist und die Herren in Grau wieder verschwunden sind. Wo sind sie aber nach dem Krieg geblieben? Wo die vielen Menschen, die so laut „Heil" gebrüllt haben? Nach dem Krieg sagten alle, sie wären nie dabei gewesen, und dass die Juden abgeholt wurden aus ihren Wohnungen, ja also, davon hat doch niemand etwas gemerkt. Und von den Konzentrationslagern und den Gaskammern, ja, davon hat man doch erst nach dem Krieg erfahren! Mädi weiß, das ist eine glatte Lüge! Sie weiß aber auch, helfen konnte niemand, zu eng war das Netz der Denunziation gespannt. Niemand konnte einem anderen trauen. Der von der Partei ernannte Hauswart schnüffelte herum und beobachtete jeden. Aber Vater lebte sein Leben und kümmerte sich um nichts und niemanden. Es gibt einen so lauten „RUMS", dass das Bett von Mädi wackelt und die Fensterscheiben klirren. Entsetzt fährt sie hoch. Mitten in der Nacht ist es und stockdunkel. Aber ein rötlicher, flackernder Schein liegt über dem Hof, als sie hinaüsblickt. Was ist passiert? Das eigene Haus brennt nicht, so viel kann sie erkennen. Was ist es dann? Am nächsten Morgen steht es in allen Zeitungen, mit riesigen Überschriften. „Missglücktes Attentat auf den Führer!" Der Anhalter Bahnhof brannte, weil Anti- Faschisten

auf den Extrazug des Führers eine Bombe geworfen hatten.
Aber der Führer war gar nicht drin.

Samstag Abend Korso in der Saarlandstraße! Die Neonlichter
der vielen Hotels flimmern in allen Farben, am Askanischen
Platz drängen sich die Menschen Schulter an Schulter. Hellge-
kleidete schwarze Neger, indische Frauen in bunten seidenen
Saris, vom Bahnhof pfeifen die Lokomotiven, die Linie 1
rasselt wie eine Hornisse zwischen dem Halleschen Tor und
dem Potsdamer Platz hin und her, alle fünf Minuten eine,
vollbesetzte Taxis rauschen leise auf dem Asphalt, elegante
Damen mit ihren Begleitern gehen ins Hotel Exzelsior zum
Tanz, die Luft ist lau, durchweht von teuren Parfüms. Die
Eltern schlendern entspannt neben Mädi und Sanne. Diesmal
ist Sanne zu Besuch und es sticht sie der Hafer und der Übermut. Mit dem Ellenbogen rempelt sie jeden Erwachsenen an,
der ihr entgegen kommt. Und auf einmal macht es laut
„Klatsch!", der Herr, der Sanne eine Backpfeife gegeben hat,
geht ruhig weiter. Sanne sagt keinen Ton, hat eine knallrote
Wange und macht ein dummes Gesicht. Die Eltern haben nichts
gemerkt und Mädi hütet sich, ein Wort zu verlieren.

Mutter wäre beinahe gestorben! Mädi zittern noch die Knie.
Dabei war alles so schön gewesen. Sie fuhren durch den Harz,
besahen sich die Bode, die Rosstrappe. Irgendwo machten sie
Rast, mit Übernachtung. Und Abendbrot. Vater nahm natürlich Fleisch, Mutter aber sah auf der Karte, dass es frische Pilze
gab und bekam Appetit darauf, Stunden später war sie todkrank. „Pilzvergiftung", sagte der schnell herbeigerufene Arzt.
Mädi wurde weggeschickt und dann begann der Kampf und
eine schreckliche Nacht. Als alles glücklich vorbei und überstanden war, wurde Vater wütend. Er verlangte den Ge-
schäftsführer und brüllte. Dann fuhren sie ab. Irgendwann
einmal waren sie auch in Coburg. Lauter reizende alte Damen

bemühten sich um Mädi. Sie hatten alle rosige Gesichter und gepflegtes silbernes Haar und waren alles Cousinen von Großmutter. „Nein, wie reizend", sagten sie, „Hedwigs Enkelin", und stopften sie voll mit kleinen Törtchen und Kakao. Mädi fühlte sich unheimlich wichtig, so im Mittelpunkt .

Vater läuft der Schweiß in kleinen Rinnsalen über die Schläfen, Mädi wagt kaum, hinzusehen. Sie kleben mit dem Auto an der steilen Auffahrt zur Burg in Heidelberg, und wie steil das ist! Vor ihnen Autos, hinter ihnen Autos, dazwischen dicke Reisebusse. Und einer von diesen langen, breiten Dingern steht mit dem linken Vorderrad an Vaters Stoßstange und das in einer scharfen Kurve. Niemand kann mehr weiter. Es bleibt Vater nichts übrig, er muss zurück, damit der Bus um die Kurve kommt. Und mit Vater müssen alle Autos hinter ihm zurück, Zentimeter für Zentimeter, langsam,langsam! Das ist ein Gekrieche rückwärts den Berg hinunter, Mädi bleibt der Atem stehen. Jeden Augenblick wartet sie darauf, dass es irgendwo kracht. Endlich hat der Bus links vor ihnen genug Platz, um durch die Kurve zu kommen und es geht wieder vorwärts, hinauf. Auf dem Parkplatz bleibt Vater erstmal hinter dem Steuer sitzen, bis sich seine Nerven beruhigt haben.

Das Städtchen Gera in Thüringen wird Mädi auch nie vergessen. Eine ganze Woche sitzen sie da fest. Der Treibriemen war plötzlich gerissen und in der Werkstatt erklärten sie Vater, dass der kleine Adler vollkommen ausgebaut werden müsste, wenn man da überhaupt rankommen wollte. Vater stand kurz vor einem Schlaganfall! Den ganzen Tag tigerte er auf dem Hof herum und nervte die Mechaniker, während Mutter mit Mädi spazierenging und bei den Mahlzeiten ergeben dem Lamento Vaters zuhörte. Das war eine herrliche Urlaubsfreude! Nachdenklich steht Vater am Ufer eines kleinen Flusses. Neidisch sieht er zu, wie drei braune Kinder mit schwarzen Locken und blitzenden Zähnen sich in dem kühlen Nass vergnügen. Er denkt an Mädis Schwimmkünste! Wie ein

Storch stippt sie mit einer Zehe den sicheren Grund, sie kann sich einfach nicht dazu aufraffen, sich dem Wasser anzuvertrauen. Da kommt der Erzeuger dieser Enten, genauso braun, sportlich schlank, mit blitzendem Lächeln. „Sagen Sie", fragt Vater zögernd, „haben Sie Ihren Kindern das Schwimmen beigebracht?" „Ja, natürlich", ist die Antwort, „das ging ganz schnell und einfach." „Ach, wirklich?" Vater krault sich das dreifache Kinn. „Könnten Sie es wohl meiner Tochter auch beibringen?" Mädi steht auf einem Bootssteg in der Nähe und ihr gefällt die Wendung des Gespräches überhaupt nicht. Und ehe sie protestieren kann, kommt der braune Mann auf sie zu, packt sie und wirft sie im hohen Bogen ins Wasser! Gurgelnd schlägt es über ihr zusammen. Vaters Schrecksekunde dauert nicht lange. Er saust den Steg entlang und mit einem nicht sehr eleganten Hechtsprung in voller Montur hinter seinem Kinde her. Als es brüllend wieder auftaucht, packt er kräftig zu und bringt es sicher an Land. Dort stehen wie die Orgelpfeifen die lächelnden Zigeuner. Während Mädi abwechselnd spuckt und schluchzt, schimpft Vater wütend los, aber er erntet nur ein verächtliches Achselzucken bevor die vier lautlos verschwinden. Vater ist ganz geschockt und entschuldigt sich doch wirklich ernsthaft bei seiner Tochter!

Vater hat ein neues Hobby. In den Erker des Berliner Zimmers, Durchgangszimmer nach hinten mit einem Fenster zum Hof, baut er eine Etagere aus Stahl, stellt zwei riesige Fischbassins hinein und dann besorgt er sich Fachliteratur. Erstmal für das Zubehör. Da wird gebohrt zur Abstützung, Schläuche und Pumpen werden installiert, dann Steinchen, Sand, Pflanzen, kleine Schnecken in die Bassins gegeben. Nun sieht es schon wunderhübsch aus. Zwei Häuser weiter ist eine Zoohandlung, vor der Mädi oft stehenbleibt und sich die Nase an der Scheibe plattdrückt. Geht Vater da hin? Aber denkste! Mit Mädi zusammen fährt er zum Alexanderplatz. Da geht's noch um ein paar Ecken, in einen riesigen Fahrstuhl, der aussieht wie ein Tierkäfig bis unters Dach in den 6. Stock. Mädi bleibt die

Luft weg, im wahrsten Sinne des Wortes, denn plötzlich sind sie mitten im Urwald und die Luft ist feucht und warm. In einem riesigen Wasserbassin kriechen kleine Alligatoren herum, in großen Glasbehältern ringeln sich Schlangen, und wieviele Sorten! Dicke lange, kleine dünne, die Zünglein und langen Beißzähne sehen gefährlich aus, Mädi schaudert's. Da geht sie lieber schnell weiter zu den Schildkröten, aber noch interessanter sind die Affen, die sich in ihren Käfigen auf Baumstämmen herumschwingen und Mädi neugierig mustern. Bunte Vögel gibt es, die Mädi noch nie sah, Papageien fliegen frei herum, es ist ein Geflöte, Gesinge und Gekreische in der Luft, Mädi brummt der Schädel! Aber es ist herrlich! Vater steht vor den Bassins mit den Fischen und guckt und guckt. Er sagt nicht einfach zu dem Tierhändler: „Ich will sechs Guppies", oh nein! Er sucht sich seine Fische aus und der arme Mann muss mit seinem kleinen Käscher genau den Fisch angeln, den Vater sich ausgesucht hat. Auf diese Weise dauert es einige Zeit, bis sich die Aquarien zu Hause füllen. So kommt Mädi noch öfter in den Genuss, am Alexanderplatz in den Urwald zu gehen. Vater aber ist fest davon überzeugt ein Kenner zu sein und Besitzer von ganz besonders kostbaren Exemplaren. Auf das unterste Fach hat Vater lauter kleine Glasbehälter gestellt, denn selbstverständlich will er auch Fische züchten. Leider hat eine bestimmte Fischart keine Weibchen mit mütterlichen Gefühlen, denn diese „Mütter" betrachten ihre frischgeborene Nachkommenschaft als besondere Leckerbissen. Das ist natürlich gar nicht in Vaters Sinne und so beauftragt er Mädi gut aufzupassen, was gar nicht so einfach ist, denn schließlich hat Mädi noch anderes zu tun. Sie muss zur Schule gehen, Schularbeiten machen, Klavier üben und spielen will sie schließlich auch! Aber Vaters Wunsch ist ein Machtwort und so passt sie auf, so oft sie kann. Es lohnt sich nicht nur für Vater als Fischzüchter, sondern auch für Mädi. So manches 5 RM Stück wandert dafür in ihre Sparbüchse. Bei Vaters Engagement für die Fische kann man sich vorstellen wie besorgt er wird, als die

Ferienzeit naht. Sechs Wochen Urlaub, auch für die Sprechstundenhilfe. Großmutter geht so lange zu ihrer Schwester in die
Feuerbachstraße, was wird da aus den Fischen? Als Helfer in
der Not bietet sich Tante Grete an, die Schwägerin von Vater.
Onkel Gerhard wohnt mit seiner Familie in der Wassertorstraße, das ist nicht so weit weg. Und da sie nicht berufstätig ist
und „nur" drei Kinder hat, übernimmt sie dieses schwierige
Amt mit etwas ängstlichem Gesicht. Sechs Wochen später ‚Vater
schließt die Wohnung auf. Nach sechs Wochen unterwegs sein
ist man froh, wieder zu Hause zu sein. Mädi stürmt ins Wohnzimmer und bleibt erschrocken stehen. Die Etagere ist leer!
Kein Aquarium, keine Fische mehr, alles weg! Sie verdrückt
sich schleunigst nach hinten, denn jetzt zieht ein Sturm auf!
Und richtig: Vaters Gebrüll aus dem Wohnzimmer ist nicht zu
überhören. Wo sind die Aquarien geblieben?? Mädi läuft in die
Küche und nun stockt ihr wirklich der Atem: die Küchentür
hat ein großes Loch! Ein paar Bretter sind kreuz und quer
provisorisch darüber genagelt. Was war hier los? Ist bei ihnen
eingebrochen worden? Etwas später kommt Familie Philipp
aus der Wassertorstraße. Tante Grete brauchte Geleitschutz,
allein traute sie sich nicht zu Vater. Sie ist vollkommen zer-
schmettert. „Irgendwas muss ich falsch gemacht haben, Orje",
jammert sie. „Das glaube ich auch", brummt Vater wütend,
aber angesichts seines Bruders und seiner drei Neffen kann er
nicht so wie er will. Mädi ist froh, dass Tante Grete so schlau
war, sie mitzubringen. „Ich muss was verstellt haben", erklärt
sie. Jedenfalls wurde das Wasser immer heißer, die armen
Fische kochten regelrecht und schließlich taten die Aquarien-
wände das, was Glas immer tut, wenn es zu heiß wird: sie
platzten und die zig Liter kochenden Wassers ergossen sich
aufs Parkett. Und das Wasser tat das, was Wasser immer tut, es
floss nach unten. Plötzlich saßen einige Büroangestellte im 1.
Stock im Nassen. Und sie taten das, was vernünftige Leute
dann tun sollten, sie riefen die Feuerwehr. Da im 2. Stock
niemand öffnete, schlugen sie die Hintertür ein und fanden

dann die Bescherung. Und als Tante Grete das nächste Mal kam, durfte sie alles aufräumen. „Seitdem konnte ich nicht mehr schlafen", klagt sie jetzt und sieht Vater flehend an. Was soll Vater tun? Angesichts solcher Reue kann er nicht mehr böse sein. Und hübsche Augen hat Tante Grete auch noch, groß und strahlend blau. Sie bilden einen guten Kontrast zu ihrem langen schwarzen naturgekrausten Haar. Zum Friseur braucht Tante Grete nicht. Sie hätte auch gar kein Geld dafür. Onkel Gerhard hat schon vieles angefangen, aber keine Ausdauer. Und auch nicht viel Lust, sich körperlich anzustrengen. Er tut aber was er vermag, denn er liebt seine Frau und seine Kinder abgöttisch. Wenn sie sich streiten, schließt ihn Tante Grete aus dem Schlafzimmer aus, was er nicht verkraftet. Die ganze Familie weiß das und alles amüsiert sich darüber. Mädi weiß es auch, wenn sie auch noch nicht begreift, was es bedeutet. Man soll kleine Mädchen aber nicht unterschätzen! Sie bekommen (fast) alles mit!

Großmutter und Mädi sitzen am großen Esstisch. Großmutter liest die „Berliner Illustrierte", und Mädi puzzelt. Irgendjemand hat ihr das Spiel geschenkt. Es muss sehr teuer gewesen sein, denn jedes Bild ist das Foto eines Filmstars. Sie kennt sie alle, denn darf sie auch nur in Kindervorstellungen, die Fotos in den Schaukästen guckt sie sich genau an. Aber dieses schöne, klare Mädchengesicht, das sie Stückchen für Stückchen zusammensetzt, ist ihr unbekannt. Schließlich hat sie die Unterschrift fertig. Renate Müller. Nie gehört. „Oma", fragt Mädi, „ kennst du eine Renate Müller vom Film?" Großmutter zuckt sichtlich zusammen. „Na ja", meint sie dann zögernd, „sie war eine bekannte Schauspielerin." „War? Spielt sie denn nicht mehr?", will Mädi wissen. „Nein", sagt Großmutter plötzlich sehr kurz angebunden, „sie ist tot." Und dann vertieft sie sich wieder in ihre Zeitung. Längere Erfahrung lässt Mädi wissen, das Gespräch ist zu Ende. Großmutter will nichts sagen, so viel ist klar. Aber warum? Mädi betrachtet wieder das schöne

Gesicht und ist sehr traurig. Erst viel später, als in einem Film mit Ruth Leuwerik und Peter van Eyck die tragische Liebe der Schauspielerin zu einem Juden, ihre Verfolgung durch die Nazis und ihr Aufenthalt in einer Nervenklinik, der mit ihrem Freitod endete, (sie sprang durch ein geschlossenes Fenster) nachgespielt wurde, erfuhr Mädi die Wahrheit. Und da verstand sie auch, weshalb ihre Großmutter damals nichts sagen wollte. Offiziell durften solche Geschehnisse nicht bekannt sein. Zu den falschen Leuten darüber zu sprechen, konnte tödlich sein.

Großmutter wird immer kleiner und es sind schon zwei Stöcke, an denen sie gehen muss. Mädis Aufgabe ist es, sie auf ihren Spaziergängen zu begleiten. Das ist keine leichte Aufgabe, vor allem die zwei Stockwerke hinunter. Denn da liegen rote Läufer, von goldenen Stangen gehalten, die schnell zu Fußangeln werden. Ja, Mädi wohnt in einem sehr schönen Haus. Die Treppen aus schneeweißem Marmor müssen ständig von der armen Frau Greiner, der Hauswartsfrau, mit Seifenlauge gescheuert werden, und außerdem noch drei hölzerne Treppenaufgänge im Hinterhaus. Haben die beiden es am Hoteleingang im ersten Stock vorbei, bis zur untersten Treppe geschafft, kommen sie an einen breiten Absatz. Mädi steht oft da oben, denn die ganze Wand besteht aus einem einzigen riesigen Spiegel! Sie träumt dann, sie wäre eine Braut und ihre ganze Hochzeitsgesellschaft stünde unter ihr auf der Treppe. Was für ein Anblick müsste das sein! Der breite Rahmen des Spiegels hat dicke Schnörkel und ist vergoldet. Geht man links herum, die letzten paar Stufen hinunter in die Eingangshalle, steht man noch einmal vor solch einem riesigen Ding. Die arme Frau Greiner! Auch die Haustür macht der armen Frau viel Arbeit, denn sie besteht aus dickem Glas, halbhoch von handgeschmiedeten Gusseisenranken mit Blüten und Blättern bedeckt. Auch die Geländer sind bis zum obersten

Stock hinauf aus diesem schwarzen Eisen mit rotem Samt verkleidet. Und erst die Fenster! Sie sind wie in einer Kirche aus bunten, bleigefassten Gläsern. Was für ein Haus! Mädi liebt es heiß. Nie wieder traf sie auf solche Pracht und als im Juli 44 dieses herrliche Gebäude von unten her durch Brandbomben wie eine Fackel verglühte, blieb in Mädis Herzen auch nur noch Asche. Sie hatte seitdem viele Wohnungen, aber nie mehr in Berlin und nie mehr ein zu Hause, eben nur noch Wohnungen.

Mädi geht langsam, Großmutter untergehakt. Sie ist erst neun, aber sie besitzt Verantwortungsgefühl. Das Pflaster hat Huckel, Großmutter darf nicht darüber stolpern. Ein Laden reiht sich an den anderen, viele Leute gehen einkaufen, alle haben es eilig. Mädi muss aufpassen, dass Großmutter mit ihren beiden Stöcken nicht angerempelt wird. Sie gehen ums Karree, immer rechts um die Ecken, so brauchen sie keine Straße zu überqueren. An der Ecke Nr. 45 vorbei, wo jetzt der Apotheker in ihrer Wohnung lebt, (phph, so ein einfaches Haus, obwohl es dieses Haus ist, das Theodor Fontane in seinem Roman „Effi Briest" erwähnt), gegenüber der kleinen Christus Kirche, in die Großbeerenstraße, dann die Halleschestraße entlang, wo die kleine Annemarie wohnt, bis zur Möckernstraße. Und da wird es kriminell! Da herrscht so viel Verkehr, daß einem die Ohren summen! Dort liegt das riesige Postamt SW1 1. Die gelben Kastenwagen der Post brummen herum wie Wespen. In die Einfahrt rein, aus der Ausfahrt raus. Großmutter und Mädi müssen eine Pause einlegen, bis sie unbeschadet daran vorbeikommen. Inzwischen saust der Verkehr unterbrochen. Aus dem Anhalter Bahnhof pfeift und zischt es, Züge kommen quietschend an oder setzen sich langsam in Fahrt. Die großen schweren Brauereiwagen dröhnen vorbei. Habt ihr schon einmal ein riesiges Brauereipferd gesehen? Es ist ein Berg! Und da passiert es! Einer dieser Postwagen kommt herausgeschossen und fährt genau in einen der Riesen hinein. Mädi bleibt das Herz stehen. Das arme Pferd! Es wiehert und bäumt sich auf

und als das Postauto vorsichtig zurücksetzt, sieht Mädi die große, offene Wunde im Schenkel des Pferdes, aus der das Blut strömt. Großmutter drückt schnell Mädis Kopf an sich, aber der Anblick ist im Gedächtnis.
Sie wird diese Szene nie vergessen!

Österreich wird deutsch! Vater ist sehr nachdenklich, Großmutter schüttelt den Kopf und die rundliche, kleine Mutsch (Mädi ist jetzt so groß wie sie) blickt ein bisschen ratlos und ängstlich von einem zum anderen. Was plant der Führer jetzt noch alles? Mutter hat geerbt, Mutter hat eigenes Geld! Sie geht zum Friseur, sie geht mit Mädi zu Salamander in die Belleralliancestraße und kauft Schuhe. Bei Mädi ist das eine schwierige Sache. Ihr großer Zeh ist viel zu lang geraten, dafür sind ihre Füße aber zu schmal. Die armen Verkäuferinnen kommen bei ihr ins Schwitzen, sie müssen suchen und suchen. Schmale Schuhe sind zu kurz, passen sie in der Länge, versäuft Mädi drin, es ist schon ein Kreuz mit ihren Füßen! Zum Schluss fahren sie zum Gendarmenmarkt, das ist das Konfektionsviertel von Berlin, dort hat auch Onkel Charley sein Geschäft. Zum ersten Mal im Leben schwelgt Mädi in Kleidern, sie darf sich die schönsten aussuchen. Was für ein Vergnügen! Und Vater, der Geizige, guckt ein bisschen schief, wegen des Geldes, und ein bisschen geschmeichelt, wegen des guten Aussehens seiner Weibsen. Hauptsache, er muss es nicht bezahlen!

Der 10. Geburtstag ist für jedes deutsche Kind ein Ereignis. Ist man ein Mädchen, kommt man zum BDM, als Junge zur HJ, auf jeden Fall gibt es eine neue schicke Uniform! Schwarzer Rock, weiße Bluse. Das Fahrtentuch mit Lederknoten liegt schon bereit, das darf man erst tragen, wenn man auf den Führer vereidigt wurde. Das wird eine feierliche Angelegenheit. Kopf an Kopf stehen die neuen Pimpfe, heben die Hände

und sprechen die Formel nach, die irgendein so „hohes Tier"
in Uniform, mit vielen Schnüren auf der Brust, ihnen vor-
spricht. Dann gibt es vorgedruckte Zettel. Du hast .... im Haus
.... um .... im Zimmer .... zu erscheinen. Die ersten Wochen
geht Mädi treu und brav hin, aber dann häufen sich die Zettel
auf ihrem kleinen Schreibtisch, den sie von Großmutter geerbt
hat, und die Mahnungen, doch ja zu erscheinen. Mädi ist
Individualist. Es reicht ihr, dass sie immer und noch dazu
pünktlich zur Schule gehen muss. Das stinkt ihr schon, innerlich
ist sie am Aufmucken und heimlich träumt sie davon, einmal
ein dickes Paket Sprengstoff unter die Schule zu legen, und
wenn die dann kaputt ist...

Mädi liest und liest. Sie hasst den Winter, Schnee, Kälte, morgens
die Dunkelheit. Großmutter ist zu einer Cousine gezogen,
einer kleinen, behenden Person, mit einer Wohnung im
Erdgeschoss. Da hat sie bessere Pflege, ein schönes helles
Zimmer zur Straße, modern, in einem Neubau. Mädi hat ihr
ganzes Zimmer geerbt, das goldene Metallbett und das
Vertiko. Das ist wichtig, denn es nimmt alle Bücher von Mädi
auf. Über 140 Stück sind es! Auch den Ohrensessel im Erker,
wo einmal die Fische standen, hat Mädi vereinnahmt. Dort
hinein verkrümelt sie sich und die ganze Welt kann ihr gestohlen bleiben, wenigstens im Winter. Die Aufnahmeprüfung zum
Lyzeum schaffte sie glatt, jetzt lernt sie noch Englisch und
Französisch, das reicht ihr! Und dann noch „Dienst?" Nein,
danke! Das ist ihr viel zu unbequem und zu langweilig, sie liest
lieber. Mutter muss zur Schule, der Englischlehrer ist nicht
zufrieden mit Mädi. „Vollkommen verschmökert und
verdöst", sagt er. Mutter hat Mühe, ernst zu bleiben, sie nimmt
das nicht tragisch. Aber Mädi tut nur so verdöst, sie macht sich
halt so ihre eigenen Gedanken.

Onkel Gerhard ist jetzt Polizist, schick sieht er aus in seiner
Uniform. Er macht richtigen Streifendienst oder fährt eine
„Grüne Minna", einen Gefängniswagen, mit der Politik hat er
nichts zu tun, aber ein regelmäßiges Einkommen.

Mädi geht jetzt öfter zu Großvater Philipp, sie bekommt Zeichenstunden bei ihm. Einmal kommt Hans, der wilde Cousin und sie machen zu Dritt einen schönen Spaziergang auf den Kreuzberg. Großvater stellt sich mit seinen Enkeln sogar dem Fotografen. Es ist ein herrlicher Frühlingstag, frisch und klar, der Wasserfall rauscht über die künstlichen Steinstufen, es riecht nach Malz von der Brauerei, die Vögel zwitschern, die Kinder auf den Spielplätzen kreischen und heulen, stolze Muttis schieben ihre Kinderwagen.

Hinterher geht Großvater mit ihnen zur Bank und jeder bekommt ein Sparbuch mit einem Hunderter drin. Zum Schluss gibt's noch Eis. Was für ein Tag!

Es ist Sommer. Großvater fährt mit ins Grüne, Tante Eva und Onkel Franz sind auch dabei. Der Wagen steht geparkt im Schatten. Mutter hat Kartoffelsalat und Eier mitgenommen. Die Männer stellen die Campingsachen vom Boot auf einem Hügel auf und nun sitzt man und futtert. Großvater sitzt mit dem Rücken zum Abgrund. Plötzlich verliert er das Gleichgewicht, macht mitsamt dem Stuhl rückwärts einige Überschläge und kommt unten mit allen sechs Beinen wieder im Gras an. Gelähmt vor Schreck sehen alle hinter ihm her, dann stürzen sie ihm nach. „Hast du dir auch nichts gebrochen, Vater?" Das Genick hätte er sich brechen können! Sie untersuchen ihn, nein, er ist in Ordnung. Das soll ihm mal einer nachmachen! Er ist über achtzig! Und auch das ist Großvater: Er sitzt am Klavier, die Familie um sich versammelt, tritt tüchtig ins Pedal und donnert Opernmusik von Wagner durch die Wohnung, dass es nur so dröhnt. Und alles ohne Noten!

Es ist Samstag, Sommer 39. Die Zahntechnik fertig, die Schule aus, die Familie sitzt im Auto vorm Haus und will abfahren, nach Altfriesack. Plötzlich wird die Tür neben Mädi aufgerissen und eine wütende Stimme ruft: „Du kannst heute nicht fahren, wir haben Dienst!" Es ist Mädis BDM-Führerin.

Sie steht da sehr frech, sehr jung, die Tür in der Hand und wartet, dass Mädi aussteigt. Vater sieht rot. Sehr eisig sagt er: „Meine Tochter fährt mit mir", beugt sich schnell seitwärts, zieht die Autotür zu und ist schon gestartet, bevor das Mädchen überhaupt Pieps sagen kann. Mädi erhascht noch den erbosten Blick und hört die Worte: „Das werde ich melden!", und hat das ganze Wochenende über ein schlechtes Gefühl im Magen. Ob dieses Mädchen Vater anzeigt?

Der Wald ist nicht still. Die Wipfel über ihnen rauschen leise, ab und zu keckert es in ihnen. „Das sind die Wildtauben", sagt Helmut. Helmut ist Altfriesack. Er rudert Mädi im Kahn auf den See, er geht mit ihr schwimmen, er klaut mit ihr zuckersüße Möhren und Erbsen aus den Gärten, er treibt abends die Kühe zurück ins Dorf und Mädi geht mit, auch wenn die Bremsen stechen und er geht mit ihr ganz allein in den Wald. Da kennt er sich aus. Er weiß, wo die Hasen ihre Nester bauen, bestimmt die Rufe der Vögel, nennt die Namen der Käfer und Schmetterlinge, er geht mit ihr in Wustrau auf den Friedhof und zeigt ihr, wo der olle Ziethen, der berühmte General vom alten Fritz, begraben liegt, er hilft seiner Mutter den Hammel zu füttern, er mistet den Stall aus, macht Besorgungen und er baut Flugzeuge, die er an Schnüren unter die Zimmerdecke hängt. Seine Mutter ist stolz auf ihn. Sie war nie verheiratet und verdient für sich, ihren Sohn und ihren alten Vater den Unterhalt mit Nähen. Tante Lenchen näht und singt. Alle die traurigen Lieder von verlassener und heimlicher Liebe, von der verlorenen Heimat. Mädi hört interessiert zu, dieses Repertoire ist ihr neu. Später wird sie sich daran gewöhnen, denn Goebbels ruft den totalen Krieg aus und Mädi kommt zu Tante Lenchen in Pension. Altfriesack, das ist Tante Belz mit ihrem Streuselkuchen, der durchs ganze Haus duftet, mit ihrer Klütersuppe aus Ziegenmilch, die Mädi nicht runterbekommt, Altfriesack, das sind warme, helle Sommerabende über dem Dorf, wenn die Erwachsenen im Hof sitzen und sich leise unterhalten, Altfriesack, das ist wilde Lauferei in den schmalen Gängen rings um die Schleuse, so dass Schleusenwärter Opa Protz Angst bekommt, seine Enkel und Mädi sausen ins Wasser. Altfriesack, das ist die Mutprobe, wer hält sich am längsten auf der Zugbrücke, wenn ein großes Schiff durchkommt, Altfriesack, das sind wilde Spiele abends mit der ganzen Dorfjugend auf dem Platz vor der Schule, die nur einen Klassenraum für alle Kinder hat bis Lehrer Böhm zum Fenster rausruft, dass nun aber Schluss sein muss, Altfriesack, das ist der warme Waldweg, den die kreischende Meute langfegt, um als Erster im Wasser vom Neuruppiner See zu sein, das ist Plantschen, Kreischen, Spritzen am Ufer, Altfriesack, das ist der große Holzplatz am Rhin mit dicken Stämmen zum Balancieren, mit Wippen aus Bohlen über einen Bock gelegt. Altfriesack, das ist das Wirtshaus Wierspitzki mit dem großen Tanzsaal und der Bühne, hinter der herumgetobt werden darf, mit der Kegelbahn, die Vater und die anderen Männer polternd benutzen, während Mädi und die anderen Kinder flink die Kegel wieder aufbauen und kreischend auseinanderfahren, wenn die Kugel angerumpelt kommt. Altfriesack, das ist ein stickiger Nachmittag mit Vater und Mutter im Wald, wo alle drei sich hinlegen und fest einschlafen, bis ein Regenguss, Blitz und Donner sie wecken und sie bis auf die Haut nass nach Hause rennen, Altfriesack, das ist der blaue Orje, mit dem man nach Neuruppin schippert, unterwegs begegnet vom Weißen Ausflugsdampfer. Der Kapitän steht oben am Ruder und winkt und Mädi brüllt: „Onkel Jenge, tute mal!" Und tatsächlich, der Dampfer tutet laut und anhaltend, ein paar Mal, nur allein für Mädi. Das ist so Sitte auf dem Neuruppiner See, Altfriesack, das ist der unheimliche Beetzsee auf der anderen Seite der Schleuse, aus dem die Fischer armdicke Aale und schwere Hechte holen, Altfriesack, das sind Indianerspiele mit Federschmuck und angemalten Gesichtern in den Binsensümpfen am Rhin, mit „Umba-Umba Grunzen" und Anschleichen, Altfriesack, das ist Freiheit, Sonne, Wärme,

Geborgenheit in einer engen und großen Gemeinschaft, Altfriesack, das ist Nehlmanns Kramladen mit Gurkenfässern und Glasbehältern mit sauren Drops, Himbeerbonbons und Lakritze, und Liebe für die Kinder, Freundlichkeit, die aus dem Herzen kommt, mit märkischem Platt und verschmitztem Humor, der oft sehr deftig ausfällt, Altfriesack, das ist der Ortsbauernführer, der größte Bauer im Dorf, mit 200 Morgen Land und 20 dreckigen Kühen im Stall, mit einer schlampigen Frau und zwei halbwüchsigen Söhnen, die ihn aus dem Hause einer Witwe herausholen und mit Kuh-peitschen durchs ganze Dorf nach Hause jagen, zur Gaudi des johlenden Publikums. Ja, das ist Altfriesack, ein Eldorado, wie es das nie wieder geben wird.

Mädi graust's. Sie steht bis zu den Knöcheln in grauem Schlick. Und überall krabbeln Krebse darin! Wenn sie nun einer in den Zeh beißt! Sanne neben ihr macht ein Pokergesicht. Sie graust sich genauso, will es aber nicht zugeben. Frau Trietschel findet es gesund, was die beiden machen und deshalb laufen sie durch das Watt. Unter ihren Füßen blubbert und glitscht es. Igit, igit!
Es ist Sommer, und sie haben Ferien. Die letzten im Frieden, die letzten in einer (noch) heilen Welt, aber sie wissen es nicht. Zum Glück! Obwohl die Erwachsenen jetzt öfter sorgenvoll die Köpfe zusammenstecken und leise Andeutungen machen wie: es liegt was in der Luft, oder: passt mal auf, es geht bald los. Und starke Proteste: es ist doch Frieden, uns geht es doch gut! Ja, den meisten geht es gut. Denen, die aktiv in der „Par-tei" mitarbeiten sowieso. Den Bonzen und Uniformträgern, den Gestapo-Leuten, den staatlichen Richtern und Staatsanwäl-ten, (die unter Adenauer 1945 weiter arbeiten dürfen, denn die dafür ausgebildete oder im Studium befindliche Jugend ist tot, an der Front gefallen.) Den Beamten geht es gut, sie sind alle in der Partei, sonst bekämen sie gar keinen Posten. Viele treten gezwungen ein, wenn sie heimlich auch „dagegen" sind. Aber

sie müssen an ihre Familien denken, die sie ernähren müssen. Den Theater und Filmleuten geht es gut. Ein Film nach dem andern wird abgedreht. Aber Goebbels muss immer erst alles genehmigen, und vieles ist Propaganda für die Nazis, vieles Hetze gegen die Juden. Die Schauspieler können sich nicht immer vor diesen Aufgaben drücken, wollen sie nicht sich oder auch andere in Gefahr bringen. Nach dem Krieg wird das vielen zum Vorwurf gemacht. Als wenn sie sich gegen Goebbels und seine Forderungen hätten stellen können! Den Journalisten geht es genauso. Wer bei der Presse arbeiten will, muß für die Nazis schreiben. Sonst muss er den Beruf wechseln, sich der Verfolgung aussetzen oder emigrieren. Viele tun das, bis die Falle zuschnappt und niemand mehr ausreisen darf.

Noch heute wird manchem erfahrenen Redakteur, der sich inzwischen für Rundfunk und Fernsehen verdient gemacht hat, von jungen Leuten der Vorwurf gemacht, für die Nazis parteifreundliche Artikel geschrieben zu haben. Ja, was sollten sie denn machen, wenn sie das Zeitungswesen erlernen wollten? Wie geht es denn heute den Journalisten, den Rundfunk und Fernsehreportern, die in Ländern mit totalitären Regimen leben? Wenn sie die Wahrheit schreiben, werden sie verfolgt, eingesperrt, gefoltert, getötet. Welchen Unterschied gibt es da zu den Nazis im damaligen Deutschland? Gar keinen. Den Bauern geht es so gut wie noch nie. Sie können frei auf ihrem Land wirtschaften und ernten und die Häusler in den Dörfern gehen fleißig arbeiten, halten sich ihr Kleinvieh, ernten genug Obst und Gemüse aus ihren Gärten. Dem Mittelstand, den Geschäftsleuten, freien Anwälten und Ärzten geht es gut. Und dem Arbeiter geht es gut! Es gibt keine Arbeitslosen mehr. Noch nie vorher ging es dem Arbeiter so gut wie bei Hitler. Denn der lässt Straßen bauen, die Autobahnen, für den Aufmarsch der Truppen, aber das wissen nur wenige. Die Webereien, die Kleider, die Leder, die Schuhfabriken haben zu tun. Hitler braucht Uniformen, nicht nur für jetzt, auch für später, für den Krieg. Aber wer macht sich darüber Gedanken?

Hauptsache: Arbeit. Im Ruhrgebiet rauchen die Schlote. Die Stahlbarone hofieren Hitler, denn er gibt ihnen laufend Aufträge. Aufträge für die militärische Aufrüstung. Wer merkt das schon? Hauptsache: Arbeit. In den Motorenwerken, den Automobilfabriken laufen die Maschinen auf Hochtouren, es gibt gar nicht so viele Arbeitskräfte, wie benötigt werden. Die Industrie wendet sich deshalb an die Regierung und diese beordert Arbeitskräfte aus den Konzentrationslagern. Menschen, die fast verhungert sind, verprügelt, gedemütigt. Sie werden in der Nähe der Betriebe wie Tiere untergebracht, sterben sie, einfach verscharrt. Was gilt schon so einer. Der ist doch nur gut genug zum Arbeiten, zum ausgepresst werden. Welcher Arbeiter kümmert sich um so etwas? Und die, die es genau wissen, schweigen. Sie schweigen auch noch nach 1945, werden nicht zur Rechenschaft gezogen. Denn wer etwas weiß, verdrängt alles. Deutschland ist kaputt, muss wieder aufgebaut werden. Arbeiten, leben! Wer denkt noch zurück an die Jahre 33–45? Niemand! Niemand hat etwas gewusst, etwas gesehen. Und nun ist das Regime endgültig vorbei. Hitler und Goebbels sind tot, aber wir leben! Wen interessiert es da noch, was unter den Nazis passierte! Bloß schnell vergessen! Und nur noch an morgen denken! Fragt man heute die über sechzigjährigen, hat niemand etwas gewusst, niemand etwas gesehen, niemand etwas gehört. Aber das ist eine Lüge. Fast alle haben gewusst, dass es Konzentrationslager gab, viele haben gewusst, was dort geschah, jedenfalls, dass dort Menschen vergast und verbrannt wurden, wenn vielleicht auch nicht alle Grausamkeiten, die dort verübt wurden. Denn die Phantasie konnte sich diese Dinge gar nicht ausmalen, so schrecklich sind sie in Wirklichkeit gewesen. Was aber nicht ausschließt, dass heute diese Greuel nicht mehr vorkommen. Es kommen genug Berichte zusammen, dass auch in diesen Tagen noch in anderen Ländern Menschen auf diese schreckliche Weise umgebracht ja, dass ganze Kulturvölker und nationale Minderheiten systematisch ausgerottet werden. Aus religiösen Gründen, (dabei heißt Gottes 1. Gebot: Du sollst nicht töten!), aus Machthunger oder weil sich in der Erde irgendwelche ertragreichen Güter befinden. So werden z.B. in Brasilien ganze Indio Völker vernichtet, weil in ihrem Territorium Erdöl unter dem Urwald liegt. Davon nimmt kaum jemand Notiz. Deshalb ist es eine Ironie, dass noch heute, nach über vierzig Jahren, nur allein den Deutschen solche Greuel angelastet werden und dann von Staaten, die sich lieber ruhig verhalten sollten, weil sie selbst solche Vernichtungslager besitzen, oft als Nervenkliniken getarnt.

Auch Mädi weiß schon im Sommer 39 von diesen Lagern und was dort geschieht. Einmal fuhren sie, wie öfter, über das Wochenende mit dem Auto an die Ostsee, und verließen Berlin in nördlicher Richtung. Es war ein herrlicher Tag mit wolkenlosem blauen Himmel. Deshalb verwunderte es Mädi sehr, als am Horizont über den Dächern der Häuser eine schwarze Wolke sichtbar wurde. Sie war riesig. Sie reichte von der Erde bis hoch hinauf und verlor sich dann als dünner Rauch oben in der Atmosphäre. Was Mädi aber am meisten wunderte: Die Wolke war nicht nur sehr breit, sie hatte auch vollkommen glatte, senkrecht nach oben steigende Ränder. So etwas Sonderbares hatte sie noch nie gesehen. Und prompt fragte sie: „Vati, was ist das?" Vater machte eine zweifelnde Miene. Er überlegte sichtlich, ob er die Wahrheit sagen sollte, Mädi spürte das ganz genau. Vorsichtig begann er: „Was ich dir jetzt sage, darfst du niemals, hörst du, niemals einem Anderen weitererzählen. Du bringst uns sonst alle in große Gefahr." Mädi wusste: das war Ernst! Mit einem kalten Gefühl in der Magengrube sagte sie leise: „Ich verspreche es." Mutsch hinten im Auto wagte kaum zu atmen als Vater zu der schwarzen Wolke hinübersah, während seine Hände sicher das Steuer festhielten. „Weißt du", sagte er, „da hinten ist das Konzentrationslager Oranienburg. Da sollen Menschen vergast und verbrannt werden."

Aber nun matscht sie mit Sanne im Watt herum und denkt lieber nicht an so etwas und sie ist froh, als Sanne zurückgeht. Dort am Ufer von St. Peter an der Nordsee wartet Frau Trietschel auf sie. Nachdem die Füße abgespült sind, gehen sie in den Ort Kaffee trinken. Sannes Mutter sitzt aufrecht und elegant in ihrem Sessel, hier ist wenigstens ein bisschen was los, so ein richtiges Badeleben. Sanne war wieder einmal sehr krank, ist dünn wie ein Strich und blass wie Kuchenteig. Sie soll sich hier gut erholen. Mit ihrer Mutter bewohnt sie ein großes Balkonzimmer in einer Pension mitten im Ort. Mädi fühlt sich in einem solchen Trubel nicht wohl. Trotzdem ist sie glücklich, diesen Nachmittag mit Sanne verbringen zu können. Schließlich ist Sanne nicht nur ihre beste Freundin, sondern sozusagen ihr zweites Ich! Es war noch nie, dass die beiden in den großen Ferien zusammen sein konnten. Aber als Frau Trietschel erfuhr, dass Philipps ihren Urlaub in St. Peter Ording verbringen wollten, buchte sie gleich dort ihren Aufenthalt. Allerdings, Familie Philipp wohnt in Ording, da ist natürlich alles ganz, ganz anders. Ording ist ein Fischerdorf, also hat Vater direkt bei einem Fischer ein Zimmer gemietet. Das rietgedeckte große Haus mit einem schönen Garten daneben und Wiesen zwischen sich und dem Nachbarhaus, auf denen Schafe weiden, liegt direkt hinter dem Deich. Bei Flut hört man die Wellen ans Ufer klatschen. Und diese Luft! Und immer weht einem Wind um die Ohren, dass die Haare fliegen. Und das Watt ist hier auch anders als bei Sanne. Es besteht aus festem hellen Sand, der sich in kleinen Rillen bis zu der Sandbank draußen erstreckt. Bei Ebbe kann man dort hinüberlaufen und von da ins Wasser gehen zum Schwimmen. Ein verrückter Feriengast, ein Berliner, hat sich eine Bretterbude mit Tisch und Bank drinnen und draußen auf der Sandbank zusammengezimmert. Die Fischer schütteln die Köpfe und ihre Frauen und Kinder lachen sich eins. Und dann kommt wirklich eine Sturmnacht! Die Blitze krachen in die See, der Donner lässt die Scheiben zittern und der Sturm rüttelt am

Haus, als wolle er es wegblasen. Alle sind aufgestanden und sitzen angezogen in der Küche. Man kann ja nie wissen .... ! Aber gegen Morgen wird alles still, Philipps gehen noch einmal schlafen und als Mädi später auf den Deich läuft, liegt das Meer ruhig und freundlich glitzernd vor ihr. Oh, Mädi liebt das Meer! Jede Minute sieht es anders aus! Aber als sie jetzt zum Strand runterläuft, trifft sie die Nachbarskinder, wie sie im Tang und anderen Dingen herumwühlen. Was hat der Sturm alles angeschwemmt! Und auch der Berliner ist da. Kopf-schüttelnd sucht er die Überreste seiner Bude zusammen. Kreuz und quer hat der Sturm die Bretter an Land geworfen. Die Kinder lachen ihren Feriengast aus. Das hatten sie doch schon vorher gewusst! Während Sanne an ihrem Morgen-brötchen kaut, wozu sie immer endlos lange Zeit braucht, wie Mädi weiß, sitzt diese mit ihren Eltern bei den Fischersleuten am Küchentisch und erarbeitet sich ihr Frühstück. Aber es macht ihr Spaß und den Eltern auch. Was gibt es Leckeres als frischgefangene Krabben! Herr Olsen war die ganze Nacht mit seinem Kutter unterwegs auf Fang. Als er zurückkam, wartete seine Frau schon mit ihrem siedenden Wasser im großen Topf auf ihn. Es ist heimelig und gemütlich. Jeder hat seinen Pott mit Kaffee vor sich, und die Finger machen knick, und schnell wandert der weiche Inhalt in den Mund, während die Schalen-haufen vor jedem immer größer werden. Vater und Mutsch haben über ihrem Badedress nur den Bademantel an, hier geht es ganz zwanglos zu. Sie wollen sowieso gleich ins Wasser, waschen ist nicht so gefragt, das besorgt das Meer. Die Fischer kennen sich schon aus mit solchen Gästen. Die Anspruchsvollen, die wohnen in St. Peter. Der Nachbarsjunge, wie alle Kinder hier, weißblond und blauäugig, kommt hereingelaufen. „De Büchs is runnerfollen!", ruft er immer wieder aufgeregt. „Wat denn für'ne Büchse?", fragt Mutsch ratlos. Alles geht raus. Des Rätsels Lösung: eine der frischgewaschenen langen Trainings-hosen von Mutsch hatte der Wind von der Leine gefegt. Die Eltern haben aber auch nur Unsinn im Kopf. Mädi schämt sich schrecklich! Hatten sich doch die Kinder mit einem Brett eine tolle Wippe gebaut und was passiert? Vater setzt sich auf die eine Seite, Mutsch auf die andere. Und dann geht's los! Rauf, runter, rauf, runter! Alles, was Beine hat, läuft zusammen und lacht! Das muss man sich mal angucken! Vater wiegt 260 Pfund und das nur in Badehose!

Vergnügt und sorglos sitzt Mädi vorn neben Vater im Wagen. Sie fahren an die Ostsee, nach Dievenow! Sie ist glücklich, denn Dievenow ist für sie auch ein Stück Heimat. Wie Vater das nur immer macht!? Ein Telefonanruf und schon bekommen sie für das Wochenende bei einer bestimmten Dame ein ganz bestimmtes Zimmer. Es ist immer wie ein Nach-Hause-kommen. Koffer und Taschen auf und die Badesachen an. Während Mädi aufräumt und Mutsch das mitgebrachte Essen auf der Kochplatte aufwärmt, sitzt Papa, genüsslich seine Zigarre rauchend (Marke Boenicke), für die Mädi immer extra zum Potsdamer Platz fahren muss), auf der großen überdachten Pergola. Aber diesmal ist er sehr, sehr nachdenklich, denn unterwegs sind ihnen viele Panzer-Kolonnen in die Quere gekommen. Er musste ein paar Mal am Straßenrand anhalten, um sie an sich vorbeirasseln zu lassen. Sie fuhren alle Richtung Osten! Es ist das letzte Wochenende im August 1939. Sie hatten an einem Platz Rast gemacht, auf dem eine kleine Dorfkirmes stattfand. Während sich Mädi auf dem riesigen Kettenkarussell herumwirbeln ließ, standen die Erwachsenen unten als kleines verlorenes Häuflein beisammen, machten ratlose Gesichter. „Gut, dass du heil wieder unten bist", atmete Mutsch auf, sie hatte noch ganz ängstliche Augen. „Ua, ich glaube auch, es geht los", sagte der Karussellbesitzer zu Vater. Paps nickte sorgenvoll. „Uns sind lauter Panzer begegnet", bestätigte er, und dann breitete sich ein unbehagliches Schweigen aus. Komisch, Mädi dachte zuerst an das Karussell. Dann gibt es keins mehr, ist ja klar. Wer zieht schon im Krieg mit einem Karussell von Ort zu Ort? Da haben die Leute andere Sorgen. Aber welche, das konnte sich Mädi beim besten Willen nicht vorstellen. Es war alles sehr nebelhaft. Aber auch sehr bedrückend, obwohl alles so zu sein scheint wie immer. Dievenow ist voller fröhlicher Menschen, als sie durch den Ort am Bodden mit den vielen Fischerbooten, am Freihafen mit den vielen Segelbooten vorbei zum Strand hinunterlaufen. Die Sonne knallt förmlich vom Himmel, Mädi sehnt sich nach einem erfrischenden Bad. „Kommt ihr mit ins Wasser?" Aber Mutsch und Paps legen sich lieber erst einmal in eine leere Strandburg, die sie wunderbarerweise noch gefunden haben. Denn ringsum wimmelt es von kleinen Nackedeis mit Sonnen- hüten auf den Köpfen, die eifrig mit Schaufeln und Förmchen buddeln und Kuchen backen, während die dazugehörenden jungen Papas und Muttis sich braun brennen lassen, rauchen und Eis lutschen. Halbwüchsige spielen mit großen bunten Wasserbällen, sie springen herum, schreien vor Vergnügen, also, von erholsamer Ruhe kann keine Rede sein. Aber das gehört dazu, die Ostsee ist eine kinderfreundliche Badewanne für Mädi, im Gegensatz zur kühlen Nordsee, wo man dauernd hinter dem Wasser herlaufen muss. Hier kann man baden, wann man will, hier gibt es keine Tieden. Hier gibt es Wasser, Frohsinn, weißen Sand, der so heiß ist, dass man sich die Fußsohlen verbrennt und sich beim Sonnenbaden den Bade- mantel unter den Po legen muss. Mädi ist mal wieder viel zu lange im Wasser geblieben. Sie bibbert unter ihrer Gänsehaut, hat ganz blaue Lippen, aber Schwimmen, das kann sie jetzt. Auch in der neuen Oberschule gehen sie einmal in der Woche in die Baerwaldstraße ins Hallenbad. Sogar Ruderboote hat die Schule am Wannsee, aber vorher wird in einem Bootshaus im Kasten geübt. Auch das hat Mädi in diesem Sommer gelernt. Vater hat wirklich die richtige Schule ausgesucht! Da kann man auch ein hauswirtschaftliches Abitur machen, denn mit den Wissenschaften hat Mädi nicht viel im Sinn. Auch die Sprachen fallen ihr nicht leicht. Sie bringt ständig die Accents im Franzö- sischen durcheinander. Es ist aber auch wie verhext. Schreibt Mädi es von links oben nach rechts unten, kommt bestimmt das darüber, was für sie wie ein Dach aussieht. Nein, sie wird das nie begreifen, obwohl sie eine tolle Aussprache hat, wenn sie laut liest. Da ist Englisch doch einfacher! Ja und dann das Turnen! Die deutsche Jugend ist sportlich, der Führer will das so. Sport ist Hauptfach, wer im Sport nichts leistet, kann sogar durch das Abi sausen. Das bringt Mädi schon manchmal Magendrücken. Denn die Sportlehrerin, anfangs bemüht Mädi zu trimmen, hat längst kapituliert. Wenn nicht hinten zwei schieben und vorn einer zieht, kommt sie über kein Pferd, und an den Ringen hängt sie wie ein Mehlsack. Dafür steht unter ihren Zeichnungen meist eine Eins, auch auf dem Zeugnis, und auch in Musik. Zwei Stunden in der Woche muss sie länger bleiben, weil sie mit ihrer Alt-Blockflöte im Schulorchester spielt. Sie haben eine tolle Musiklehrerin, die mit ihren Schülern viele Musikabende für die Eltern zusammenstellt. Das ist immer ein großes Ereignis, aufregend und anstrengend. Aber, wenn alles geklappt hat, Eltern und Lehrer die Mitwirkenden loben, erfüllt das alle mit Stolz.

Die Welt ist so in Ordnung an diesem Wochenende im August, für Mädi, für Paps und für Mutsch. Und sicher auch für die vielen Urlauber, nicht nur in Dievenow, an der ganzen Ostsee-küste, an der Nordsee, in Bayern, in ganz Deutschland scheint an diesem Sonntag die Sonne. Die Menschen genießen den Frieden, sie hören Musik aus dem Volksempfänger, sie fahren mit der KdF (Kraft durch Freude) auf Schiffen über Seen, mit Bussen durch das schöne Land, mit Zügen, die extra für die deutschen Arbeiter eingesetzt werden, an denen auf langen Spruchbändern steht „Kraft durch Freude", Reisen, die so billig sind, für jeden erschwinglich. Ja, die Deutschen sind zufrieden mit ihrem Leben, mit ihrer Führung, mit ihrem „Führer." Aber auch viele Soldaten sind an diesem Sonntag unterwegs, alle Richtung Osten, nach Polen. Aber davon schweigt der Rundfunk. Und der Himmel hängt wie Blei über Deutschland.

Schon bald lüften sich die Nebel, die für Mädi das Wort „Krieg" bedeuten. Es fängt damit an, dass am 1. September morgens eine markante Stimme im Radio durchsagt, dass ab heute deutsche Truppen in Polen einmarschiert sind. Es ist, als hielte die Welt einen Moment den Atem an. Viele haben so etwas geahnt, aber nun, wo es Wirklichkeit wird, wollen sie es nicht glauben. Das Radio bleibt den ganzen Tag an. Goebbels erklärt in gewandten Worten und mit eindringlicher Stimme, wie nötig es ist, in Polen einzumarschieren. Und die Menschen fangen an, ihm zu glauben. Eine seltsame Hysterie breitet sich aus. Immer wieder tönen die Fanfaren aus dem Lautsprecher, wenn polnische Panzer vernichtet oder Städte erobert werden. Die deutschen Soldaten finden kaum Widerstand. Sie marschieren und marschieren und in der Heimat bricht ein wahrer Siegesrausch aus. Unsere Jungens, das sind Kerle! Als der „Führer" sich öffentlich zeigt und mit rollendem „R" und einhämmernder Stimme eine packende Rede hält, bricht orkanartiger Jubel los. „Heil! Heil! Heil!", brüllen die Menschen und reißen den rechten Arm hoch zum „Deutschen Gruß!" „Für Führer, Volk und Vaterland", ist jetzt die Devise, und: „Räder müssen rollen für den Sieg!"

Auch Mädi ist in Hochstimmung. Dankbar denkt sie an die deutschen Soldaten, die sie beschützen, die sich mühsam ihren Weg nach Osten bahnen, durch tiefen Schlamm, Nässe und Dreck. Die Wochenschauen bringen Bilder davon, lachende Soldaten winken in die Kameras. Hinter sich lassen sie zerstörte, brennende Städte und Dörfer, tote, verwundete, verzweifelte Menschen. Und noch mehr wird verschwiegen, nämlich, dass mit den Soldaten auch die „SS" hinter der Front gen Osten marschiert. Viele Offiziere sind mit der Tätigkeit der „SS" nicht einverstanden, die polnische Gefangene misshandelt, zusammentreiben lässt und die Juden extra einsperrt. Aber die Offiziere und ihre Mannschaften müssen vorsichtig sein, ein Wort zuviel bringt sie selbst in Gefahr. Denn nach der „SS" besetzt die Gestapo das eroberte Land. Viele Juden und

Polen lässt sie gleich an Ort und Stelle erschießen und zwar zum Teil durch Frontsoldaten. Sie werden einfach dafür abkommandiert und können sich nicht dagegen wehren, Befehl ist Befehl! Bei einer Befehlsverweigerung betreiben sie „Wehrzersetzung" und kommen, wenn sie Glück haben, in ein KZ. In Berlin wird alles anders. Bis jetzt eine strahlende Lichterstadt, fällt sie über Nacht in beklemmende Düsternis. Vollständige Verdunkelung wird angeordnet. Mutsch misst die Fenster aus und schneidet und bastelt aus schwarzem dicken Papier Rollos. Es darf kein Lichtstrahl an den Seiten hervorblitzen. Passiert es doch einmal irgendwo in der Nachbarschaft, schreit sofort eine Stimme: „Licht aus!" Die Menschen in Berlin sind nervös in diesen Tagen. Gleich am 1. September hatten freiwillige Parteihelferinnen angefangen, Lebensmittelkarten zu verteilen. Für jeden eine. Dort sind genau in Gramm Abschnitte für Fett, Nährmittel u.s.w. für jede Woche extra ausgedruckt. Aus ist es mit dem Abendessen nach Kino oder Theater. Dort werden die Karten verlangt, aber das bisschen, was es dafür gibt, macht Vater nicht satt, er ist mehr und Besseres gewohnt. Wie ein gereizter Stier, mit knurrendem Magen, steht er am Stuhl. Ab und zu kommt er ins Wohnzimmer, eine Zigarettenpause einzulegen. Zigaretten sind zwar auch rationiert, aber im Hause wohnt der Kioskinhaber vom Anhalter Bahnhof, ein eleganter, älterer Herr. Von dem holt Mädi ganze Stangen Zigaretten, heimlich, niemand darf das wissen. Von den guten Boenicke Zigarren musste Vater gleich Abschied nehmen. Und noch einen Verlust erleidet er gleich nach Anfang des Krieges: er muss sich von seinem geliebten Auto trennen. Es kommt ein richtiger Einberufungsbefehl für den kleinen Adler. Vater hängt schon morgens über dem Spülstein im Schlafzimmer. Das tut er immer, wenn er sich sehr aufregt. Als er gegen Mittag heimkommt, ist er blass, aber gefasst. „Sie haben mich gelobt, wie gut er in Schuss ist, nach drei Jahren und so vielen Kilometern", berichtet er, schwankend zwischen Selbstmitleid und Stolz. „Und ich habe fast den ganzen Neupreis bekommen." Vaters Geiz hilft ihm über dem Kummer hinweg. „Sie haben mir nur 300M weniger gegeben, als er kostete", sagt er befriedigt. Seine Patienten sind nun fast nur noch Frauen, die Männer wurden eingezogen. Und Frauen füllen die Lücken aus, in allen Berufen. Sie fahren die U- und Straßenbahnen, kassieren das Fahrgeld, gehen in die Fabriken, vor allem in die Rüstungs- und Munitionsfabriken, wo auch viele gefangene Polen arbeiten müssen. Auch auf das Land, auf die großen Güter werden sie geschickt, überall, wo bisher kräftige Männerfäuste zupackten, bewähren sich die Frauen. Vater kann bleiben. Zum einen ist er durch sein Übergewicht an Herz und Galle angegriffen und bei seinen Krampfadern besteht auch Thrombosegefahr, zum andern muss schließlich die Bevölkerung auch weiterhin ärztlich betreut werden. Ganz

Berlin schiebt in diesem 1. Kriegswinter Kohldampf. Es ist nicht richtig für die Riesenstadt voraus geplant worden, mit der Versorgung klappt es nicht. Als es kälter wird, kommt die Kohlenknappheit und das Frieren noch dazu. Auch in den Schulen laufen die Heizungen nur mit halber Kraft. Da hat Mädi es wieder ein bisschen besser. Vater bekommt extra KohleRationen für die Praxis, klar, dass Mutsch sie so einteilt, dass auch für das Wohnzimmer noch was übrig bleibt. Kinder bekommen jeden Tag einen halben Liter Milch. Mutsch kocht morgens Kakao, aber Mädi bekommt beim besten Willen nichts runter, mittags bringt sie ihr Brot wieder mit. Es ist nun wellig und vollkommen trocken. Was da drauf ist? Ölige Margarine und Marmelade aus roten Beeten! Wer soll das runterbekommen?! Mutsch seufzt, Mädi wird immer dünner und blasser. Aber sie ist nicht die Einzige.

Vom BDM aus bekommen alle Mitglieder ihrer Gruppe den Befehl, sich wöchentlich zweimal nachmittags einzufinden, zur Bestrahlung. Diesmal ist sogar Paps damit einverstanden und so wandert sie den ungeliebten Weg zum „Dienst". Sie müssen sich alles ausziehen, bekommen schwarze Brillen, damit sie die Strahlen nicht in die Augen bekommen und dann liegen alle wie die Heringe nebeneinander unter den großen Lampen mit Höhensonne. Mädi geniert sich furchtbar. Nur die Pritschen sind schön weich und die Wärme tut richtig gut.

Das Einzige, was Mädi schmeckt, ist abends der Gemüsesalat, daran isst sie sich satt. Woher Mutter den bekommt, ist ihr ein Rätsel, aber eigentlich den ganzen Winter über steht die große Schüssel mitten auf dem Tisch. Gleichzeitig läuft im Radio jeden Abend ein Kommentar. Der Kommentator macht sich lustig über die Nachbarn Deutschlands, später dann auch über Amerika. Schweigend hört die Familie zu, Großmutter schüttelt den Kopf. Später hört sie dann London. Sie sitzt genau vor dem Radio, denn das darf keiner hören und niemand wissen. Es ist bei Todesstrafe verboten, ausländische Sender zu hören. Großmutter kann zwar nur noch schlecht gehen, aber ihre Ohren sind noch sehr gut und Englisch spricht sie so gut, dass Mädi vor Neid erblasst. So horcht sie und übersetzt die englischen Nachrichten ins Deutsche. Komischerweise hört sich da vieles anders an als im Deutschlandfunk. Vor allem die Frontberichte. Danach geht es im englischen Sender „Bum, bum, bum, bum, bum." Das ist der Gong, das Zeichen für die deutschen Hörer, denn nun kommen von der BBC die Nachrichten in deutscher Sprache. Und dann wird schnell wieder auf „normal" gedreht Kammermusik ist immer noch angesagt mit Cello, Geige und Klavier. Hinterher wird geraucht und getrunken. Als Dentist bekommt Vater eine bestimmte Ration Alkohol zugeteilt. Und was macht er daraus? Glühwürmchen-Schnaps! Das ist eine grüne Essenz, die nach Pfefferminz schmeckt und die er zurechtmixt. Damit vertreiben sich die Erwachsenen ihren Hunger und ihre Angst. Und ihre heimliche Wut auf den Größenwahn des Führers. Warschau, die Hauptstadt Polens, ist eingenommen. Und damit auch das große Judenviertel, das sogenannte „Ghetto". Täglich wird dort nun Jagd auf die Menschen gemacht, das zieht sich hin bis zum Jahre 43. Die Menschen versuchen zu fliehen, sie verstecken sich in kleinen Hohlräumen hinter Schränken, sie

leben in der Kanalisation. Sie bilden sogar Widerstands-
gruppen, die heimlich Gewehre, Pistolen und Munition in das
Ghetto schmuggeln. Familienväter, die sich und ihre Familien
retten wollen, glauben den Versprechungen der deutschen
Bewacher. Sie bekommen Armbinden und laufen nun durch
die Straßen und Häuser und suchen in Wohnungen nach
versteckten Juden. Sie verraten die eigenen Leute, um dann
doch irgendwann selbst mit ihrer Familie abgeholt und in ein
KZ gebracht zu werden. Schreckliche Szenen spielen sich dort
ab. Wer nicht direkt damit zu tun hat, weiß nichts davon. Vor
allem nicht die deutsche Bevölkerung, die sich immer noch
unerschrocken hinter den Führer stellt und ohne zu murren
jedenfalls nach außen alles auf sich nimmt, was der Krieg erst
einmal so zu bieten hat. Dazu gehört, dass die Keller zum

Luftschutzbunker ausgebaut werden, dass jeder Mieter einen
Eimer mit Sand und Löschwerkzeug aufstellen muss.
Mädi macht das, was sie jeden Winter tut. sie liest. Die „blaue
Stunde" mit Großmutter fällt dem Krieg zum Opfer. Und
Vater wird nervös. Er verdient immer noch eine Menge Geld
wie früher, aber er kann es nicht mehr ausgeben. Es kommt
immer öfter vor, dass Mutter allein zu Hause sitzt, am großen
Tisch, mit ihrem Strickzeug und einem Buch. Wenn Großmutter die Zeitung gelesen hat, geht sie kopfschüttelnd nach hinten
in ihr Zimmer. Und Mädi liegt im Ehebett, starrt auf die
großen Scheiben in der Verbindungstür und kann nicht schlafen. Sie ist traurig, grübelt und wundert sich. Sie konnte immer
spüren, wie es Vater zumute war, wusste, wann er welche
Musik hören wollte, machte sich unsichtbar, wenn er gereizt
war, gehorchte ihm widerspruchslos, wenn sie etwas holen
oder einkaufen sollte, In den „guten Jahren" vor dem Krieg
passte sie sogar auf seinen Apparat auf, in dem er seine
Kautschuk-Gebisse vulkanisierte. Alle halbe Stunde lief sie
nach hinten in die Küche, um die Hitze zu messen. Das
Barometer musste immer die gleiche Wärme anzeigen. Wenn
nicht, stellte sie den Bunsenbrenner darunter höher oder

kleiner. Sie wussste, wie wichtig diese Kontrolle war, sonst war die ganze Arbeit von Vater umsonst gewesen. Er konnte sich auf seine Tochter verlassen. Aber konnten sie sich noch auf ihn verlassen?

Im Radio spielt keine Tanzkapelle mehr - Jazz wurde 1933 schon verboten, weil es nicht „reindeutsche" Musik war und deshalb als entartet galt. Genauso hatte man alle Bücher, die von Juden geschrieben wurden, auf den Index gesetzt, sie sogar öffentlich verbrannt. Nun dröhnen von morgens bis abends Marschlieder aus dem Lautsprecher und Mädi singt kräftig mit. Und immer öfter ertönt die Fanfare für eine Sondermeldung. Deutsche U-Boote versenken englische Schiffe und Mädi freut sich darüber, wie alle anderen auch. „Ja, ja, unser Führer weiß schon, was er macht", sagen die Frauen auf dem Patientenstuhl zu Vater. Der schweigt dazu. So ganz wohl ist ihm nicht bei all dem, außerdem knurrt ihm der Magen. England hat inzwischen den Krieg erklärt.

Immer öfter passiert es, dass fremde Frauen im Wohnzimmer sitzen, wenn Mädi nach Hause kommt. Mutter sieht blass und bekümmert aus, sie kocht „Blümchenkaffee" - echten Bohnenkaffee gibt es nicht mehr - und bietet ihn an, Vater kommt herüber und bemüht sich um seinen Besuch. Mädi beobachtet es misstrauisch, sie begreift, dass es Vaters spezieller Besuch ist, dass Mutsch irgendwie davon ausgeschlossen ist, wenn sie auch nicht versteht, wieso das so ist. Sie mag aber Vater nicht, wenn er so freundlich um diese Dame bemüht ist, die offensichtlich auch keine Patientin ist, die hier auf ihre Behandlung wartet, wie es oft Freunde der Familie tun. Das hier ist etwas anderes, Unbekanntes und, wie Mädi es ganz klar empfindet, Böses. Es schmerzt, es tut unheimlich weh. Vater war immer der Größte für sie gewesen, er konnte alles, er wusste alles.
Und Mutsch? Sie war dagewesen, ja, aber sozusagen nur im Hintergrund, fast unbemerkt, so, wie sie im Auto auch immer

hinten saß, begraben unter dem Gepäck. Aber jetzt, jetzt wird Mädi auf ihre Mutter aufmerksam. Eine Art Solidaritätsgefühl beschleicht sie, ein Verständnis des Kummers. Kriegskinder sind feinfühliger, aufmerksamer für ihre Umgebung. Sie wissen plötzlich um Gefahr und Tod, nichts ist mehr selbstverständlich. Sie sehen und hören zuviel von Leid und Trauer, von menschlichen Verlusten. Denn obwohl die Siegesfanfaren oft ertönen, obwohl die Wochenschauen fröhliche Soldaten zeigen, die Todesanzeigen mit schwarzem Rand und dem deutschen Adler werden immer mehr. Gefallen für Führer und Vaterland. Ganze Seiten der Tageszeitungen sind voll davon und Mädi ist sich bewusst, dass hinter jeder Anzeige ein lebendiger Mensch steckte, der nun nicht mehr weiterleben darf, der weg ist, einfach so. Und wieviel Leid so ein Weggang für die betroffenen Angehörigen bringt, erlebt sie hautnah. Ihre Schulfreundin Eva wohnt mit ihrem großen Bruder, ihrer kleinen Schwester und ihren Eltern in einer einfach möblierten Wohnung in der Großbeerenstraße. Ihr Vater arbeitet als Pfarrer in seiner Gemeinde und seine Frau hilft ihm dabei. Sie haben nicht viel Zeit für ihre Kinder, die aber lebhaft und intelligent, ganz gut allein fertig werden. Mädi beobachtet das Treiben dieser Drei mit großen Augen. Denn da geht es rund! Die beiden Mädchen jagen sich schreiend und kreischend durch die Wohnung, ziehen sich an den Haaren und prügeln und puffen sich, dass die Möbel in den Kinderzimmern umfallen. Ärgerlich, aber sehr energisch, kommt ihr Bruder Klaus aus seinem Zimmer und greift sich die beiden und bringt sie wieder zur Raison. Er ist 16 Jahre alt, groß und ein hübscher blonder Krauskopf Mädi findet ihn hinreißend und vergisst nie diesen Nachmittag, denn Monate später fehlt Eva in der Schule und als sie dann wiederkommt, ist sie völlig verändert, blass und still. Und Mädi erfährt, dass Klaus, als er 17 wurde, an die Westfront kam und gefallen ist. Was für ein Schock, was für ein Schmerz! Und niemand kann Eva und ihrer Familie Trost geben. Die deutschen Soldaten marschieren wieder, diesmal gen Westen.

Sie besetzen Holland und Belgien. Auch diesmal, wie in Polen, werden die Juden gefangengenommen und gejagt. Viele geflüchtete deutsche Juden, die geglaubt hatten, hier sicher zu sein, ereilt ihr Schicksal. Es ist inzwischen wieder Sommer geworden und noch ehe Vater beschlossen hat, den „Orje" von Werder auf dem Wasserwege nach Altfriesack zu bringen und dort Ferien zu machen, hat Frankreich kapituliert. Paris gehört den Deutschen! Zur gleichen Zeit tritt auch Italien in den Krieg ein, unter dem Befehl des Duce, dem faschistischen Busenfreund von Hitler. Seit Mädi geboren wurde, hat sich Deutschland immer mehr vergrößert, denn auch in Österreich ist Hitler mit SA und SS einmarschiert und er hat dabei ver-kündet, er habe die Österreicher Heim ins „Reich" geführt, nur - er hat sie nicht vorher gefragt, ob sie das überhaupt wollten! Aber auf diese Art hat er noch mehr „deutsche" Soldaten, um sie in Europa zu verteilen, denn schließlich sitzen sogar in Oslo und in Narvik Gebirgsjäger aus Bayern und Tirol. In den norwegischen Häfen liegen deutsche U-Boote, sie kontrollieren die gesamten Nordseeküsten bis Dover und die Atlantikküste Englands, den Atlantik vor Frankreich. Sehr oft ertönen die Fanfaren im Radio, wenn wieder soundsoviel BRT versenkt wurden, und Mädi muss tief durchatmen. Deutschland siegt! Deutschland siegt!

Eine schwarze, drohende Wand steht über dem See. Vater und Mutsch paddeln wie die Wilden. Vorsorglich haben sie schon die Persenning über das Boot geknöpft, so dass alle Drei trocken darunter sitzen. Nur die Köpfe mit den schwar-zen Südwestern schauen noch heraus. Das fehlt noch -Gewit-ter! Und ausgerechnet erreicht es sie auf dem gefährlichen Beetz. Weil der Rhin ihn durchfließt, hat er unter der glatten Oberfläche heftige Strudel und Strömungen. Keinem Kind aus Altfriesack würde es einfallen, im Beetz zu baden. Nur die Fischer kennen ihn ganz genau. Aber für die Drei liegt

Altfriesack am anderen Ufer des Beetz noch in weiter Ferne. Die ersten Windstöße kräuseln tückisch die Wellen gegeneinander. Vater flucht leise vor sich hin. Mit dem Außenbordmotor wäre er schnell und leicht vorwärts gekommen, aber der liegt sorgfältig geölt und verpackt in Berlin auf dem Hängeboden. Es gibt kein Benzin für ihn und so arbeiten Paps und Mutsch schon von Werder her mit den Stechpaddeln, dass ihnen der Schweiß von den Stirnen perlt, zumal es drückend heiß war. Aber nun weht allmählich ein starker Wind, der um ihre Ohren saust und sich unter ihre Südwester setzt. Mädi findet ihn erst angenehm, er kühlt die Stirn und die heißen Wangen, aber als es nun anfängt zu regnen, dass die Tropfen ihr ins Gesicht springen wie Nadeln und die Wellen immer höher um den „Orje" herumklatschen, wird es nicht nur ihr ungemütlich. Der Donner kracht und rollt über sie hin. Dazu ist es fast dunkel geworden. Nur wenn die Blitze über sie hinwegzucken, kann Vater schnell versuchen, sich zu orientieren, wo sie sind. Es ist schwer für ihn, den Kurs zu halten, sein Temperament geht mal wieder mit ihm durch und er brüllt durch den Sturm die arme Mutsch an, als ob es nur an ihr läge, dass sie sich in dieser gefährlichen Lage befinden! Aber wie es in der Mark und auch in Berlin mit den Sommergewittern so geht, sie ziehen unheimlich schnell herauf, sind laut und heftig, aber auch sehr schnell wieder vorbei. Am Horizont, wo schon langsam die Konturen der Ziehbrücke von Altfriesack mit der Schleuse davor, links und rechts davon die niedrigen Dächer unter grünen Bäumen sichtbar werden, dahinten wird es schon wieder hell. Ein breiter Streifen Licht wirft Reflexe auf den immer noch dunklen und unruhigen See, aber Vater und Mutsch fassen neuen Mut, wenn auch die Hände von der ungewohnten Arbeit brennen. So dauert es nicht lange, bis der „Orje" knirschend am Steg anlegt, während die letzten Sonnenstrahlen schräg und weißlich blakend ein grelles Licht über das Dörfchen werfen. Über dem Beetz verzieht sich dunkel und grollend das Gewitter in Richtung Berlin. Sie sind noch einmal gut davongekommen.

Mädi steht am offenen Dachfenster und atmet tief durch. Was für eine Luft! Es riecht nach Heu, nach frischem Grün, nach Holz vom Platz drüben am Rhin. Und diese Ruhe, nur ab und zu unterbrochen vom entfernten Muhen einer Kuh, dem verschlafenen Piepsen eines Vogels, über allem ein heller Nachthimmel, in dem einige Sterne zaghaft zu blinzeln beginnen, während schon ruhig und klar der Abendstern über dem nahen Wald steht. Mädi sollte längst schlafen, aber sie kann sich einfach nicht losreißen von diesem Abendfrieden. Die Eltern sitzen mit dem Ehepaar Belz noch draußen im Hof. Belzens sind einfache Leute, aber sie haben den gewitzten Verstand der märkischen Menschen und den nüchternen preußischen Fleiß. Sie lassen sich nichts vormachen, weder bei der Arbeit, noch in der Politik. Vater ist genauso, deshalb verstehen sich alle so gut. Hier braucht man keine Angst zu haben, wenn man mal seinem Herzen Luft macht über alles, was einem am NS-Regime nicht passt. Und das ist eine ganze Menge! Vor allem aber gibt es hier genug zu essen, das ist für Vater sehr wichtig. Zwar ist jedes Stück Vieh registriert, „Schwarzschlachten" wird schwer bestraft, Eier, Gemüse, Feldfrüchte, alles muss zum Teil abgegeben werden, aber in den Gemüsegärten und auf den Obstbäumen bleibt noch genug für den eigenen Bedarf übrig. Und die Dörfler finden immer noch Mittel und Wege, um ab und zu mal ein Huhn oder eine Ente unter der Hand zu schlachten. Mutter Belz zieht sich ihre Küken selbst. In mit Tüchern sorglich warm gehaltenen Tragekörben stehen sie im Frühjahr in der Küche auf dem Kohleherd. Das ist eine Piepserei! Auch junge Ziegen laufen im Frühjahr im Hof herum und wenn sich Mädi mit ihrem Zeltbett in die erste Frühjahrssonne legt, kommen sie neugierig angehoppelt, steigen auf ihr herum und knabbern neugierig an ihren Ohren und zupfen an ihren Haaren. Aber Ziegenmilch? Nein, danke!

Auch mit der Klütersuppe hat Mutter Belz bei Mädi keinen Erfolg. „Die ist doch so gesund", sagt sie kopfschüttelnd zu Mutter. Der Mutsch ist das sehr peinlich, außerdem tut es ihr wirklich Leid, dass Mädi diese Art Suppe nicht mag, so dünn und unterernährt wie sie ist. Auch den gesunden grünen Salat bekommt Mädi nicht herunter. Sie kaut und kaut und kaut, zum Schluss läuft sie über den Hof zum Plumpsklo und spuckt das Zeug wieder aus. Da wird auch Vater böse, aber es hilft nichts, sie isst nun mal keinen Salat!

In Altfriesack spürt man kaum etwas vom Krieg, vielleicht, dass die Männer nicht mehr alle da sind, aber das merkt Mädi kaum. Sie ist glücklich, macht Ferien wie immer in Altfriesack. Mit den Kindern spielt und badet sie, fährt Boot, treibt die Kühe heim, kegelt mit Paps und den andern Kindern, macht Waldspaziergänge. Auch in anderer Hinsicht ist hier Frieden: hier gibt es keine Frauen, die sich an Vater hängen. Die Zeit vergeht viel zu schnell. Der „Orje" wird bei einem Fischer im Schuppen aufgebockt, mit seiner silbernen Plane gut abgedeckt, Mutsch packt die Taschen und dann fahren sie mit dem Zug ins quirlende, staubige Berlin zurück. Es ist heiß, der Asphalt kocht und der Krieg wird ein Jahr alt. Aus dem Radio tönt ein neues Lied. „Bomben, Bomben auf Engeland!", singt Mädi aus voller Kehle mit. Der Luftkrieg gegen England hat begonnen und fordert seine ersten Opfer in den Städten an der englischen Südküste. Auch das Spottlied auf die Franzosen, die so schnell in diesem Sommer kapitulierten, singt Mädi oft und gern. „Ua, wir hängen unsre Wäsche an die Siegfried-Linie!", damit ist die Maginot-Linie gemeint, ein Wall aus vielen Bunkern, der auch die deutschen Soldaten nicht aufhalten konnte. Aber viele Opfer hat das gekostet, auf beiden Seiten. Sogar in der Wochenschau werden jetzt manchmal Verwundete gezeigt, die versorgt werden. Es gibt viele Verwundete, die in der Heimat vernünftig untergebracht und gepflegt werden müssen. Viele Mädchen und Frauen melden sich freiwillig und werden zur Krankenschwester ausgebildet.

Mädi muss auch Opfer bringen. Ihre schöne Schule mit den vollständig eingerichteten Lehrküchen und Zimmern, den hellen, großen Räumen mit den vielen Fenstern, der großen Aula und der Turnhalle eignet sich gut als Lazarett, und so werden alle Schülerinnen umquartiert. Mädi muss nun mittags mit der Straßenbahn bis zum Garde-Pionier-Platz fahren und ist erst abends wieder zurück.

Im letzten Jahr hatten sie ein junges Mädchen aus Walddrehna in Thüringen im Hause, aber die Eltern wollten sie bei den unruhigen Zeiten lieber wieder zu Hause haben, und so ist es Tini, die ihr jeden Abend die Tür aufmacht, freundlich lächelnd und nach teurem Parfüm duftend. Tini, das ist ein Traum! Erst 17, sieht sie aus wie ein Filmstar! Sie wohnt ein paar Häuser weiter und Mädi muss sie besuchen. Tinis Vater ist Ingenieur, ein großer, schwerer Mann, scheinbar ein wichtiger und sehr beschäftigter Mann. Wenn er in seinem Arbeitszimmer am Schreibtisch sitzt, darf er nicht gestört werden. Aber meistens ist er nicht da. So ist es Tinis Mutter überlassen, sich um die Tochter zu kümmern. Sie ist eine kleine mütterliche Frau mit silbernen Löckchen, ständig in Bewegung und ständig jammernd und beschwörend hinter ihrer Tochter herlaufend die groß, sehr schlank, mit herrlichen langen Beinen ruhig vor ihr hergeht und völlig unbeeindruckt macht was sie will. Langsam geht Mädi ihr nach, in das modern und teuer eingerichtete Wohnzimmer. Sie versinkt in einem riesigen geblümten Sessel und dann bringt Tini Muscheln. Muscheln hat Mädi noch nie gegessen. Und dabei bleibt sie auch! Tini lacht herzlich, als sie sich nach dem ersten Bissen schüttelt, aber sie hat Verständnis. Überhaupt ist sie ein liebes Mädchen. Und das finden die Männer auch, zum Kummer ihrer Mutter. Tini hat ständig Verehrer, jeden Abend geht sie aus und kommt dann erst nachts spät wieder, mit 17! An diesem Abend hat sie natürlich auch etwas vor. Sie nimmt Mädi mit in ihr Zimmer und der bleibt wirklich die Luft weg! Sie kommt sich endgültig vor wie in einem Film. Das Zimmer ist sehr groß, mit einem dicken hellen Teppich völlig ausgelegt. Die Möbel sind weiß mit goldener Verzierung, einige bunte zierliche Rüschensessel stehen herum, aber das Schönste ist das Bett! Ein richtiges, riesiges Himmelbett! Aus lauter Rüschen und Spitzen, cremfarben, passend zum Teppich und den Gardinen. Tini holt ein niedriges Lederkissen und Mädi muss sich vor sie hinsetzen. Und dann beginnt Tini sich für den Abend fertig zu machen. Sie nimmt Wattebäusche und cremt erst einmal die ganze Kriegsbemalung herunter. „Die Haare färbe ich mir selbst", sagt sie, „das macht mir doch keiner richtig." Ihre platinblonden Haare legen sich in Wellen und kleinen Locken um ihren schmalen Kopf. „Weißt du", sagt sie zu Mädi, „meine Haare haben eine schreckliche Farbe, sie sind nicht blond und nicht braun. Und meine Augenbrauen sind so hell, dass man sie gar nicht sieht. Deswegen habe ich sie mir abrasiert." Mädi muss Tini recht geben, ohne Schminke sieht sie aus wie weißer Käse, einfach unmöglich. Tini rasiert sich unter den Armen. Das ist Mädi neu. Bis jetzt hatte sie immer gedacht, diesen Apparat benutzen nur Männer. Dann grundiert Tini das Gesicht, streicht sich Rouge auf die Wangen, schattiert rund um die Augen, zieht zwei dicke schwarze Striche als Augenbrauen, also, das Gemälde wird immer schöner. Mädi sitzt auf ihrem Hocker, hat die Ellbogen aufgestützt, den Kopf in die Hände gelegt und schaut andächtig zu, wie Tini ihre langen Wimpern tuscht, den hübschen vollen Mund knallrot ausmalt und sich einige Tropfen teures Parfum hinter die Ohren streicht. Sie sieht phantastisch aus! Und als sie fertig dasteht, in einem engen teuren Kostüm, in seidenen Strümpfen und Pumps mit ganz hohen Absätzen, sich den echten Pelzmantel aus Leopardenfell lässig um die Schultern legt, die Tasche unter den Arm klemmt und an ihrer jammernden und händeringenden Mutter vorbei die Wohnung verlässt, wünscht sich Mädi nichts brennender als selber mal so chic und elegant durch Berlin zu stromern. Vor der Haustür wartet schon ein Wagen, Tinis Kavaliere haben auch jetzt im Krieg noch Autos und teure Geschenke für sie, sonst sind sie für sie uninteressant. Liebevoll wird die staunende und wie im Traum schauende Mädi verabschiedet, dann steigt Tini elegant in den Wagen und braust ab.

Es gibt viele Männer in Berlin, immer noch, aber die meisten tragen Uniform. Die Kasernen rings um die Stadt sind voll belegt mit Soldaten. Wenn sie Ausgang haben, strömen sie durch die Straßen, drängen sie sich in die Bars und die Cafés, suchen Anschluss und finden auch meist eine schnelle Liebe. Viele verbringen ihren Fronturlaub hier, mieten sich ein Zimmer um einmal die Front zu vergessen. Es ist alles hektischer, unbestimmter als vor dem Krieg in Berlin, niemand weiß, was morgen mit ihm geschieht, und so trotzen sie dem heutigen Tag möglichst viel Zerstreuung, möglichst viel Zärtlichkeit ab. Schnell noch etwas erleben, ehe es vielleicht bald schon vorbei ist. Dazu kommen noch die Frontbewegungen. Soldaten werden aus dem Westen abkommandiert in den Osten, in den Süden. Sie fahren in vollen Zügen kreuz und quer und meist über Berlin als Eisenbahnknotenpunkt. Haben sie ein paar Stunden Zeit, benutzen sie diese zu einem Ku-Damm-Bummel. Gibt es auch nur Ersatz-Kaffee, staubtrockenen Kuchen und fades Wassereis, so sind die Cafés doch voll besetzt. Die Mädchen und Frauen schneidern wieder selbst unter dem Motto: aus Alt mach Neu. Garn wird geribbelt und neu verstrickt, alle wollen so hübsch wie möglich sein. Hat man genug Geld, gibt es auch unter dem Ladentisch noch etliches Neue. Aus Frankreich bringen die Urlauber herrliche Sachen mit. Wein und Wurst, Parfums und Dessous aus Seide und Spitze. Auch Vater ist oft abends allein unterwegs. Mädi wird langsam wütend. Sie ist alt genug um schon einiges zu begreifen. Es sind einfache, arme Frauen, die wieder ins Haus kommen, sich ins Wohnzimmer setzen, Glühwürmchenschnaps trinken und wie die Schlote rauchen, Zigaretten von Paps natürlich. Mädi hat das deutliche Gefühl, diese Frauen kommen nur, weil sie sich von Paps Unterstützung erhoffen: Geld, Essen, Zigaretten, während er wie ein eitler Pfau durch die Gegend läuft. Ja merkt er denn das überhaupt nicht? Und ist es ihm wirklich gleichgültig, dass Mutsch ganz offensichtlich leidet?

Sie haben einen neuen Hausgenossen. Kurz nach den Ferien fuhren sie wieder, alle drei diesmal, zum Zoo am Alexanderplatz und auf dem Rückweg hatte Mutter einen winzigen Hund oben in ihrem Mantel stecken. Nur der schwarze Kopf mit dem drolligen Bart und den ängstlichen hellbraunen Augen sah heraus. „Unser Leichenwagen", sagte Vater von ihm. Er hieß „Boy", und war ein Scotch-Terrier. In diesem Herbst nun fahren sie oft zu Dritt in den Grunewald, Mädi, Mutsch und Boy. Es sind keine fröhlichen Spaziergänge. Der Einzige, der sie freudig schwanzwedelnd und unbefangen genießt, ist Boy, der fröhlich von Baum zu Baum rennt. Mädi weiß nicht, was sie ihrer Mutter zum Trost sagen soll, sie kann nur bei ihr bleiben, um ihr zu zeigen, dass sie nicht allein ist. Und Mutsch versteht sie. Trotz all dem und der Praxis findet Vater noch Zeit, für Boy ein Haus zu bauen, aus Drähten und Holzleisten, mit einem spitzen Dach, das man sogar abnehmen kann, vorn steht in goldenen Buchstaben „Villa Boy". Ein prächtiges Ding! Es hat nur einen Nachteil: Boy macht einen großen Bogen darum. Mit aller Gewalt ist er nicht da reinzukriegen. Er liegt lieber auf der Couch und seine Geschäftchen macht er am liebsten auf den Teppich. Vater schimpft: „So ein blödes Vieh!", und gibt auf. Und für noch etwas nimmt sich Vater Zeit: er lernt Gitarre. Stundenlang zupft er an den Saiten, sucht mit der linken Hand die Griffe bis er dicke Hornhaut auf den Fingerspitzen hat. Seine Gitarre ist teuer und sehr schön, goldgelb und glänzend gelackt, eine Gitarre für richtige Tanzmusik. Es ist Krieg und Tanzmusik ist verboten, obwohl ein Musikfilm nach dem anderen gedreht wird. Ilse Werner, Zarah Leander, Marika Rökk tanzen, trällern und schluchzen von der Leinwand. Das Volk muss unterhalten werden.

Der 2. Kriegswinter wird besser für Berlin. Die Versorgung klappt, es wird nicht mehr so sehr gehungert. Mädi kann ungestraft länger aufbleiben, weil sie nicht so früh aufstehen muss. Mutsch und sie sitzen sich still gegenüber und lesen, Boy liegt zusammengerollt auf der Couch, es könnte richtig gemütlich sein. Einmal fragt Mädi: „Warum lässt du dich nicht scheiden?" Mutsch ist entsetzt: „Wo sollen wir denn hin, jetzt mitten im Krieg? Und von was sollen wir denn leben?" Mädi denkt: „Der Alte müsste doch für uns sorgen, er hat doch genug Geld," aber sie schweigt. Mutsch hat Angst allein, man sieht es. Vater hat sie vollkommen unselbständig und von sich abhängig gemacht. Bei Mädi schafft er das nicht, nie!

Im März wird Mädi zwölf, und die Deutschen marschieren wieder. Rommel geht mit seinem Corps nach Nordafrika. Er jagt die englischen Panzer und bringt sie zur Verzweiflung. Das deutsche Afrika-Corps, das ist etwas Besonderes! Im April besetzen die Deutschen Jugoslawien und Griechenland. Die Fanfaren im Radio kommen nicht zum Verstummen.

Es ist wieder warm geworden und Mädi und Sanne laufen Rollschuh. Sie sehen sich nicht mehr so oft. Sanne hat die Schule gewechselt, sehr zum Kummer von Mädi. Außerdem hat Sanne einen Freund. Er heißt Kurt und wohnt in der Kleinbeerenstraße. Mit seinem Fahrrad fährt er die Straße rauf und runter, Sanne im Schlepptau. Und eines Nachmittags bringt er seinen besten Freund mit, den Hans. Dieser Hans ist ein vernünftiger, ruhiger und intelligenter Junge, viel zu ernst für seine 16 Jahre. Aber mit 17 müssen die Jungs in den Krieg, noch als halbe Kinder. Ehrensache, dass Hans mit seinem Rad nun Mädi zieht. Sie kommt sich dabei ein bisschen komisch vor. Sicher, sie hat früher mit ihrer Bande gespielt, aber das waren alles Rotznasen, viel jünger als sie. Hier, das ist anders. Hans trägt eine Brille und wenn er sie damit so prüfend und nachdenklich ansieht, wird es Mädi unbehaglich zu Mute. Als sie sich wieder treffen, drückt er ihr etwas in die Hand, heimlich und ein bisschen geniert, damit die andern beiden nichts davon merken. Als Mädi zu Hause in Ruhe nachschaut, bekommt sie einen Schreck. Umgeben von kleinen Herzchen und Blumen schreibt Hans ihr, dass er sie sehr lieb hätte. Mit 12 Jahren den ersten Liebesbrief! Sie ist blutrot geworden, aber richtig freuen kann sie sich doch nicht, im Gegenteil, auf seltsame Weise fühlt sie sich bedrückt. Es ist einfach so, dass sie sich Hans gegenüber schuldig fühlt, weil sie in dieser Weise nicht an ihn denken kann. Was sie am meisten bedrückt, ist die Gewissheit, dass er es ernst meint, das spürt sie genau. Jedesmal, wenn sie sich nun treffen, bekommt sie einen lieben Brief. Eines Tages nimmt er sie mit nach Hause, seine Eltern sind nicht da. Er zeigt ihr die Wohnung, sein Zimmer, seine Bücher - er liest auch so viel -, dann gehen sie wieder. Eine ganz harmlose Angelegenheit.

74

Unbefangen erzählt sie zu Hause davon. Vater und Mutsch wissen von dieser Freundschaft, sie kennen auch die Eltern von Hans, sie sind alles Patienten. Als Vater von diesem Ausflug hört, bleibt ihm der Bissen im Halse stecken, sie sitzen gerade beim Abendbrot. Wütend starrt er seine Tochter an. „Das machst du nicht nochmal, sagt er befehlend, dass du mir nie wieder mit Hans in die Wohnung gehst!" Mädi verspricht es schockiert. Was soll ihr wohl bei Hans passieren? Er passt doch auf sie auf. Mädi versteht ihren Vater nun überhaupt nicht mehr. Auf der andern Seite wird die Freundschaft mit Hans langsam lästig für sie. Und eines schönen Nachmittags geht sie ihm entschlossen entgegen. Hans, sei bitte nicht böse, aber ich kann nicht mehr deine Freundin sein, ich bin doch erst zwölf. Nie wird sie die entsetzten Augen hinter den Brillengläsern vergessen. Kreidebleich wird er, fragt stotternd: „Du willst Schluss mit mir machen?" „Ja", sagt Mädi entschieden, „das ist doch alles noch viel zu früh und ein bisschen kindisch." Als er sie mit einem langen Blick ansieht, leise „Tschüss!" sagt und mit hängenden Schultern weggeht, nach Hause, wird es Mädi ganz elend. Es ist wirklich nicht leicht, einem so lieben und anständigen Jungen so weh zu tun. Aber andererseits ist sie froh, dass diese Sache zu Ende ist. Erleichtert dreht sie sich um und läuft auf ihren Rollschuhen davon. Sie hat Hans nie wieder gesehen, aber 1946 wollte sie etwas auf dem schwarzen Markt kaufen. Onkel Franz wusste eine Adresse, er ging selbst mit um ihr zu helfen. Eine ältere Frau öffnete ihnen die Wohnungstür und Onkel Franz stellte sie vor. Überrascht hob die Frau den Kopf. „Sie sind die Christel, die Tochter von Zahnarzt Philipp aus der Saarlandstraße?" Verwundert bejahte Mädi, die Frau war ihr völlig fremd. „Kannten Sie einen Hans?", fragte diese nun offensichtlich sehr bewegt. „Ja", antwortete Mädi überrascht. „Er war mein Neffe, sagte da die Frau, „er ist in Russland gefallen. Bis zuletzt dachte er an Sie. In jedem Brief fragte er nach Ihnen."

Und dann kommt der Tag, wo Großmutter entsetzt und kraftlos in ihren Sessel sinkt, die Hände ringt und fassungslos ausruft: „Aber doch nicht gegen Russland!" Nie wird Mädi diesen Satz und den Tonfall vergessen: „Aber doch nicht gegen Russland!" Ja, Hitler hat den Nichtangriffspakt mit der Sowjetunion gebrochen und marschiert in Russland ein. Die deutschen Truppen stehen schon kurz vor Leningrad und Moskau bevor es den Russen gelingt, den deutschen Angriff zu stoppen. Sie haben furchtbare Verluste nicht nur an Material, sondern auch an Menschen hinnehmen müssen. Dabei stehen die Sommerferien bevor und die Reise soll nach Hiddensee bei Rügen an die Ostsee gehen. Vater fährt nur eine Woche mit. Er hat eine schreckliche Laune, denn obwohl sie in einer Pension mit voller Verpflegung gebucht haben, bekommen sie nur Wenig zu essen. Was erwartet Vater eigentlich? Seit drei Jahren ist Krieg, er hätte sich eigentlich daran gewöhnen müssen. Man sieht es ihm an, dass er hungert, die drei Bäuche sind verschwunden, schlank und gut sieht er aus, schmaler im Gesicht, aber dadurch wirkt er interessanter. Die Frauen sehen das, und Vater weiß es auch. Und Mutsch sieht es auch und noch mehr. Aber sie schweigt und leidet. Hiddensee ist entzückend. Kleine Dörfer, viel Wald und Kreidefelsen. Weißer breiter Sandstrand, sauber und in der Sonne flimmernd und überall die blaue See. Nach zwei Tagen bessert sich Vaters Laune. Sie haben die Bekanntschaft von zwei jungen Frauen gemacht. Die eine ist dunkel und rassig und ein bisschen keck, die andere blond, ruhig und nett. Mädi mag beide nicht. Sie ist ruppig, geht möglichst eigene Wege und lässt die jungen Frauen merken, wie überflüssig sie diese Bekanntschaft findet. Vater kennt seine höfliche ruhige Tochter gar nicht wieder. Er ist wütend, aber das macht wenig Eindruck auf sie. Auch Mutsch ist schockiert, aber sie sagt nichts. So vergeht die erste Woche wenig ersprießlich und alles atmet auf als Vater erklärt, er müsse jetzt schon dringend nach Berlin zurück. Wieder allein beginnen nun eigentlich erst richtig schön die Ferien. Sie schlendern herum, baden, sonnen sich, laufen zur Anlegestelle, wenn wieder ein Boot vom Festland kommt. Und da begegnen ihnen oft bekannte Gesichter. In Hiddensee machen viele Schauspieler Urlaub! Hier trifft man sie privat und ganz zwanglos. Mädi macht eifrig Aufnahmen mit ihrer Kamera. Und bald machen sie alles zu Viert. Mutsch hat eine sehr nette Dame kennengelernt, die Tochter eines berühmten Seemalers aus Hamburg. Da sie eine Tochter in Mädis Alter hat, dürfen die Mädels oft allein auf Entdeckungen gehen, während es sich die Mütter gemütlich machen. Eines Tages kommen die Töchter aufgeregt in den Garten der Pension gelaufen. „Der Film ist hier", ruft Mädi schon von Weitem, „sie drehen einen richtigen Film hier!" Neugierig gehen die Mütter mit. Der Strand wimmelt von Menschen, es scheint ein totales Durcheinander zu sein. Viereckige gestreifte Zelte stehen im Sand und es dauert nicht lange, bis die Mädels herausfinden, dass es die Umkleidekabinen für die Schauspieler sind. Wer ist da nicht alles zu sehen! Viktoria von Ballasko, die zarte, blonde Frau, Gustav Knuth, in Seemannskleidung, dieser deftige Kerl Joachim Gottschalk, schlank, hübsch, bescheiden, von allen geliebt. Ausgerechnet er muss eine jüdische Frau haben, und nicht nur das, er stellt sie bei einem Empfang sogar Goebbels vor. Das ist das Todesurteil für das Ehepaar. Um Allem zuvor zu kommen, scheiden beide gemeinsam aus dem Leben. Die Trauer seiner Kollegen und seiner Fans ist unbeschreiblich. Ja, und dann ist da noch sie, die Hauptdarstellerin des Films „ Das Mädchen von Fanö", Brigitte Horney. Auch sie hat keine Staralüren. Kameradschaftlich gehen alle miteinander um und geben, wenn Drehpause ist, den herumstehenden und gaffenden Urlaubern gern haufenweise Autogramme. Auch Mädi und ihre Freundin tollen herum, der Anblick der berühmten Leute, der Kameras, die Kommandos des Regisseurs und des Kameramannes, die Rufe: „Achtung, Aufnahme!", die gespannte Stille, solange gedreht wird, oder die Seufzer der Enttäuschung, wenn abgebrochen wird, weil sich plötzlich eine Wolke vor die Sonne schiebt, das alles wirkt unheimlich aufregend auf die beiden. Umsonst mahnen die Mütter zur

Ruhe und so schrecken alle zusammen, als eine Frau aus einem Zelt sehr energisch auf sie zukommt. „0 weh", denkt Mädi beklommen, „jetzt bekommen wir Ärger." Auch die Mütter sind ein wenig erschrocken. „Entschuldigen Sie bitte", sagt die Frau im schwarzen Kittel, „gehören die Mädels zu Ihnen?" Kleinlaut geben die Muttis zu, dass diese wilden und lauten Gören die ihren sind. „Ach", sagt da die Filmangestellte befriedigt, „dann kann ich Sie ja gleich um Ihre Einwilligung bitten, dass Ihre Töchter mitfilmen dürfen." Mädi glaubt, nicht richtig zu hören! Sie soll mitfilmen? Und die Mütter machen vielleicht erst dumme Gesichter. Dann fassen sich die beiden Mädchen an den Händen und führen einen Indianertanz auf, dass die langen Zöpfe fliegen! Aber beim Film muss alles schnell gehen! Zeit ist Geld! So finden sie sich ganz plötzlich in einem Zelt wieder, wo ihnen von einer Garderobiere lange dicke Röcke aus grauem Filz, eine seidene Bluse und darüber ein buntes Fransentuch angezogen wird. Mit ihren einfachen Sandalen und den dicken Zöpfen sehen sie nun wirklich wie Fischertöchter aus. Die Muttis staunen ob dieser Verwandlung. Und schon sind die beiden mittendrin im Filmteam. An der

Anlegebrücke warten Fischerkähne auf sie, alles wird verstaut, die riesigen Lampen und die Kameras, aber Mädi hat nur Augen für ihren „Star", und wirklich, sie drängelt und schubst und schafft es mit ihrer Freundin zusammen in das Boot von Brigitte Homey zu kommen, und nicht nur das, sie erobert den Platz genau gegenüber des beliebten Filmstars. Ganz allein sitzt Brigitte Homey vorn in der Spitze des Bootes, lässig nach hinten gelehnt, eine Hand über dem Bootsrand. Sie wendet Mädi ihr Gesicht zu, aber die dunklen Augen über den ein wenig schräg stehenden Backenknochen schauen in eine weite Ferne, sie ist mit ihren Gedanken weit weg. Das spürt Mädi und sie fragt sich, an was eine Schauspielerin wohl so denkt zwischen den verschiedenen Aufnahmen. Ganz still sitzen die Kinder und wagen nicht die sinnende Frau zu stören. Sie haben alle schon ihre Filmkleidung an, ein buntes, farbenfrohes Bild ist das, die Fischerboote neben-und hintereinander. Dann, in einem Fischerdörfchen auf einer anderen Insel, wird weiter-gedreht. Gustav Knuth muss eine steile Hafenstraße hinunter-rennen, während die Kamera und der Ton hinter ihm herlau-fen. Natürlich steht auch hier das staunende Volk dichtgedrängt um die Kamera herum und die Straße entlang, Ordner haben alle Mühe, die Leute ruhig und aus dem Bild zu halten. Mädi steht fast neben der Kamera. Als Gustav Knuth zum 5. oder 6. Mal losläuft, springt ihm plötzlich völlig unvorbereitet ein kleiner Hund zwischen die Beine und läuft bellend mit. Mädi denkt noch „das passt aber wie gerufen", als ein Fischerjunge aus Freude über den Hund laut zu lachen anfängt. „Peng!" Die schöne Aufnahme ist geplatzt und der wütende Kameramann läuft zu dem verdutzten Jungen hinüber und gibt ihm eine schellende Ohrfeige. „Aber aber, lass ihn doch, der Regisseur beruhigt die Gemüter und der arme Gustav Knuth muss nun noch einmal die steile Hafenstraße hinunterlaufen. Und was soll Mädi tun? Da kommt die ganze Dorfgemeinschaft, also alle Schauspieler und Komparsen, sittsam in einem langen Zug aus dem Portal der Dorfkirche, läuft über den gepflasterten

Weg bis zu einer weißen Pforte in einem Staketenzaun und die Dorfstraße herunter. Mädis Aufgabe ist es nun, zusammen mit einem Jungen ein böses, wildes Kind zu spielen, das sich mit seinen Ellenbogen einen Weg durch die Erwachsenen bahnt, mit Gewalt, und lachend durch die Pforte läuft, während die Erwachsenen ärgerlich die Köpfe nach ihnen drehen und hinter ihnen herschimpfen. Das ist also schon eine richtige kleine Rolle für Mädi. Sie ist aber auch sehr stolz darauf, und noch stolzer, als nach all diesen aufregenden Drehtagen die Mutsch eine ganze Menge Geld ausgezahlt bekommt. Mädis erstes selbstverdientes Geld, und gleich eine ganze Menge! Und was sagt die Mutsch dazu? Bin ich froh über das Geld! Ich war nämlich schon ganz knapp bei Kasse und ich hatte keine Lust, Vati zu bitten uns welches zu schicken.

Aber es muss wohl so sein: immer, wenn man gerade sehr glücklich ist, gibt einem das Schicksal eins aufs Dach! So geht es jedenfalls den beiden, als sie nach Berlin zurückkommen. Vater hat eine neue Bekannte und diese ist nicht so wie die anderen bisherigen. Ihr Mann ist vor kurzer Zeit gefallen und sie möchte getröstet werden. Vater tut das nur allzu gern, zumal sie nicht nur intelligent, sondern auch noch sehr schön ist mit ihren herrlichen roten Haaren und dem makellosen weißen Teint. Und nun geht das Theater erst richtig los. Vater steht im Schlafzimmer vor dem Waschbecken, frisch rasiert, im weißen Hemd mit Schlips und kämmt sich, während Mutsch auf dem Bettrand sitzt und haltlos weint. Vater scheint das nicht weiter zu berühren, er besieht sich interessiert sein Äußeres, während Mädi die Szene durch die Schlafzimmertür beobachtet. Sie ballt die Fäuste und zum ersten Mal spürt sie ein unbekanntes Gefühl heiß im Herzen brennen: Hass! Aber es soll noch schlimmer für sie kommen. Ein paar Wochen später steht sie am Potsdamer Platz und wartet auf die Straßenbahn. Sie hat die Hände in den Taschen zu Fäusten gekrampft, nicht, weil ihr kalt ist, nein, sie kocht vor ohnmächtiger Wut! Nie-nie wird sie ihm das verzeihen! Sie hat Theaterkarten in der Tasche, die sie zu dieser Frau bringen soll. Vater erniedrigt sie, dort hinzufahren und Theaterkarten abzugeben. Das verzeiht sie ihm nie,-nie! Die rothaarige Hexe, wie Mädi sie tituliert, macht ihr die Wohnungstür auf und Mädi streckt ihr wortlos die Billets entgegen. „Ach", beugt sich die „Hexe" zuckersüß zu ihr herunter, „ hast du etwas zu bringen? Das ist aber lieb von dir. Willst du nicht hereinkommen?" Das fehlte noch! „Nein!", stößt Mädi kurz und bitterbös hervor, macht kehrt und poltert die Treppe herunter ohne Auf Wiedersehen! zu sagen. Als Vater abends fragt, ob sie seinen Auftrag ausgeführt habe, bekommt er nur ein kurzes, unfreundliches „Ja" zur Antwort, sie schaut ihn gar nicht an dabei. Ob er nun endlich merkt, dass er dabei ist, seine Tochter endgültig zu verlieren? Großmutter muss nun nach Zehlendorf zu ihrer Cousine ziehen, Mädi ist zu groß, um noch im Elternschlafzimmer auf der Couch zu schlafen, meint er. Aber ist es nicht eher so, dass er nicht so gern Zeugen habe möchte? Nun beginnt eine anstrengende Zeit für Mädi. Sie lässt ihre Tür zum Korridor ein Stück offen, liegt in Großmutters goldenem Metallbett und horcht zum Wohnzimmer, bis Vater nach Hause kommt. Oft gibt es Streit, sie hört Vaters böse Stimme und Mutters Weinen. Mädi sitzt im Bett, sprungbereit und auf der Lauer, um sich wie eine Löwin auf ihren Vater zu stürzen, falls er es wagen sollte Mutsch etwas anzutun. Keiner der Erwachsenen ahnt etwas davon. Sie merken auch nicht, dass ihre Schulleistungen rapide nachlassen. Mädi ist jetzt oft sehr müde und langsam in der Schule und der Direx, ihr Klassenlehrer, schüttelt mehr denn je über sie den Kopf. Oft hat Mädi Sehnsucht danach, zu ihm zu gehen und ihm alles zu sagen, aber das ist natürlich unmöglich, eher würde sie sich die Zunge abbeißen. Sie führt ein Doppelleben. Sie ist zu Hause, unter ihren Freundinnen ganz die Alte. Ihr Stolz lässt es nicht zu mit irgend jemandem darüber zu sprechen. Und abends wacht sie über Mutsch, ohne dass diese es merkt. Und auch Mutsch führt ein seltsames Leben. Den ganzen Tag ist sie wie immer, macht den Haushalt, kocht das

bisschen Essen, macht aus Hefe und Majoran falsche Leber-
wurst, übt auf dem Flügel, liest und geht wie Vater, einmal in
der Woche zu Rudi Ramstahl in die Motzstraße 1. Während
Vater jetzt Unterricht auf einer doppelten, einer sogenannten
Bassgitarre nimmt, lernt Mutsch Akkordeon. Vater hat ihr eines
gekauft, ein großes mit 120 Bässen. Wenn Mutsch sich hinsetzt
und das riesige Ding auf den Schoß nimmt, guckt gerade
noch ihre Nasenspitze darüber hinweg. Die Technik darauf ist
ganz anders als beim Klavier und die Umstellung fällt Mutsch
sehr schwer, aber sie beißt die Zähne zusammen und nach
vielem Üben und Stunden kann sie nicht nur Schlager spielen,
sondern auch die viel schwereren Akkordeon-Soli. für Vater ist
das selbstverständlich und er kann sehr ungeduldig werden,
wenn ihr Zusammenspiel nicht gleich so klappt. Mit Mädis
Klavierspiel ist es nicht viel geworden. Sie spielt die Schlager
nach den Akkordeonnoten, das ist alles. Vater wollte wohl
nicht viel Geld für die Klavierstunden ausgeben, weshalb er sie
zu Frau Schröter schickte und nicht zu einem vernünftigen
Lehrer. Sanne ging auch zu Frau Schröter, aber Sanne ist
unmusikalisch, sie kann keine Note richtig nacheinander singen.
Aber dafür kann sie nichts, das ist angeboren. Es gehörte sich
als höhere Tochter, Klavier zu spielen, also ging sie zu Frau
Schröter. Frau Schröter trägt seltsame flatternde Gewänder
und einen Knoten. Sie hat einen Mann, der mindestens zwanzig
Jahre älter ist als sie und eine Tochter mit Haarschnecken, die
sie hochtrabend „Corona" getauft hat, in der Hoffnung ein
musikalisches Genie geboren zu haben. Aber irgendwie muss
sie sich da verkalkuliert haben, findet Mädi. Die Wohnung von
den Schröters liegt in der Wilhelmstraße, in der Nähe vom
BelleAlliance-Platz, ist groß, verwinkelt, mit alten Möbeln
vollgestopft und staubig. Die Kinder nehmen das alles nicht so
ernst. Sie finden die ganze Familie Schröter urkomisch und
möchten sich oft beim Nachhausegehen ausschütten vor
Lachen. Aus dem Elternnachmittag mit Vorspielen macht Frau
Schröter so eine große Sache, dass Mädi vor Aufregung und

Nervosität den ganzen „Wilden Reiter" total verquirlt und schließlich mit hochrotem Kopf den Beifall der lachenden Zuhörer entgegennimmt. Eines Tages klingelt Frau Schröter bei allen Schülern an und bestellt sie zu einem bestimmten Termin in ihre Wohnung. Dort versammelt sie ihren Trupp und bringt alle aufgeregt flatternd zur Masurenallee, zum Rundfunkgebäude. Was sie da sollen ist Mädi ein Rätsel, es ist nichts eingeübt worden, sie sind Klavierschüler und kein Chor der singen könnte, aber Frau Schröter schleust sie alle in das große Gebäude und geistert dann mit ihnen von Tür zu Tür, von Flur zu Flur, von Studio zu Studio. Doch niemand weiß etwas, niemand kennt ihren Namen. So zieht sie schließlich mit ihrer kleinen Schar völlig gebrochen wieder ab. Diesmal lachen selbst die Erwachsenen, denn für alle steht fest, dass sich jemand mit Frau Schröter einen Scherz erlaubt hat. Sanne und Mädi aber erklären entschieden, dass sie nun endgültig genug haben und da nicht mehr hingehen. Und dabei bleibt es dann auch. Nun aber hat Vater einen Plan. Eines Tages bringt er einen schwarzen rechteckigen Kasten mit nach Hause. „Mach auf", sagt er zu Mädi. Vorsichtig klappt sie den Deckel zurück und da liegt in Samt gebettet ein glitzerndes, silbernes Instrument, mit vielen Klappen und einem golden ausgeschlagenen Trichter. Vater nimmt es heraus, steckt noch einen schmalen Hals und ein glänzendes schwarzes Mundstück daran, hängt sich einen ledernen Riemen mit einem Haken um den Hals und hakt das Instrument daran fest. Vorsichtig setzt er es an die Lippen. Als er hineinbläst hört es sich an, als wenn in Altfriesack eine Kuh blökt. Interessiert schaut Mädi zu, so ein Ding hat sie noch nie gesehen. Aber sie ist begierig, es selbst zu probieren, denn alles, was man in den Mund nimmt um zu musizieren, lernt sie spielend: Okarina, Mundharmonika, Flöte. Vater hat das einkalkuliert. „Das ist ein Saxophon", sagt er und hilft ihr, es richtig in die Hände zu nehmen. Es hört sich nicht besser an als bei ihm, aber nun ist ihr Ehrgeiz geweckt und auch ein bisschen ihr Stolz. Denn wer, bitte schön, hat schon mit 12

Jahren ein Saxophon? So fährt Mädi nun jeden Donnerstag nachmittags zu Rudi am Nollendorfplatz. Die Freizeit wird arg eingeengt, denn täglich muss sie mindestens zwei Stunden üben, da ist Vater eisern. Als Sanne einmal ganz enttäuscht fragt: „Jetzt musst du üben?", steht Vater wie ein Geist hinter ihr und bittet sie, später wieder zu kommen. Es ist schwer, es ist verdammt schwer, vor allem der Ansatz. Sie hat wunde Lippen, innen bildet sich eine richtige Hornhaut. Es tut weh, aber da muss sie durch, und schon bald spielt sie die ersten kleinen Übungsstücke. Rudi hat aber auch eine Engelsgeduld mit ihr. Seine Frau öffnet Mädi immer die Tür. Sie ist sehr, sehr lieb und fragt nach den Fortschritten. „Nur Mut, du schaffst es schon", lächelt sie. Während die deutschen Soldaten im Osten gegen Russen und Herbstwetter ankämpfen, im Morast versinken und allmählich auf erbitterten Widerstand stoßen, während im herrlichsten Sonnenschein in Pearl Harbour die japanischen Flugzeuge in einem Überraschungsangriff eine große Anzahl amerikanischer Kriegsschiffe versenken, wobei etliche tausend Matrosen ums Leben kommen, während Amerika Deutschland und Japan den Krieg erklärt, ist bei Philipps der familiäre Friede ausgebrochen. Das heißt, auf sein gelegentliches Nachtleben möchte Vater nicht verzichten, aber die „rote Hexe" hat endgültig eingesehen, dass sie keine Chancen hat und ist verschwunden. So ist also äußerlich alles scheinbar beim Alten, aber Mädi hat das bisher Wichtigste in ihrem Leben verloren: das grenzenlose Vertrauen zu Vater. Sie beobachtet ihn jetzt kritischer, zieht sich zurück und gehorcht nicht mehr so bedingungslos. Mit Mädis Saxophon findet Vater eine neue abendfüllende Beschäftigung. Er kauft ein dickes Notenheft und transponiert die Schlager für Mädi, d.h., da das Saxophon in Es-Dur gestimmt ist, muss sie in einer anderen Tonart spielen als die Eltern. Denn das ist Vaters Ziel: ein Trio mit Akkordeon, Schrammelgitarre und Saxophon. Es klingt gut. Statt zu lesen, setzen sich die Drei nun abends zum Musizieren zusammen. Es kommt wieder vor, dass Mutsch sonntags aufhören muss zu kochen und sich statt dessen hinter ihr Akkordeon setzen muss.

Weihnachten steht vor der Tür. Auf die Lebensmittelmarken bekommt man nicht viel, aber es gibt doch winzige Extras zum Fest. Das Volk singt: „Es geht alles vorüber, es geht alles vorbei, im nächsten Dezember gibt's wieder ein Ei!" Fräulein Heise, die Musiklehrerin, verkündet, dass sie mit Chor, Schulorchester und den einzelnen Klassen einen großen bunten Abend für die Verwundeten im früheren Schulgebäude veranstalten will. Die Kinder sind begeistert und machen sich mit Feuereifer an die Arbeit. Auf der Bühne wird an Sketchen und Tänzen geprobt, aus Stoffresten Kostüme gezaubert, die Muttis helfen mit, es ergeben sich viele „Überstunden" für Mädi. Sie ist aktiv am Chor und am Schulorchester beteiligt, soll aber mit einer Klassenkameradin auf zwei Flöten noch extra ein kleines Musikstück vortragen. Als der Abend heran-gekommen ist, sind die beiden so nervös und aufgeregt, ihre Hände so nass von Schweiß, dass sie kaum noch die Flöten halten können, als sie „ihr" Stück wieder und wieder durch-spielen. Lampenfieber nennt man das! Als sie endlich an der Reihe sind, kommt Mädi die Bühne riesig vor. Mit weichen Knien läuft sie nach vorn, nur wie durch einen Schleier sieht sie die vielen Menschen vor sich. Frau Heise, die seitlich unter der Bühne steht, gibt ein Zeichen mit der Hand. Mechanisch findet Mädi den ersten Griff, aber irgendwie hat sie keine Gewalt mehr über ihre Finger, sie führen ein seltsames Eigenleben. Und so kommt es, dass die Flöten zwar gemeinsam beginnen, die Tonfolgen aber ihren eigenen Weg gehen und Mädi zwei Takte eher fertig ist! Es ist ein schreckliches Gepiepse! Mit hochroten Köpfen, in Schweiß gebadet stehen sie da und nehmen- ja, sie nehmen einen brausenden Beifall entgegen, und nicht nur das, der Saal dröhnt vor Gelächter! Die Ärzte, Schwestern, Pfleger in ihren weißen Kitteln klatschen, trampeln und wischen sich die Lachtränen aus den Augen, aber vor allem die Verwundeten vergessen vor Vergnügen ihre kaputten,

zerschossenen Knochen, ihre Gipsverbände, ihre Schmerzen.
Es ist nicht zu leugnen, die Zwei haben an diesem Abend den
größten Erfolg von allen. Selbst Frau Heise schüttelt sich vor
Lachen und Mädi fällt ein Stein vom Herzen. Frau Heise ist
ihre Lieblings-Lehrerin! Nicht auszudenken, wenn sie böse
gewesen wäre!

Es ist Heiligabend. Aber statt wie sonst vor den Tannen
baum zu treten, um ihr Gedicht aufzusagen, wird Mädi
von Mutsch gestützt, in einen Sessel gesetzt und sorgsam
zugedeckt. Ein paar Kopfkissen bekommt sie in den Rücken
gestopft. Mädi hat mal wieder eine Mandelentzündung, ein
Leiden, das sie immer wieder ins Bett zwingt. Es ist ihr ziemlich
egal, ob es viel oder wenig zu essen gibt, etwas Leckeres oder
Weihnachtliches. Der Hals ist dick zugeschwollen und beim
Schlucken tut es scheußlich weh, also verzichtet sie lieber
darauf. Hunger hat sie sowieso nicht. Paps musste diesmal
allein den Baum schmücken, ohne die Hilfe von Mädi. Er
macht sich immer viel Arbeit. Fädchen für Fädchen legt er das
Lametta dicht an dicht über die Zweige, wie einen silbernen
Vorhang. Wie immer spielt er jetzt die Weihnachtsplatten, aber
Mädi hat Fieber und der Kopf dröhnt ihr. Ehrlich gesagt,
Weihnachten ist ihr diesmal ziemlich schnuppe, obwohl Paps
bei Wertheim unterm Ladentisch allerlei Hübsches bekommen
hat. Silvester steht der Baum immer noch so schön da, seine
elektrischen Kerzen brennen von morgens bis in die Nacht,
wie Mädi durch die Scheiben erkennen kann. Aber sie sieht
alles nur sehr verschwommen. Mädi liegt in Mutters Bett, denn
sie ist immer noch krank. Ja, diesmal hat es sie richtig erwischt,
die Erwachsenen machen sich große Sorgen. Sie war schon
vorher dünn wie ein Strich, aber nun wird es kritisch, sie kann
nichts hinunterschlucken. Und dann kommt Tante Elisabeth zu
Besuch. Sie ist entsetzt über Mädis Zustand. „Was sagt denn
der Arzt?", fragt sie. Doktor Baer ist ja nicht mehr da. (Er war

Jude und Mädi hofft inständig, dass er den Holocaust gut überstanden hat.) „Das ist jetzt so'n alter Krauter, völlig abgehetzt und überanstrengt." Sie soll Eis haben. Aber wo sollen wir jetzt im Krieg und mitten im Winter Eis herbekommen?", fragt Mutsch traurig. Aber da kennt sie Tante Elisabeth nicht! „Fietsche-Fietsche bekommt ihr Eis", erklärt sie und geht mit ihrem energischen Schwesternschritt aus dem Zimmer. Es dauert keine Stunde, da erscheint sie wieder, in der einen Hand ein Päckchen jonglierend, in der anderen einen Teelöffel. Mutsch, die bekümmert auf dem Bettrand gewartet hatte, bekommt kugelrunde Augen vor Erstaunen. „Hast du wirklich Eis aufgetrieben? Wo hast du denn das her?" „Vom Hotel Exzelsior", sagt ihre Schwester triumphierend, und vor Mutsch's innerem Auge erscheint das Bild wie die kleine, runde Tante Elisabeth durch das Foyer fegt, energisch nach Eis fragt und bis zum Chefkoch persönlich vordringt. Und dann füttert die Tante ihre kleine Nichte, Löffel für Löffel. Mädi in ihrem hohen Fieber hat von all dem kaum etwas mitbekommen, aber nun öffnet sie gierig ihren Mund, wie ein halbverhungertes Vogelküken. So kommt sie allen aber auch vor. Tini schaut besorgt und liebevoll nach ihr, Vater flattert im weißen Kittel mal schnell durch die Verbindungstür um nach ihr zu sehen, aber es ist Tante Elisabeths routinierte und energische Pflege, die sie endlich wieder auf die Beine bringt. Als die Tante wieder abreisen muss, geht es ihr schon wieder ganz gut. Jedenfalls hat sie kein Fieber mehr und der Hals tut nur noch ein bisschen weh. Dafür langweilt sie sich entsetzlich, quängelt herum und nervt die arme Mutsch, weil sie unbedingt gerade das Buch lesen muss, das hinten in ihrem Zimmer liegt, obwohl sich neben ihr auf dem Bett von Paps Bücher, Spiele, Malsachen und Puppen ein buntes Stelldichein geben. Aber auch diese Zeit geht vorbei und Mutsch atmet erleichtert auf, als ihre Tochter wieder zur Schule gehen kann. Mädi ist ganz und gar nicht dieser Meinung. Ein bisschen „Kranksein" ist doch auch mal ganz schön!

Cousin Günther ist gekommen. Niemand hatte ihn erwartet. Plötzlich stand er im Wohnzimmer. Mädi flattert ganz aufgeregt um ihn herum, denn Günther ist ihr Schwarm. Man muss ihn aber auch gesehen haben, in seiner blauen Fliegeruniform. Leutnant ist er, schlank, groß und hübsch mit seinem schmalen Gesicht, welligem dunklen Haar und den klugen, blitzenden Augen, ein Kerl wie aus dem Bilderbuch! Urlaub hatte er überraschend bekommen, war ein paar Tage zu Hause gewesen. Jawohl, alles wohlauf, viele Grüße soll er bestellen und weil er sowieso über Berlin in den Einsatz zurück muss, hatte er gedacht, er könnte noch ein paar Tage bei Tante Lotte bleiben. Sicher kann er das, das Mädchenzimmer ist ja frei. Vor allem will er natürlich abends bummeln gehen. Berlin ist zwar dunkel bei Nacht, aber los ist immer noch überall was. Die Bars, Kabaretts, Kinos und Theater sind geöffnet wie im Frieden, Filmstars und Theaterleute voll beschäftigt. Und dann sieht Günther Tini, Tini, das entzückende Wesen und natürlich ist er vollkommen hin! Naja, denkt Mädi eifersüchtig, ich bin für ihn doch nur die kleine Cousine, aber Tini! Nach dem Abendbrot sitzen alle gemütlich um den großen Kachelofen, trinken Glühwürmchen-Schnaps und rauchen die „schwarz" gekauften Zigaretten, als es plötzlich Sturm klingelt. Mädi läuft zur Tür und öffnet sie für die kleine aufgeregte Frau Jung, Tinis Mutter. „Sind deine Eltern da?!", fragt sie erregt. Dann geht sie zu Mädis Verwunderung sehr energisch ins Wohnzimmer. Neugierig folgt Mädi ihr. So kennt sie Frau Jung gar nicht. „Herr Philipp, Sie müssen mir helfen. Bitte, suchen Sie mir die Tini. Sie ist unterwegs und mein Mann ist überraschend von einer Reise zurückgekommen, er ist so wütend, das gibt ein Unglück. Na, das ist etwas für Paps und Günther! Gemeinsam durch Berlins Nachtleben zu ziehen und ein hübsches Mädchen zu suchen, diesen Auftrag erfüllen sie gern! Frau Jung möchte nicht nach Haus, so bleiben sie zu dritt sitzen. Die Zeit vergeht. Es ist schon nach Mitternacht, als Günther ins Wohnzimmer kommt. „Wir haben sie, aber sie traut sich nicht rauf." „Aha", sagt Frau Jung und rennt die Treppen hinunter, Mutsch, Mädi und Günther hinterher. Und dann passiert etwas, womit niemand gerechnet hat. Die kleine mütterliche Frau stellt sich auf die Zehenspitzen, holt weit aus und dann bekommt Tini eine Ohrfeige, dass Mädi der Atem stockt. Es knallt richtig in der hohen Eingangshalle und in dem riesigen Spiegel sieht Mädi die verdutzten Gesichter von Mutsch, Paps und Günther, dass ihr das Kichern in die Kehle steigt. Und Tini? Diese elegante junge Frau fängt an zu heulen wie ein kleines Gör und lässt sich von ihrer energischen Mutter nach Hause bugsieren. „Na so was!", sagt Günther ganz verdutzt, und dann muss er laut lachen. Er ist nach dem Krieg bei den Fliegern geblieben und ziemlich hoch im Rang aufgestiegen bis zu seiner Pensionie-

rung. Er hat auch eine Cousine geheiratet, aber eine andere! Ein paar Wochen nach dem nächtlichen Intermezzo kündigt Tini bei Vater. Ein junger Mann hat sie eingeladen, mit ihm in Urlaub zu fahren. Er besitzt ein Kaufhaus, in dem er vor allem mit echten und teuren Teppichen handelt. Er ist also ein reicher Mann und wohl gerade der Richtige für Tini. Mädi spitzt die Ohren und hört Mutsch lachend erzählen, dass Tinis Mutter bei diesem Urlaub ein bisschen Schicksal gespielt hat. Es kommt tatsächlich so, wie sie es wünschte: drei Monate später rüstet Tini sich zur Hochzeit, wie sie Vater strahlend bei einem Besuch in der Praxis erzählt. Zwei Jahre später, im Sommer 44, stellt sie der Familie ihre kleine Tochter vor. Genauso blond, hübsch, elegant und verwöhnt wie die Mama. Ehe Tini es sich versieht, ersteigt ihr Sprössling den Schreibtischsessel im Praxisraum und wuselt die Papiere durcheinander. Vater, am Stuhl, guckt drohend über seine Brille. Tini kennt diesen Blick! „Wirst du das wohl bleiben lassen!", ruft sie böse. Aber die Kleine setzt sich seelenruhig auf den Schreibtisch, zieht ihren rechten Stiefel aus, wiegt ihn in den kleinen Händen und fragt herausfordernd: „Soll ich mal?" Und während Tini noch laut protestiert: „Wirst du wohl?!" hat sie ihn- peng! -schon am Kopf. Schnell hebt sie den Schuh auf, packt sich die protestierende Tochter unter den Arm und ist zur Türe hinaus, ehe jemand sie aufhalten kann. Tini Berger, du Schöne, Elegante, wo bist du geblieben?

Sanne ist krank, und Mädi weiß nichts mit sich anzufangen. Jeden Nachmittag besucht sie die Freundin, deren Zustand sich wochenlang nicht ändern will. Der Arzt stellte eine Mandelentzündung fest, sie muss Medizin schlucken und gurgeln, aber dadurch wird es auch nicht besser. Und dann steht Mädi eines Tages ahnungslos und gutgelaunt vor der Wohnungstür, ein Frühlingssträußchen für die Freundin in der Hand, als ein völlig aufgelöster und verweinter Herr Trietschel ihr die Tür öffnet. Er kann kaum sprechen. „Sanne ist im Krankenhaus, wir wissen nicht, ob sie durchkommt", sagt er mühsam und macht die Tür leise wieder zu. Mädi steht wie verdonnert. Das kann doch nicht wahr sein! Gestern war doch alles noch in Ordnung! Wie im Traum steigt sie die Treppe hinunter. Das Treppenhaus, seit Babytagen vertraut, kommt ihr plötzlich fremd und feindlich vor. Sanne todkrank, in Lebensgefahr! Ihr Gehirn weigert sich das zu glauben. Mutsch sitzt strickend im Wohnzimmer. Wie üblich, liest sie dabei. „Schon wieder zurück!", fragt sie erstaunt, „ihr habt euch doch nicht gezankt?" Das kommt öfter vor, dauert aber meist nur bis der andere zu Hause ist. Dann klingelt schon das Telefon, man versöhnt sich wieder und hat sich so viel zu erzählen, dass Vater wütend rüber kommt weil sein Apparat blockiert ist. Heute ruft er selbst bei Trietschels an. Sein Gesicht wird ernst und sorgenvoll. Ja, Sanne hatte keine Mandel- sondern eine Blinddarmentzündung. Eine harmlose Sache, wenn gleich operiert wird. Aber durch das wochenlange Verschleppen ist eine Bauchfellentzündung dazu gekommen und nun hängt Sannes Leben buchstäblich an einem seidenen Faden. Mädi ist fassungslos und wütend auf den Arzt. Wie kann so etwas passieren? „Ja", sagt Vater, „es kommt vor, dass Ärzte das nicht erkennen. Es ist manchmal sehr schwierig, weißt du?" Ein Leben ohne Sanne, wie soll das aussehen? Ohne ihr Mäxchen ist sie doch nur ein halber Mensch! Was macht ein Moritz ohne seinen Max? Die nächsten Tage vergehen wie ein böser Alptraum. Sie geht wie immer zur Schule, macht ihre Schularbeiten, übt Saxophon, klimpert auf dem Flügel herum, versucht zu lesen, holt sich ihre Puppen herbei, aber es ist nichts wie sonst. Vater telefoniert jeden Tag, aber es dauert bis er endlich den Bescheid erhält, Sanne wird weiterleben! Sie hat es geschafft, sie hat es wirklich geschafft! Aber noch muss sich Mädi gedulden, bis sie ihren Max das erste Mal besuchen darf. Die vornehme Privatklinik schüchtert sie ein. Auch Sanne hat sich merkwürdig verändert. Blass und schmal war sie ja schon oft, aber nun hat sie sich eine gönnerhafte Art angewöhnt, als wäre sie mindestens 3 Jahre älter. Dabei sind es nur 6 Monate! Wie sich später herausstellt, lag ein älteres Mädchen neben Sanne und übernahm das, was eigentlich die Eltern hätten tun müssen: ein bisschen Aufklärung über die Sexualität. Aber dieses Thema war in der damaligen Zeit ein Tabu. Niemand sprach darüber, weder die Eltern zu den Kindern, oder die Eheleute untereinander noch die Lehrer in der Schule. So kommt es, dass Sanne sich der naiven und unaufgeklärten Mädi gegenüber sehr überlegen fühlt und das auch zeigt. Sehr enttäuscht und deprimiert fährt Mädi wieder nach Hause. Soll das nun immer so zwischen ihnen bleiben? Aber kaum ist Sanne halbwegs gesund wieder zu Hause und kaum sind sie beide einmal allein in der Wohnung, als Sanne schon das Herrenzimmer stürmt, verbotenerweise Vaters Bücherschrank öffnet und das Gesundheitslexikon herausholt. An Hand von Zeichnungen wird Mädi nun aufgeklärt über den Unterschied von Männlein und Weiblein. Um überhaupt etwas zu erfahren, waren die meisten Kinder damals gezwungen, sich auf diese Art und Weise zu betätigen. Und wehe, wenn sie doch erwischt wurden. Einiges bleibt Mädi trotzdem noch schleierhaft. Das zeigt sich einige Wochen später, als beide Lust bekommen im Tiergarten herumzustrolchen. Ein größerer Junge auf einem Fahrrad spricht sie an. „Wollt ihr euch zwei Mark verdienen?", fragt er gönnerhaft. Neugierig will Mädi nähertreten, um zu hören worum es geht, als Sanne sie fest am Arm packt, gewitzt wie sie ist, und furchtbar anfängt zu schimpfen, mit Ausdrücken, die das Mäxchen, vornehm erzogen wie sie ist, noch nie in den Mund nahm. Der Junge scheint sie aber zu verstehen. Ehe die perplexe Mädi noch „Piep!" sagen kann, schwingt er sich aufs Rad und strampelt davon, als wäre der Teufel hinter ihm her. Du bist vielleicht blöd! , schimpft Sanne weiter. Mädi wirbelt der Kopf, aber es kommt noch besser. „Wir gehen zur Polizei", sagt der Max und stiefelt entschlossen zum „Großen Stern", wo ein junger Polizist den Verkehr regelt. Mäxchen baut sich vor ihm auf. „Da war eben ein Junge", sagt sie. „Ja?"- freundlich schaut er auf die beiden herab. Mädi ist das alles sehr peinlich, sie wagt nicht die Augen zu heben. „Der wollte was, sagt das Mäxchen." „Ja? -was denn?" Und als sie nun doch herumdruckst und verlegen wird, reicht er ihr Notizblock und Bleistift herunter. „Schreib es auf." Mädi hat nie erfahren, was da geschrieben wurde. Aber der freundliche Polizist muss es wohl lesen können. „Wie alt war denn der Junge? Und wo ist er hingefahren?" -„Na, vielleicht 15. Und in diese Richtung ist er gefahren", und Sanne zeigt sie mit der Hand. „Ja, meint der Polizist nachdenklich, da wird wohl nicht mehr viel zu machen sein." Das muss Sanne dann allerdings zugeben. Als Mädi nach Hause kommt, hat sie viel nachzudenken. Aber am Ende weiß sie immer noch nicht, was der komische Junge eigentlich mit 2 Mark bezahlen wollte.

Die großen Ferien stehen bevor und die deutschen Soldaten kämpfen verbissen um den Vormarsch gegen Stalingrad und in den Kaukasus. Dort gibt es Ölquellen, die Hitler dringend braucht für seinen großen Krieg. Aber auch die Engländer starten eine neue Offensive gegen Deutschland, diesmal aus der Luft. Sie kommen mit ihren Bombern über den Kanal und werfen ihre furchtbare, tödliche Last auf Fabriken, Bahnhöfe und Schiffe in Hamburg, Kiel und andere Städte in Norddeutschland, aber vereinzelt verirren sie sich bis nach Hannover-Braunschweig, als wollten sie diese Strecke erst einmal vorsichtig auskundschaften. Dann beginnt im Radio eine Uhr zu ticken und in Berlin gibt es Voralarm. Die Sirenen heulen schrecklich. Dabei ist Mädi sooo müde, aber es hilft nichts, sie muss aufstehen, sich dick anziehen und dann sitzen sie im Wohnzimmer und warten. Ab und zu meldet sich der Sprecher im Radio. „Bomber-Verband fliegt in Richtung Braunschweig." „Lieber Gott", betet Mädi, „lass sie nicht weiterfliegen." Ihr Wunsch wird erfüllt. Nach einer Weile hört das Ticken auf und der Sprecher meldet sachlich: „Bomber-Verbände drehen ab in Richtung Hannover." Bald darauf heult die Sirene wieder auf, mit einem eintönigen gleichmäßigen, ins Gehirn fahrenden Dauerton: Entwarnung. Während Mädi sich erleichtert wieder auszieht und unter ihre Bettdecke kriecht, denkt sie mit einem drückenden Gefühl im Magen an die armen Menschen, die diesmal die Opfer des Angriffes waren. Denn Churchill in London hat den Frauen und Kindern in Deutschland den Krieg erklärt. Er glaubt ganz sicher, dass er schnell siegen wird, wenn er Nacht für Nacht seine Flugzeuge schickt um einen Nervenkrieg gegen die zivile Bevölkerung zu führen. Wie sehr er sich irrt! Einmal wird es den Bombern nicht leicht gemacht deutsches Gebiet zu erreichen. Da sind die tollkühnen deutschen Jäger, die wie Hornissen um die Pulks der Engländer herumsausen, ihre Opfer suchend. So manches englische Flugzeug erreicht sein Ziel erst gar nicht, sondern stürzt brennend ins Meer oder explodiert auf irgendeinem Acker. Dann sind da die schweren und leichten Flakgeschütze, die wie Ringe um die deutschen Großstädte postiert sind. Sie werden unterstützt von riesigen Scheinwerfern, die wie zuckende Finger den Nachthimmel absuchen, bis sie die winzigen Flugzeuge entdeckt haben, sich zusammenfinden in einem gemeinsamen Licht und so den Richtkanonieren an den

Geschützen ihr Ziel weisen. Nein, so einfach ist es nun doch nicht, deutschen Familien ihre Heime, ihr Hab und Gut und womöglich das Leben zu nehmen. Trotzdem gibt es jedesmal Todesopfer zu beklagen, auch wenn die Menschen unter ihren Häusern in die Keller flüchten. So manches Haus bekommt einen Volltreffer, der es zum Einstürzen bringt. Dann werden die Bewohner verschüttet und es dauert oft zu lange, bis Feuerwehr und freiwillige Helfer sie freigegraben haben. Furchtbare Dinge passieren da, die Trauer und Erbitterung der Bevölkerung ist groß. Doch niemand sagt zu dieser Zeit, Hitler soll mit dem Krieg aufhören. Schließlich beherrschen die deutschen Truppen fast alle Länder in Europa, bis nach Nordafrika. Aber der Hass gegen die Bomber wächst, je mehr Städte in Brand gesteckt werden, je mehr Opfer unter den Frauen, Kindern und Alten zu beklagen sind. Bekamen bisher die Familien in der Heimat die Todesnachricht eines Angehörigen von der Front, so passiert es allmählich immer öfter, dass Soldaten an der Front den schrecklichen Bescheid bekommen, dass nicht nur ihr zu Hause vernichtet ist, sondern auch Angehörige dabei umgekommen sind. Der Zorn und die Verachtung der deutschen Soldaten ist groß. An der Front, sozusagen Auge in Auge mit dem Gegner zu kämpfen, ist eine Sache. Aber Bomben auf wehrlose Frauen und Kinder zu werfen, das ist etwas, was viele Soldaten nicht begreifen und sich überhaupt nicht vorstellen können. Auch im Luch, zwischen den Dörfern, sind Geschütze und Scheinwerfer in Stellung gegangen. Aber in diesem Sommer ist es noch ruhig in Altfriesack. Zwar gibt es öfter Voralarm, dann treffen sich alle in der Küche von Tante Belz, sitzen schweigend um den Tisch, horchen auf den Wecker im Radio und die Meldungen, horchen nach draußen, treten auch mal in den Hof, blicken zu den Scheinwerfern am Himmel auf, die in breiten Bändern das Firmament absuchen, und kriechen schließlich wieder in die Betten. Philipps haben es gut, sie können ausschlafen, aber „Herrmännchen", wie Herr Belz liebevoll von allen genannt

93

wird, und sein Sohn Herbert müssen früh raus, zur Arbeit, ganz zu schweigen von Frau Belz, die nicht nur das Frühstück pünktlich auf dem Tisch haben muss, sondern auch noch das Vieh versorgt. Herbert ist vierzehn und lernt Elektriker. Mit dem Dorfleben hat er nicht viel im Sinn. Er ist ein großer, blonder, schlanker Junge mit wachen Augen. Er hat aber nie viel Zeit für Mädi. Aber Hellmuth ist da, mit kurzen Hosen, zerkratzten Beinen und einem Krauskopf. Er hilft viel zu Hause, versorgt den Hammel, hackt meterweise Holz zum Kochen und für den Winter, schichtet es ordentlich auf, während seine Mutter ihre Nähmaschine rasseln lässt. Hellmuths Großvater ist sehr alt, nörgelig und unzufrieden. Seine schlechte Laune über diese verrückte, neumodische Welt und diesen irrsinnigen Krieg lässt er an seiner Tochter aus.

Mädi hat ein bisschen Angst vor ihm, aber Tante Lenchen macht sich nichts draus, sie tritt fleißig in ihre Maschine, hält das Haus in Ordnung, versorgt ihre Männer und ist unheimlich stolz auf ihren Sohn, der in Neuruppin zur Schule geht, weil er so klug ist. Dabei singt sie den ganzen Tag ihre Lieder, sie klingen alle traurig und haben einen schaurig-schönen Text. „Warum wei-he-nest du, du ar-me Gär-te-ners Frau", findet Mädi besonders dramatisch. Da klingt die Schrammelmusik oben im Stübchen unterm Dach doch bedeutend lustiger. Das war eine Schlepperei gewesen! Außer den Sachen zum Anziehen hat jeder sein Instrument mit, Mädi sogar zwei, denn zum Saxophon bekam sie auch noch eine Klarinette. Die ist auch nicht einfach zu spielen, aber es klingt gut, wenn sie so richtig loslegt. Vater legt großen Wert darauf, dass sie regelmäßig übt. Das führt oft zu Streikversuchen seitens Mädi, denn hier in ihrem Dorfparadies ist sie die uneingeschränkte Freiheit gewöhnt, bis auf die Mahlzeiten, da ist Tante Belz unerbittlich. Aber schließlich gibt es hier mehr und besseres Essen, als sie es jetzt immer in Berlin haben, da kommt sie schon gern pünktlich. Bei Regenwetter wird natürlich Musik gemacht. Die Dorfbewohner haben zuerst erstaunt geguckt, als der Berliner

Doktor so bepackt mit seiner Familie vom Bahnhof marschiert kam, eine dreiviertel Stunde zu laufen ist es bis dahin. Mit der Bahn ist das eine umständliche Sache. In Velten muss man umsteigen und in Kremmen muss man umsteigen und das mit den vielen Klamotten als da sind Notenkoffer und Notenständer, Akkordeon und Gitarre (u.s.w.) Vater sitzt rechts auf einem Bett, Mutsch sitzt links, Mädi auf dem Stuhl dazwischen, alle haben ihren Notenständer vor sich, also, da bleibt kaum noch Luft zum Atmen, da muss man weit das Fenster aufmachen! Und die Dorfbewohner sind Einiges gewöhnt von ihrem spleenigen Doktor aus Berlin, denn die Dorfstraße entlang zum Holzplatz und zum Wirtshaus hinunter schallt es fröhlich „Hoch droben auf dem Berg." Anhören tut es sich ja ganz gut. Es sind eben feine Leute mit viel Geld, denen muss man schon Einiges zu Gute halten. Und ein bisschen stolz ist man ja auch auf den Doktor, schließlich kommt er schon viele Jahre hierher und gehört schon irgendwie dazu. Und ansehen tut man ihnen auch, dass sie nichts zu essen bekommen. Der Doktor ist schon richtig schlank geworden. Steht ihm aber gut! Hier merkt man fast nichts vom Krieg. Nur, dass im Dorfladen alle in Schwarz gehen. Bäcker Mehlmann ist gefallen. Die junge Frau führt den Laden jetzt allein und seine alte Mutter ist noch kleiner geworden, vor Schmerz. Das Karlchen hat nun keinen lustigen Papi mehr, der morgens in der Backstube das herrlich duftende Brot aus dem Ofen holt. Mädi blickt den Kleinen scheu an, der noch gar nicht richtig begreifen kann, was eigentlich geschehen ist. Er rennt mit den andern Kindern zum See runter und platscht genau so fröhlich im Wasser wie sonst. Manchmal paddelt Mädi mit den Eltern im „Orje" nach Neuruppin. Die Enten rascheln immer noch im Schilf und wenn Mädi aufs Wasser schlägt, verschwinden die Taucher blitzschnell kopfüber in den Wellen um irgendwo ganz weit weg wieder aufzutauchen. Aber es ist ruhig auf dem Wasser und am Kai geworden. Die weißen Ausflugsdampfer fahren nicht mehr, kein Kind ruft

mehr fröhlich: „Onkel Jenge, tute mal!" Es gibt keine Wassersportler mehr, die mit ihren Zelten am Seeufer lagern. Die
jungen Leute sind in ganz Europa verstreut. Sie kämpfen in
Russland, in Afrika, sie sitzen in Panzern, Flugzeugen und
Unterständen. Für Mädi ist das alles eigenartig. Sie steht vor
der Klosterkirche in einer ruhigen friedlichen märkischen
Kleinstadt. Die Kirche wurde schon vor 1000 Jahren am Ufer
des Sees gebaut, ihre dicken Mauern trotzten Wetter und
Kriegen. Sie war früher einmal nicht nur Teil eines Klosters,
sondern auch Zufluchtsort für die Bevölkerung. Nun braucht
nur einer dieser verd.... Bomber zu kommen, und schon ist
zerstört, was 1000 Jahre gehalten hat.

Aber daran mag Mädi nicht denken. Sie genießt ihre Ferien,
ihre Freiheit, die warme Sonne, den blauen Himmel, sie horcht
auf die leise plätschernden Wellen, die an die Kaimauer schlagen und sie atmet tief durch.

Sie lebt und sie ist glücklich!

Es ist später Nachmittag. Über Altfriesack hängt eine friedliche
Stimmung. Mädi und ihre Spielkameraden sind ein bisschen
müde vom vielen Rumtoben. Wie die Spatzen auf der Stange
hocken sie nebeneinander auf dem weißen Geländer, das die
Dorfstraße vom Holzplatz trennt, denn die Böschung geht
hier steil ab. Ihnen gegenüber steht das große altmodische
Backsteinhaus, das dem Besitzer der Sägemühle gehört. D.h.,
es gehört noch alles seiner Schwiegermutter. Sie soll zu ihrem
Schwiegersohn nicht sehr nett sein. Niemand begreift das, am
wenigsten die Kinder, die ihn bewundern, weil er so braunge-
brannt und gescheit und immer freundlich zu ihnen ist. Wie oft
hat er ihnen mit einem Sägebock und einem Brett eine tolle
Wippe gebaut! Da sein Betrieb kriegswichtig ist, braucht er
nicht als Soldat an die Front.

Mädi genießt den Augenblick. Die Abendstille, das Zusam-
mensein mit den Freunden, das herrliche Geflühl der Freiheit.
Aber da ertönt aus dem Garten gegenüber ein schriller Schrei

und dann ruft eine Frauenstimme in höchster Not: „Hilfe! Hilfe!" Die Kinder recken aufgeregt die Hälse, aber sie können nichts sehen. Nur aufgeregte Stimmen. Laut, hysterisch, kreischend. Was ist da bloß los? Es dauert nicht lange, da geht es wie ein Lauffeuer durchs Dorf. Die Schwiegermutter ist in die Jauchegrube gefallen! Mutter Belz erzählt es beim Abendbrot und alle fangen an zu lachen. Das muss ein Anblick gewesen sein! Aber am nächsten Tag lacht niemand mehr, denn die alte Frau beschuldigt ihren Schwiegersohn, er habe das Brett über der Jauchegrube absichtlich so gelegt, dass sie hineinfallen musste. Nicht nur Mädi ist empört, das ganze Dorf steht auf seiner Seite. Aber er selbst hat endgültig genug. Noch am gleichen Tag meldet er sich freiwillig zum Afrika-Corps unter Rommel und verlässt Altfriesack. Mädi hat nie wieder etwas von ihm gehört.

97

Es ist wieder Herbst geworden, die Patienten kommen und gehen, das Essen ist wieder knapp, aber sie haben Kohlen und brauchen nicht zu frieren. Und sie haben Alkohol und Zigaretten. Nur Schlaf bekommen sie nicht mehr so viel. Jeden Abend stellt Mädi ihre Kästen mit den Instrumenten griffbereit hin. Sich anziehen und danach greifen, die Treppe runter marschieren und über den Hof in den Keller stolpern, das kann Mädi jetzt im Tran, so oft hat sie das geübt. Denn die frechen Engländer kommen jetzt auch nach Berlin. Die ersten Male, als sie wirklich in den Keller mussten, geriet Mädi in Panik. Einmal, als die Eltern ausgegangen waren, beeilte sie sich vor Entsetzen so sehr, dass sie als Erste vor der noch verschlossenen Kellertür stand. Ganz außer Atem war Mutsch noch eben so reingekommen, denn bei Alarm durfte niemand mehr auf der Straße bleiben. „Ich wusste, dass du dich ängstigen würdest", beruhigend nahm sie ihre zitternde kleine Tochter in den Arm. Es gab schon schlimme Augenblicke! Einmal, als der Luftschutzwart, (natürlich dicker Parteianhänger) aufgeregt alle Männer zum Löschen nach oben rief. Eine Brandbombe war im Hinterhaus durch das Dach geschlagen und hatte bei der Portiersfrau die Wohnung angezündet. Während noch die Flugzeuge über ihnen surrten, die Bomben fielen und die Flakgeschütze wie wild drauflos ballerten, löschten die Männer das Feuer. Alle atmeten erleichtert auf, als sie mit dieser Meldung heil wieder in den Keller zurückkamen. Ein anderes Mal sauste eine Mine, eine besonders schwere große Bombe, in das Hotel gegenüber. Die Nr. 61 wackelte so sehr, dass alle im Keller vor Entsetzen den Atem anhielten, weil sie glaubten, nun würde ihr Haus zusammenbrechen. Mädi saß wie versteinert. Sie konnte kaum atmen, als sie leise fragte: „Sind wir nun verschüttet?" Das war für sie der schrecklichste Gedanke. Mutsch, die neben ihr auf der Holzbank saß, fuhr

erschrocken zusammen. „Nein, nein, natürlich nicht." Beruhigt atmete Mädi aus. Hier unten kommt sie sich immer vor wie eine Maus in der Falle! Onkel Werner Lehmann sitzt im Wohnzimmer, wie immer lustig und fidel und voll des Alkohols, auch wie immer. Und wie immer findet Mädi nicht ins Bett. Es ist so wahnsinnig interessant, was die Erwachsenen zu erzählen haben! Ja und dann geht die Sirene und alle müssen in den Keller. Der Luftschutzraum ist noch neu, es riecht nach frischem Holz, aus dem Bänke und Tische hergestellt wurden. Sogar ein Plumpsklo gibt es! Es besteht aus einer Bretterbude mit einer Tür drin, die man verriegeln kann. Als Onkel Werner dieses Etablissement entdeckt, marschiert er spornstreichs hinein. Die Tür bleibt sperrangelweit offen. Und so sitzt er auf dem Thron, seinen Hut verkehrt herum auf dem Kopf und singt aus voller Kehle: „Nachts ging das Telefon und ich wusste schon, das kannst nur du sein!" Der Anblick ist so wahnsinnig komisch und das Lied passt so gut zur Sirene und den ungebetenen Gästen aus England, dass die ganze versammelte Hausgemeinschaft in ein herzliches Gelächter ausbricht. Ja, die Hausgemeinschaft! Bis jetzt hatte sich niemand um den anderen gekümmert, ja, nicht einmal gekannt. Nun sieht man erst einmal, wer und wieviele Menschen in diesem großen Haus leben. Die Angst lässt sie alle plötzlich zusammenrücken.

Nach wie vor geht Mädi Donnerstags zu Herrn Rammstahl. Sie übt fleißig und bekommt von Vater ein eigenes kleines Akkordeon geschenkt. Es steht jetzt außer dem Stutzflügel noch ein Saxophon in B, ein Tenorsaxophon, ein Bass, auf dem Vater auch fleißig übt, ein komplettes Schlagzeug, auf dem Mädi voller Herzenslust mit Klöppeln und Besen herumarbeitet, zwei Plectrum-Gitarren, die nur mit Plättchen für Tanzmusik gespielt werden können, ein riesiges Saxophon auf einem Ständer - es ist viel zu groß, um an den Hals gehängt zu werden -, Mutters Akkordeon natürlich und als Clou eine singende Säge, auf der Vater herzerweichende Töne hervorbringt, nur so zum Spaß, das alles steht im Wohnzimmer herum. Und seine beiden Celli natürlich und die Bassgitarre. Trotzdem haben die Menschen noch genug Platz. So riesig sind die sog. „Berliner Zimmer", die Durchgangszimmer mit dem Fenster zum Hof. Deshalb ist es auch ganz natürlich, dass Vater sofort dieses Zimmer zur Verfügung stellt, als Rudi, der gemeinsame Musiklehrer, die Idee hat, aus etlichen seiner Schüler eine Tanzkapelle zusammenzustellen. So kommt es, dass sich jeden Sonntag Morgen punkt neun Uhr eine Menge Leute mit seltsam geformten Koffern dort einfinden. Der große Esstisch wird vor die Schlafzimmertür geschoben, jeder stellt sich seinen Notenständer auf, die Noten werden verteilt und dann geht es los. Neben Mädi sitzt Peter, auch ein Saxophonist. Er ist schon über dreißig Jahre alt und niemand weiß, wie er es anstellt, nicht zu den Soldaten zu müssen. Nach dem Krieg soll er am Ku-Damm ein Delikatessengeschäft gehabt haben. Der 3. Saxophonist ist erst 16 Jahre alt, ein eleganter, verwöhnter Junge. Er heißt auch Peter, ist das einzige Kind schon grauhaariger Eltern und muss ein Jahr später an die Front wo er nur noch wenige Wochen zu leben hat. Ihm gegenüber sitzt der blonde Ingo. Er spielt Akkordeon. Im

Sommer muss er zum Arbeitsdienst und dann an die Front. Aber noch haben sie Spaß an ihrem Leben. Rudi bläst die Trompete, neben ihm steht Vater am Bass. Mutsch gibt sich alle Mühe am Flügel, aber es fällt ihr schwer. Sie spielt nun mal lieber Brahms und Chopin! Auch das Schlagzeug ist besetzt, dazu kommen noch Posaunen und Gitarren. Das sind Freunde von Rudi, ältere Herren. Manchmal sitzen 15 Personen im Kreis und musizieren. Da es so gut klappt, organisiert Rudi in einer Handelsschule am Landwehrkanal eine Aula mit Bühne, um einen öffentlichen Musikabend zu gestalten. Das ist eine Aufregung! Am Flügel gab es eine Umbesetzung. Ein junger Flieger, Toni aus Aachen, ist durch Zufall mit Rudi bekannt geworden. Er liegt mit seiner Stuka-Einheit draußen in Wannsee. Die Stukas sind etwas Besonderes. Sie stürzen im freien Fall auf ihr Ziel herunter und klinken dann erst die Bombe aus. Toni wurde schon ein paar Mal schwer verwundet. Dadurch wirkt er schon wie ein älterer Mann, obwohl er erst 21 Jahre alt ist.

Dieser Winter 42/43 beginnt mit einer großen Katastrophe. Um die deutschen Divisionen in Stalingrad zieht sich immer enger der Kreis. Erbittert kämpfen die Eingeschlossenen gegen einen übermächtigen Feind. Weihnachten ist überschattet von den schlimmen Frontnachrichten. Dieses Jahr ist Mädi gesund. Wie immer steht sie vor dem Baum, um ihr Gedicht aufzusagen, wie immer spielt Vater die alten Platten, aber eigentlich ist Mädi kein Kind mehr. Hochaufgeschossen, mit unendlich langen, schlanken Beinen, weizenblonden Zöpfen bis an den Po, so steht sie da, aber in ihrem Herzen sind keine kindlichen Gefühle mehr. Sehr alt fühlt sie sich jetzt oft, beladen mit seltsamen Gedanken, über die sie mit niemandem spricht. Sie lebt in Wirklichkeit nur noch für die Sonntage, wenn morgens die Freunde kommen, zum Musizieren. Dann kommt auch er, jedenfalls hofft sie es jede Woche von neuem, denn manchmal hat er Dienst. Dann treibt ihr die Enttäuschung die Tränen in die Augen, aber sie reißt sich zusammen, niemand braucht zu wissen, wie es um sie steht. Niemand! Ganz bewusst lernt sie es, freundlich zu sprechen, Antworten zu geben, zu musizieren, während ihre Gedanken ihre eigenen einsamen Wege gehen. Sie übt sich, zu schauspielern, sei nett, sei höflich, bleibe es, auch wenn dich Wut oder Trauer zerreißen wollen, niemand braucht zu wissen, was du wirklich denkst, was du fühlst. Unbewusst hat sie begriffen, was viele Schauspieler gesagt bekommen: Charme ist erlernbar, mit Charme erreicht man mehr, mit Charme erobert man die Menschen. Wenn er dann kommt, treffen sich ihre Augen. Seine sind hellblau, freundlich, klar. Sie kann in ihnen lesen wie in einem Buch: „Ich spiele nur für dich!"-„Ich weiß es."-„Ich bin froh, hier zu sein, bei dir zu sein."-„Ich weiß es."-„Man kann sein Herz nur einmal ver-schenken." Er spielt wie ihr Lieblingspianist, der Peter Kreuder. Stundenlang könnte sie Toni zuhören. Er hat das absolute Gehör, er schreibt Noten ohne Instrument, nur so aus dem Kopf.

44, - da sind sie schon räumlich getrennt - wird er extra von der Front abgestellt, in die Heimat geschickt, um seinen Doktor der Musik zu machen, mit 22 Jahren! Außer Klavier spielt er noch Orgel und Posaune. Sie hat Angst, eine wahnsin-nige Angst, er könnte nicht mehr kommen, an die Front geschickt werden, niemals wiederkommen! Marionetten sind sie alle, Puppen in der Hand einer schrecklichen Macht. Nie-mand ist noch Herr seiner Zeit, seines Daseins. Sie werden herumgeschickt nach einem geheimnisvollen Plan, den keiner durchschauen kann. Nachts werden sie vom Himmel aus bedroht. Mädi schaut oft zum Himmel. Wo ist Gott? Seit einem Jahr geht sie in den Konfirmandenunterricht. Sie lernt die Bergpredigt auswendig, Kirchenlieder, aber nichts gibt ihr Antwort. Wo ist Gott? Wie kann er das alles zulassen? Sanne und Mädi sitzen in ihrer Bank, aber sie können den Pastor nicht sehr ernst nehmen. Er ist ein kleiner verhutzelter alter Mann, der lieber weiter seinen Ruhestand genossen hätte, statt hier albernen Gören Unterricht zu geben. Er hat nicht mehr die körperliche Kraft, sich stimmgewaltig durchzusetzen. Er hat wohl auch resigniert. Trotzdem ist es ein Wunder, dass es im Nazi-Regime noch die Kirche gibt. Aber die Kirchenfürsten haben sich angepasst. Ist es geschickte Politik, um weitermachen zu können, ist es Feigheit, dass vor den offensichtlichen Greueln die Augen geschlossen werden? Wohl gibt es einige Bischöfe, die versuchen zu warnen, sich gegen den Strom zu stellen, es gibt Pastoren, die Verfolgten helfen, heimlich, bis sie verraten werden und selbst Verfolgte, Gefangene und Gequälte werden. Die jungen Pastoren stehen mit an der Front, halten dort in Schnee und Eis, oft unter freiem Himmel, ihre Gottesdienste ab, beerdigen die Gefallenen, wenn es möglich ist. Im Januar 45 ist das Schicksal Stalingrads besiegelt. Die Russen triumphieren! Zu Tausenden werden die deutschen Gefangenen nach Sibirien in die Lager gebracht. Zusammengepfercht in langen Güterzügen sind sie tagelang unterwegs. Sie hungern, frieren, bekommen Cholera und die Ruhr. Viele sterben unterwegs, viele in den Lagern. Im Rundfunk versuchen die Sprecher, alles herunterzuspielen. Da wird immer noch vom Endsieg gesprochen, obwohl die deutschen Truppen langsam anfangen, sich an der Ostfront zurückzuziehen.

„Wir ziehen uns siegreich zurück", sagt Vater sarkastisch. Anfang März, zu ihrem 14. Geburtstag bekommt Mädi ein neues Kleid. Das ist bei der Lage und Vaters Sparsamkeit, wenn es um solche Dinge geht, ein großes Ereignis. Onkel Charley, der Konfektionist am Gendarmenmarkt, hat immer noch etwas unter dem Ladentisch! In dieser Zeit erlebt Mädi einen schmerzlichen Verlust. Großmutter, in deren Zimmer und Möbeln sie lebt, Großmutter, die ihre ganze Kuchenkarte plündert, wenn Mädi sie in Zehlendorf besuchen kommt, Großmutter mit ihrem wunderbaren Englisch, die Beschützerin ihrer Kindheit, wacht eines Morgens nicht mehr auf. Mutsch, selbst tief getroffen durch diesen Verlust, versucht zu trösten. „Sie ist ganz sanft eingeschlafen, sie musste nicht leiden. Sie hatte keine Schmerzen." Aber Mädi ist nicht zu trösten. Eine große Leere ist plötzlich in der Familie entstanden. Die Beerdigung ein einziger Alptraum. Mädi weint, weint, weint. Sie kann einfach nicht aufhören. „Aber., aber.". Vater ist sichtlich geschockt. Er hat wohl nie mitbekommen, wie sehr seine Tochter an ihrer Großmutter hing, wie innig die Beziehung zwischen den beiden war. Jetzt weiß er es und sorgsam nimmt er Mädi am Arm, als sie aus der kleinen Kapelle hinter dem Sarg hergehen. Mutsch stützt Mädi auf der anderen Seite, sie wäre sonst bestimmt gestürzt, weil sie vor Tränen nichts sehen kann.

Aber das Leben geht weiter. Es ist verwunderlich, wieviel Menschen aushalten können.

Alarm, Keller, Entwarnung, pünktlich aufstehen, Schule, mein Gott, was ist sie hungrig und müde! - mit der Straßenbahn nach Haus, ein bisschen essen, das nicht schmeckt, Schularbeiten, Saxophon üben, mit Sanne spielen, immer noch wie früher. In dem eleganten Damenzimmer auf dem Teppich. Sanne besitzt ein riesiges Brett von Mensch-ärgere-dich-nicht. Es ist eine Lust, da herumzuflitzen. Sie spielen mit zwei Würfeln, das geht schneller. Und ärgern sich natürlich doch, wenn ihre Kegel aus dem Spiel gefeuert werden! Oder Schnipp-Schnapp. Sie sitzen sich gegenüber, jede einen Stoß bebilderter Karten in der Hand. Kommen gleiche Bilder beim Umdrehen, soll eigentlich „Schnipp-Schnapp" gerufen werden. Aber was machen die beiden? Sie pfeifen! Das heißt, sie versuchen es, denn jede will die andere zum Lachen bringen durch Gesichterschneiden, damit sie nicht zum Pfeifen kommt. „Phphph..", versucht es Sanne. Sie spitzt die Lippen. Aber es kommt nur ein Fauchen. Da müssen sie so sehr lachen, dass sie sich biegen. Komisch, sie fühlen sich manchmal schon so erwachsen, aber dann werden sie doch wieder Kinder. Sanne trägt schon seit zwei Jahren eine dauergewellte Innenrolle, maßgeschneiderte Kleider - ihre Mutter hat viel Geld, aber noch mehr Beziehungen. Aber am liebsten läuft Sanne immer noch im Trainingsanzug herum. Wie Kunstturner rutschen die beiden auf den letzten kleinen Resten verrußten, matschigen Schnees herum, bis sie durch und durch dreckig und pitschnass sind. Im Nachbarhaus die „Potsche"- Portiersfrau - hat in ihren Kellerfenstern lauter Käfige mit reizenden gelben Kanarienvögeln stehen. Um sie zu ärgern, bauen die beiden eine ganze Reihe kleiner Schneemänner vor den Fenstern auf, so lange, bis sich die Frau wütend bei Sannes Mutter beschwert. „Wie könnt ihr denn so etwas machen", tadelt die. „Die Vögel bekommen dadurch Zugluft." Aber es zuckt doch verdächtig um ihre Mundwinkel, die beiden sehen es ganz genau! Und im Mai, als die deutschen Truppen unter Rommel kapitulieren müssen und im U-Boot-Krieg die Engländer und Amerikaner den Deutschen das Leben schwer machen, weil sie sich mit Radar ausrüsten, in diesem schönsten Monat des Jahres kommen sie auf die verrückte Idee, sich durch die Vorderhäuser, die Höfe, die Gärten, über Zäune und Müllkästen von der Kleinbeerenstraße zur Halleschen durchzuschlagen. Es ist so eine Art Mutprobe, mit klopfenden Herzen an den Flurfenstern der Portierfrauen, an Haus- und Gartenbesitzern vorbei, bis sie keuchend, aber stolz und glücklich auf der andern Seite ankommen. Und oft kommt Mädi dieses ganze Leben wie unwirklich, wie eine Halluzination vor. Sie macht mit Sanne Blödsinn, sie macht Musik, sie wartet auf Toni und draußen, überall ringsum, kämpfen die deutschen Männer und Jungs, nur wenige Jahre älter als sie. Sie geht oft genug ins Kino, sieht die Wochenschauen von den verschiedenen Fronten, die verzweifelten Kämpfe, manchmal Haus um Haus, Mann gegen Mann, sieht die Verwundeten und die Toten, aber keiner denkt an Aufgeben. Sie sind immer noch stolz auf ihre Soldaten, diese tapferen Kerle.

Die Aula ist vollbesetzt, bis zum letzten Platz. Außer Freunden und Bekannten der Musiker, füllt die Anhängerschar der Berufsschule die Plätze. Ein Junge tritt noch zusätzlich als Pantomime auf, während eine Schülerin wirbelnd mit ihren Holzklöppeln auf einem Xylophon spielt. Mädi ist richtig neidisch, wie gut die Kleine das kann. Ein bisschen klopft ihr das Herz, aber neben ihr sitzt ganz gelassen der „große Peter" und vom Flügel nickt ihr Toni zu. Da fühlt sie sich behütet und beschützt. Was kann schon passieren, wenn er da ist! Obwohl Vater, Mutsch und auch Rudi ständig ein Auge auf sie haben. Aber die zählen nicht, die sind gar nicht da! Sie spielen all die Schlager aus den erfolgreichen Filmen der letzten Jahre. Es wurde ja so viel gedreht. Und gesungen. Durchhalte-Filme wie „Die große Liebe" mit Carl Raddatz als Offizier, in dem Zahra ihr Lied „Ich weiß, es wird einmal ein Wunder geschehn" sang, rührten Millionen zu Tränen. Aber auch Melodien wie „Dust on the moon" und der berühmte „Tiger-rag" sind dabei. Wo Rudi bloß all die Noten her hat? Denn solche amerikanischen Rhythmen sind verboten. Aber das ist sein Geheimnis. Jedenfalls klappt alles prima, der Beifall ist groß und sie sehr stolz als Rudi zu ihr tritt und sagt: „Du hast deine Sache gut gemacht." Schließlich ist er ein Profi. Und dann beschließt er, mit allen in ein Studio am Zoo zu fahren um eigene Schallplatten aufzunehmen. Die Berliner Fahrgäste staunen nicht schlecht, als eines Tages eine große Schar Leute mit seltsamen Koffern und einem riesigen Bass die U-Bahn am Landwehrkanal stürmen. Noch im Zug schreibt Toni Noten um, das Heft auf dem Schoß. Mädi sitzt neben ihm, spürt beglückt seine Wärme durch den grauen Stoff seiner Uniform und sieht mit großen Augen zu, wie er flink und korrekt seine Notenzeilen füllt. Alles aus dem Kopf, in einer ratternden U-Bahn. Das Studio ist wahnsinnig interessant, mit Tüchern ausgehängt und Mikrophonen ausgerüstet. Hinter einer Glaswand sitzt der Mischer vor seinem Pult. Mädi betrachtet alles mit großen Augen. Aber es muss schnell gehen, denn es kostet schließlich was. So setzen sie sich wie gewohnt im Kreis und fangen an, während die Klänge auf der Wachsplatte eingeritzt werden. Beim „Tiger-rag" passiert es dann: ist es Nervosität? Jedenfalls wird ihr Tempo immer schneller, obwohl Rudi verzweifelt versucht, es zu bremsen. Vergeblich, am Ende sind sie alle außer Atem! Und als sie diese Platte dann abhören, da müssen sie alle furchtbar lachen. So wurde dieser Titel bestimmt noch nie gespielt!

Das Jahr 1943 bringt aber auch noch viele schlimme Ereignisse. Im Juli landen britische und amerikanische Truppen auf Sizilien und in Süditalien, so dass sich auch dort die deutschen Truppen und die italienischen zurückziehen müssen, bis Italien im September kapituliert. Aber die Deutschen kämpfen weiter. In diesem Frühjahr laufen in der Saarlandstraße lauter Französinnen herum. Sie sind Zwangsarbeiterinnen in den Munitionsfabriken. Alle Hotels sind für sie beschlagnahmt. Herr Müller unten in seinem Feinkostgeschäft ist wütend. „Für diese Frauen muss ich richtige Butter, guten Käse und Weißbrot haben", sagt er zu Mutsch, „und Ihnen und meinen anderen Kunden darf ich nur das bisschen Butterschmalz und die schlechte Margarine geben." Ja, die Französinnen leben nicht schlecht bei den „Boches". Sie stöckeln abends in hohen Hacken und Seidenstrümpfen herum, liegen mit Lockenwicklern im Haar in den Fenstern und schnattern, schnattern, schnattern. Mädi hat noch nie Menschen so schnell und so lebhaft reden hören. Da kommen selbst die Italiener vom Eckkaffee nicht mit! Und Schminke verbrauchen sie! Die roten Nägel und Münder leuchten nur so. Das sah bei Tini aber bedeutend besser und dezenter aus!

Goebbels spricht oft im Radio. Er beschwört die Menschen, nicht aufzugeben, an den Endsieg zu glauben. Es wird noch alles gutgehen, der Führer wird schon wissen was er macht. Felsenfest vertrauen sie ihm alle. Und das Geflüster geht um: wir haben eine neue Waffe! Wenn die eingesetzt wird, dann haben wir den Sieg in der Tasche. Keiner weiß etwas Genaues, aber alle glauben daran! Später werden diese Gleit-Flugkörper als VI und V2 gegen England eingesetzt, wo sie viel Schaden anrichten und viele Menschen töten. Wer ahnt schon damals, dass unter Leitung des Erfinders Wernher von Braun einmal die Amerikaner mit seinen Raketen den Mond erreichen würden? Den Soldaten an der Front werden mit Theater und Kabarett Ablenkungen verschafft, die bekannten Kino-Stars sind viel unterwegs, unter manchmal schwierigsten Bedingungen, aber sie machen es gern. Und immer noch Donnerstags fährt Mädi mit der U-Bahn zu Rudi. Bis sie eine große Überraschung erlebt. Hellmuth kommt sie besuchen. Ganz allein hat er sich auf diese Reise nach Berlin gemacht. Er findet auch richtig die Saarlandstraße 61. Aber dann verirrt er sich doch noch! Dieser mächtig vornehme Aufgang mit Marmor, Spiegeln und roten Läufern verwirrt ihn total. Hier vorne wohnen die Philipps bestimmt nicht, denkt er, wo sie doch so einfach in Altfriesack leben und im Trainingszeug rumlaufen! Also geht er über den Hof, die Hintertreppen rauf, aber er findet sie nicht! Als er dann schließlich doch im Vorderhaus im 2. Stock landet, wagt er kaum zu atmen. Bei all der teuren Pracht! Und diesen riesigen Zimmern! Mädi, die am üben ist, staunt auch sehr über den seltenen Gast. Aber sie freut sich riesig. Sie muss ihn aber doch enttäuschen. „Du hast einen schlechten Tag erwischt", sagt sie bedauernd. „Ich muss gleich weg, zum Unterricht." Wegen Hellmuth die Stunde abzusagen würde Vater nie erlauben. Also packt sie ihr Instrument ein, zeigt Hellmuth ihre vielen Bücher und Spielsachen, über die er nicht schlecht staunt. Eine fremde Welt tut sich dem armen Jungen vom Lande auf. Dass seine Freundin aus der Stadt so reich ist und so feudal wohnt, hätte er nie geglaubt. Vater kommt extra nach hinten um dem Jungen „Guten Tag!" zu sagen. Er mag den Hellmuth, hält ihn für einen anständigen Kerl und einen klugen Kopf. Und damit hat er Recht. Gemeinsam verlassen sie die Wohnung und Hellmuth bringt sie noch bis zur U-Bahn Station, wo er sich verabschiedet. Sie ahnen nicht, dass sie sich sehr bald unter seltsamen Umständen wiedersehen sollen! Denn Herr Goebbels hält es angesichts der zurückflutenden Fronten für angebracht, sein Volk im Berliner Sportpalast nach einer zündenden Rede zu fragen: „Wollt ihr den totalen Krieg?" Und alle, alle, die da sind, heben den rechten Arm und brüllen: „Ja, ja, ja!" und so ist der „Totale Krieg" für das deutsche Volk eine beschlossene Sache, obwohl sich bestimmt die meisten gar nichts darunter vorstellen können. Aber sie sollen es schnell lernen! Denn nun werden die Luftangriffe immer schlimmer, tödlicher. Es sind vor allem die Amerikaner, die ihre vielen Flieger über den Atlantik schicken. Und niemand hält sie auf. Inzwischen wurde im S-Bahntunnel vom Anhalter Bahnhof ein riesiger Luftschutzbunker gebaut.

108 Dort wandern Philipps nun hin, wenn die Sirene heult. Berlin wurde bis jetzt noch ziemlich verschont gegen andere Städte in West- und Norddeutschland. Dort ragen die Ruinen ausge-bombter und ausgebrannter Häuser anklagend in die Luft. Die Mütter schicken ihre Kinder nach Bayern aufs Land in der Mark und in Pommern oder nach Ostpreußen, wo sie noch einigermaßen in Sicherheit sind. Vater verzichtet dieses Jahr auf den Urlaub, er will lieber in der Praxis bleiben. Aber er ist sehr nachdenklich geworden. Mädi hat keine Ahnung von seinen Sorgen und Plänen, und so ist sie geschockt und überrascht, als er ihr mitteilt, dass er mit Tante Lenchen abgemacht hat, dass Mädi ab jetzt bei ihr wohnen und in Neuruppin zur Schule gehen wird. Er hat sie dort schon angemeldet. „Wer weiß, was hier noch passiert", sagt er zu seiner Tochter. „Wir müssen hier bleiben, aber dich will ich doch ein bisschen weiter weg haben." - „Aber zum Wochenende komme ich", sagt Mädi. Sonst wäre sie ja jetzt schon von Toni getrennt. Nicht auszu-denken! Wer weiß, wie lange er überhaupt noch in Berlin bleiben kann. Das Herz tut ihr weh. Weg von Mutsch, ganz allein in Altfriesack. Das ist doch anders, als in den Ferien mit den Eltern zusammen, dort zu leben und in Neuruppin zur Schule zu gehen. Auch noch nachmittags, denn die aufs Land

geschickten Kinder sind schon so viele, dass sie eine ganze Schule füllen! Mäxchen soll auch weg! Nun hat der verd.... Krieg es doch geschafft, dass sie getrennt werden! Dabei hatten sie es sich schon so schön ausgemalt zusammen eingesegnet zu werden. Daraus wird nun nichts. Dass man sich überhaupt nicht wiedersieht, daran wagt keiner zu denken. Also packt Mutsch die Sachen von Mädi. Diese sucht sich ihre Lieblingsbücher aus, die sie mitnehmen will, ihre Lieblingspuppe, und sie nimmt Abschied von ihrem Zimmer mit Großmutters Möbeln, wer weiß, ob sie die noch mal wiedersieht. Das sind schreckliche Gedanken, aber diese Angst, die wird sie nun nie wieder los. „Tschüss Boy, mein lieber Hund! Nein, ich kann dich nicht mitnehmen." Sie haben zu schleppen, denn die beiden Saxophone, ihre Klarinetten, Flöten und Noten müssen natürlich auch mit. Sie hat einen dicken Kloß im Hals, als sie im S-Bahn Eingang verschwindet. „Aber zum Wochenende komme ich wieder! Trotz der Bomben!"

Interessiert schaut Mädi den geschickten, schlanken Fingern zu, wie sie schneiden, anpassen und aneinander kleben. Zum Schluss hängt Hellmuth das fertige Modellflugzeug an einem dicken Faden unter die Zimmerdecke, wo schon viele andere hängen. Tante Lenchen hat nichts einzuwenden gegen diesen Zimmerschmuck. Aber manchmal braucht sie den Tisch selbst zum Zuschneiden. Das geht sehr schnell und geschickt. Dann liegen überall Fusseln und Stoffreste herum und so manches Stück bekommt Mädi für ihre Puppen. Ja, sie spielt immer noch damit, dabei ist sie schon ein so großes Mädchen! Sie hat es gut bei Tante Lenchen. Oben unterm Dach lebt sie in ihrem eigenen Stübchen, das sich immer mehr mit ihren persönlichen Schätzen füllt. Jedesmal, wenn sie sonntags nachmittags aus Berlin zurück kommt, bringt sie Bücher, Puppen, Spielsachen mit. Hellmuth wartet dann als getreuer Paladin am Bahnhof auf sie und hilft tragen. An den

Wochentagen muss Mädi früh raus, durch Wind und Wetter die dreiviertel Stunde bis zum Bahnhof laufen und dann noch 20 Minuten mit dem Zug fahren. In Neuruppin geht sie in ein Lokal, wo sie der freundlichen Bedienung die verlangten Essensmarken gibt. Aber es ist noch früh. An ihrem Tisch macht sie erst einmal ihre Schularbeiten. Pünktlich um eins sitzt sie dann in ihrer Schulbank. Die anderen Mädchen kommen aus vielen deutschen Städten auch aus Schlesien und den polnischen besetzten Gebieten. Die meisten von ihnen haben schon Schweres erlebt, die Heimat, die Eltern verloren; sie sind ernst und viel strebsamer als die verspielte und verträumte Mädi, deren Gedanken oft merkwürdige Wege gehen. Sie fühlt sich fremd in dieser Klasse und findet zu niemandem Kontakt.

Sie spricht auch nie darüber, wie sinnlos es ihr oft vorkommt hier zu sitzen und Geschichtszahlen zu pauken, während draußen an der Front die Jungs verbluten. Ja, sie lernt in dieser Zeit, wie schwer es diesen fällt, für „Führer und Vaterland" zu kämpfen. Denn abends versammeln sich auf dem Hauptbahn-hof die Jungen aus den benachbarten Dörfern, die in Neuruppin lernen. „Schit", sagen sie, wenn das Gespräch auf ihr Alter kommt. Sie haben Angst davor, eingezogen zu werden und Mädi kann das verstehen. Sie sind doch noch Kinder! Auch, wenn sie schnell noch so leben wollen wie Erwachsene. Komische Dinge passieren auf den Dörfern, Dinge, mit denen Mädi noch nichts zu tun haben möchte. Die Dorfjugend hat eine ganz andere Einstellung zum Wachsen und Werden. Da wird der Bulle zur Kuh gebracht, eine rossige Stute zum Hengst, da paaren sich die Ziegen, die Hühner, Alltägliches für ein Landkind. Für Mädi hat das seltsame Gefühl in ihrem Herzen, wenn Toni sie sonntags begrüßt und sie aus seinen blauen Augen über die Noten hinweg ernst und nachdenklich anblickt, etwas Heiliges und Einmaliges. Sie möchte seine Hände berühren, die Wärme seines Körpers spüren, das weiß sie ganz genau, aber eine seltsame Scheu hält sie von ihm fern. Sie mag diese direkte und unverblümte Art mancher Bauernjungen nicht, mit der diese ihr begegnen. Mit ihnen setzt sie sich nicht in ein Abteil bei der Rückfahrt. Es ist sowieso immer eine Menge los im Zug, denn Neuruppin besitzt einen Flugplatz, auf dem junge Flieger ausgebildet werden. Sie fahren über Berlin, wenn sie an die Front geschickt werden und sie haben Angst, solche furchtbare Angst! Sie sind noch so jung, kindlich und unerfahren. Mädi mit ihren langen Zöpfen ist für sie etwas, was sie als Erinnerung mitnehmen möchten. „Mädchen, blondes, deutsches Mädchen, gib mir deine Adresse", bitten sie. Mädi tut es nicht, es ist sowieso nicht so ernst gemeint. Es geht nicht um sie persönlich, sie klammern sich nur an etwas Heimatliches, sie begreift das sehr gut. Die Abteile sind oft voll belegt mit jungen Fliegersoldaten. Dann wird aus voller Kehle gesungen und Mädi wird mitgerissen in diese Stimmung von Heimweh, Angst und Aufregung.

Der Westerwald wird besungen, wo der Wind so kalt pfeift und „Heimat, deine Sterne" singen sie voller Hingabe. Im Rundfunk gibt es samstags abends Wunschkonzerte für die Soldaten an der Front, da werden diese Schlager oft gespielt. Alle kennen sie. Aber in Berlin sind nun endgültig die Lichter ausgegangen. Durch den „Totalen Krieg" wurden alle Theater geschlossen, die Filmschaffenden dienstverpflichtet. Vielen Schauspielern gelingt es, sich durchzumogeln. Auch Rudi muss für den Krieg arbeiten. Es gibt keinen Musikunterricht mehr. Und es kommt der Tag, wo Mädi wieder an einer Trauerfeier teilnehmen muss. Zwischen den Eltern sitzend, fassungslos und wie gelähmt schaut sie auf den Sarg, in dem ihr allgemein geliebter Rudi liegt. Er hat das Leben so nicht ertragen, ohne seine Musik. Eines Tages nahm er seine Pistole, fuhr in den Grunewald und erschoss sich. Der Schock sitzt bei allen tief. Vater teilt die Meinung einiger Freunde, dass Rudi kein Recht hatte, das zu tun und seine Frau in dieser ungewissen Zeit allein zu lassen. Mädi liebt diese nette, freundliche Dame. Es fällt ihr schwer, ihr Beileid auszusprechen, aber Rudis Frau nimmt sie einfach in die Arme und nun kann Mädi endlich weinen.

Mädi wohnt nicht mehr allein in ihrem Stübchen. Tante Lenchen hat noch ein zweites Bett hineingestellt, denn Karin aus Frohnau wurde auch aufs Land geschickt. Tante Grete in Frohnau ist Mutters beste Freundin und die Patentante von Mädi. Sie ist Gymnastiklehrerin und da Mädi einen runden Rücken hat, fuhr sie jahrelang in Tante Gretes Haus zum Üben. Aber sie geht immer noch krumm. Manchmal stört das Vater so sehr, dass er ärgerlich wird. Wenn du nicht endlich anfängst gerade zu gehen, bekommst du einen Geradehalter, droht er dann und Mädi hat Angst. Unter diesem Ding stellt sie sich etwas ganz Furchtbares vor. Aber es fällt doch so schwer, immer daran zu denken! Und nun ist Karin also in Altfriesack und sie machen alles gemeinsam.

Mädi fühlt sich ein wenig verantwortlich für die Freundin, denn Karin ist zwei Jahre jünger als sie. Nicht nur durch Karin ändert sich das Leben im Hause von Tante Lenchen. Hellmuth packt seine Sachen und zieht ganz nach Neuruppin. Er will Flugzeugmechaniker werden und kommt zu seiner Ausbildung auf den Fliegerhorst. Großvater brabbelt und schimpft noch mehr als sonst. Sein Bett steht im Wohnzimmer in der Ecke und Tante Lenchen schläft im Vorderzimmer. Aber eines Tages quartiert sie die beiden dort ein und zieht selbst nach oben, denn es kommt Besuch. Tante Lenchen hat einen Freund! Und Mädi und Karin haben etwas zum Kichern und Flüstern, während Großvater wettert und schimpft! Der kommt doch nur um gut zu essen! Tante Lenchen kann wirklich ausgezeichnet kochen. Sie bekommt unter der Hand noch Aale (man stelle sich vor, im 4. Kriegsjahr!) und kocht „Aal grün" und „Aal in Gelee." Außerdem wurde der Hammel geschlachtet und eingemacht. Mit den frischen grünen Bohnen aus dem Garten zusammen gekocht schmeckt das herrlich! Vom Nachbarn, dem „Ortsbauernführer", bekommt sie zusätzlich noch frische Milch für ihre dünnen Stadtkinder. Jeden Abend geht sie schnell ins nächste Tor, mit der Milchkanne unter der Schürze. Davon kocht sie Milchsuppe mit Nudeln, Kartoffelklößen und Vanillestangen drin. Hmmm! Mädi freut sich immer darauf, denn nun ist es schon Herbst geworden. Dunkel abends, nass und kalt. Da freuen sich die Kinder, wenn sie in die warme Küche kommen. Und nun sitzt dann der Mann da. Er ist sehr freundlich, aber Großvater soll Recht behalten, als er nach einer Woche wieder abgefahren ist, lässt er nichts mehr von sich hören. Tante Lenchen ist untröstlich und tut den Kindern von Herzen leid, aber Großvater knurrt zufrieden vor sich hin. Endlich ist der Kerl weg!

Die Kinder haben Herbstferien. Sie möchten nach Hause, aber sie haben kein Geld. Da kommt Mädi auf eine Idee. Sie fragt den Bauern, bekommt zwei leere Säcke und zieht mit Karin in den Wald. Die Sonne scheint mit letzter milder Wärme, die Blätter leuchten rot, gelb, golden auf und die beiden hocken unter den Eichen und sammeln fleißig wie die Bienen - Eicheln! Eicheln! Kann man sich vorstellen, wie viele Eicheln in solch einen Zentnersack hineingehen? Es ist unwahrscheinlich, wie Viele! Manchmal wollen sie verzweifelt aufgeben, aber sie wollen unbedingt nach Hause. Und so hocken sie stundenlang auf den Knien, bekommen schwarze Finger von der Erde und langsam - meine Güte, wie langsam! -füllen sich die Säcke. Der Bauer freut sich über das zusätzliche Schweinefutter. 4,50 Mark zahlt er pro Sack. So viel Geld! (Obwohl Mädi meistens 20-30 Mark in der Sparbüchse hat, sie ist geizig.) Aber es reicht für die Fahrt. „Wo kommst du denn her?", fragt Mutsch froh überrascht, als Mädi plötzlich in der Küche auftaucht. Sie schüttelt den Kopf, als Mädi von der Eichelsuche erzählt. „Hast du eine Ausdauer", sagt sie staunend. Ja, wenn Mädi sich etwas in den Kopf gesetzt hat, dann führt sie das auch durch!

Als Mädi das nächste Mal nach Hause kommt, ist es mitten in der Woche. Sie kommt regelrecht angerauscht! Sie ist so wütend, dass sie platzen könnte! „Und die Schule hast du geschwänzt", stellt Mutsch trocken fest. „Was ist denn los?" Mädi explodiert förmlich! „Stell dir vor, einer der Jungen aus

Wustrau hat mich im Zug geküsst!" „Und deswegen kommst du extra hergefahren?", fragt Mutsch belustigt. Mädi sieht sie entgeistert an. Ja, versteht denn Mutsch gar nichts? Sie ist einfach gegen ihren Willen geküsst worden! Von einem Bengel, den sie nicht ausstehen kann! „Aber- aber, das war doch mein erster Kuss!", ruft sie ganz verzweifelt. „Ach so", sagt Mutsch und begreift plötzlich alles. Wie hatte Mädi von diesem ersten Kuss geträumt! Zärtlich und voller echter Liebe sollte er sein, dieser aller-aller Erste! Etwas Kostbares war er für sie gewesen, etwas, was man als Mädchen nur ein einziges Mal erleben kann. Und nun das!

Mädi hat einen vereiterten Backenzahn und ein ganz verschwollenes Gesicht. Man stelle sich das einmal vor! Aber sie hat Angst vor dem Stuhl und auch Vater schwitzt jedesmal Blut und Wasser, wenn er sie behandeln soll, einfach aus Angst, ihr weh zu tun. Sie jammert leise vor sich hin und versucht, sich durch Klavier spielen, Platten hören und Lesen abzulenken.

Es ist Samstag, der 22. November 1943. Schon früh wird es dunkel, die Wolken hängen tief. Richtiges Fliegerwetter. Die Berliner machen schon so ihre Erfahrungen. Je mehr Wolken am Himmel ziehen, je mehr feindliche Flugzeuge kommen. Dann hat es die Flak schwer Treffer zu landen und auch die Suchscheinwerfer können nichts ausrichten. Nachmittags klingelt es und Toni steht plötzlich im Wohnzimmer. Er ist ungewöhnlich blass und bedrückt. Und bald erfährt Mädi auch den Grund: morgen wird seine Einheit an die Front verlegt. Einen Moment glaubt sie, ihr Herz bleibt stehen. Toni geht fort! So lange hat sie sich davor gefürchtet, doch nun, wo es Tatsache wird, will sie es nicht glauben. Er setzt sich an den Flügel und spielt noch einmal alle Schlager, die sie mit der Kapelle geübt hatten. Zum Schluss noch ihr Lieblingsstück „Man kann sein Herz nur einmal verschenken." Mädi steht wie in Trance an das Instrument gelehnt. Bewahre dir diesen

Augenblick, denkt es in ihr, bewahre dir diesen Klang; so wie jetzt wird es nie wieder. Nie wieder! Dieses Nie! in seiner Endgültigkeit ist so erschreckend, eiskalt wird es ihr ums Herz. „Um zehn muss ich weg", sagt Toni. Es ist selbstverständlich, dass er bleibt und zum Abendessen eingeladen wird. In den ganzen Monaten waren die Philipps für ihn wie ein Zuhause. So elend wie jetzt hat sich Mädi noch nie gefühlt. Der Zahn schmerzt bis in die Schläfe, das Herz schmerzt, dass sie glaubt keine Luft mehr zu bekommen. Sie kann nichts essen, sie hört nur den Klang seiner Stimme, als er sich ruhig mit den Eltern unterhält. Sie achtet nicht auf das was gesagt wird. Ihr Kopf dröhnt, als müsste er zerspringen, in der Backe pocht es. Sie hat noch nichts weiter darüber gesagt, feige wie sie ist! Und jetzt wird sowieso alles egal! Und dann trifft das ein, was die Berliner schon an diesem Abend befürchtet haben: es gibt Voralarm. Vater schaltet das Radio ein. Tick - tick - tick -tick, geht der Wecker. Dann die schon bekannte Stimme des Ansagers, ruhig und sachlich wie immer: Feindliche Bomber-verbände im Anflug in Richtung Hannover-Braunschweig. Das kann auch Berlin gelten. Routiniert ergreifen sie ihre Koffer, Toni hilft Mädi ihre Instrumente tragen. Während die Sirenen auf- und abschwellend grell heulen, laufen sie am Askanischen Platz die Stufen zum Bunker hinunter. Tausende von Menschen gehen in dieses Riesending. Es besteht aus mehreren Stockwerken und ist so gebaut, dass es wie eine Glocke anfängt zu schwingen, wenn in der Nähe Minen herunterkommen um den Luftdruck auszugleichen. Die Aufseher mit ihren Armbinden, meist Kriegsinvaliden und Parteimitglieder, haben heute alle Hände voll zu tun um sich durchzusetzen und die Leute zur Ruhe zu mahnen, die hauptsächlich aus Frauen und Kindern bestehen. Denn im Gegensatz zu sonst, fangen die elektrischen Birnen an zu flackern, ja, manchmal wird es sekundenlang stockdunkel und man spürt deutlich, dass der Boden unter den Füßen schwankt. Jedesmal fangen die eng und aneinandergedrängt auf Bänken sitzenden Menschen in

Panik an zu schreien und zu weinen. Toni legt seinen Arm um die Schulter von Mädi, aber ihr ist im Moment alles so wurscht! Sie spürt die Wärme seines Körpers, den beruhigenden Druck seiner Hand, doch der Kopf tut so weh, dass sie dauernd leise vor sich hinstöhnen muss. Schließlich kann er das nicht mehr mit anhören. Er zieht erst seine Uniformjacke aus, dann den dicken grauen Wollpullover, den er ihr wie einen Schal um den Hals wickelt. Das hilft zwar nicht gegen die Schmerzen, aber nun kann sie laut hineinpusten, ohne dass es jemand hört. Das bringt schon eine gewisse Erleichterung. Und er ist bei ihr, ganz nah, so nah wie noch nie. Ohne es auszusprechen weiß sie, seine ganze Angst in dieser Lage gilt nur ihr. Dass ihr etwas zustoßen könnte. Aber der Bunker ist stabil gebaut. Es passiert ihnen nichts. Das Licht und die Menschen beruhigen sich wieder, alles wartet nun voller Angst und Spannung, ob noch einmal eine Angriffswelle anrollt oder bald mit der Entwarnung zu rechnen ist. Bald kommt der erlösende Bescheid: Entwarnung. Mädi sieht auf die Uhr: knapp eine Stunde saßen sie da unten. Ihr ist es viel, viel länger erschienen! Aber was erwartet sie oben? Sie leben noch. Steht aber noch das Haus? Sind die Wohnung und die Praxis in Ordnung? Lebt Boy noch, den sie nicht mitnehmen dürfen? Nach jedem Angriff die gleichen Fragen, die gleichen Ängste. Mädi blickt nach oben in die Wolken. Rosa Lichtscheine zucken über sie hin, Spiegelungen der Feuersbrünste. Über dem Potsdamer Platz stehen dicke schwarze Wolken, Rußteilchen segeln durch die Luft, setzen sich ihnen auf die Mäntel, in die Haare. Möckernstraße, jetzt um die Ecke herum. Hurra, die Balkone sind noch da! Das Vorderhaus jedenfalls steht noch. Auch im Hinterhaus ist alles in Ordnung. Diesmal sind sie noch davongekommen. Den armen Boy müssen sie erst suchen. Er sitzt unter dem Serviertisch, zitternd und total verängstigt. Die schöne handgeschnitzte Eichenuhr fiel von der Wand direkt darauf. Was muss das für einen Krach gegeben haben. Und wie sehr muss das Haus gewackelt haben. Denn die Wände sind so dick, man hört weder die Nachbarn im Haus noch nebenan. Armer Hund, armer kleiner Boy.

Aber Vater wird jetzt energisch. Ehe Mädi es sich versieht, sitzt sie auf dem Stuhl. Mitten in der Nacht, während ringsum Berlin brennt und in Schutt und Asche sinkt, Toni im Wohnzimmer sitzt, denn es geht keine Bahn mehr, zieht er ihr den Zahn. Sie ist halb ohnmächtig, denn wegen des Eiters nutzen die Spritzen auch nicht mehr viel. Das kommt davon, wenn man sich nicht rechtzeitig behandeln lässt! Danach packt Mutsch sie sorglich auf die Couch, Toni setzt sich dazu und nun kann von ihr aus die Welt untergehen! Aber sie bekommt keine Ruhe! Denn auf einmal gibt es wieder Fliegeralarm. Sie muss aufstehen und alle wandern zurück in den Bunker. Doch nur kurz. Wollten die Engländer mal schnell gucken was sie angerichtet haben? Kaum sind sie wieder zu Hause, klingelt es Sturm. Draußen steht ihre frühere Angestellte mit ihrer Mutter aus Walddrehna in Thüringen. „Wir wollten einkaufen", sagt sie aufgeregt. „Unseren Zug haben wir nicht erreicht. Wir hofften, Sie würden uns für heute Nacht unterbringen können, denn es ist nirgendwo durchzukommen. Überall brennt es, es ist furchtbar." „Natürlich können Sie bleiben", sagt Mutsch. Während Mädi sich wieder hinlegen darf, gehen die Frauen in die Küche. Das Gas brennt noch, auch das Licht, was für ein Glück! Wenig später steht eine riesige Terrine mit dampfender Kartoffelsuppe auf dem Tisch. Renate deckte ihn schnell, sie kennt sich ja hier aus. Der Geruch weckt sogar wieder Mädis Lebensgeister. Sie hat aber auch den ganzen Tag nichts gegessen. So kommt es, dass sich eine hungrige Gesellschaft um den Tisch einfindet, nachts um 1 Uhr 30! Wie gut so ein warmer Teller Suppe im rechten Augenblick doch tut! Danach sind sie alle so aufgedreht, dass sie sich auf den Weg machen zum Potsdamer Platz. Mädi hängt sich rechts bei Toni, links bei Renate ein. Dann stehen sie vor dem „Haus Vaterland" und ihr steigen die Tränen in die Augen. Die Kuppel brennt lichterloh, aus dem Restaurant schlagen die Flammen und das Ufa-Kino

ist rettungslos verloren. Nie wieder wird der dicke gold-
betresste Portier ihr die vorbestellten Karten geben, nie wird
sie auf den Rheinterrassen sitzen und Wein trinken. Auf denen
zog sogar ein richtiges Gewitter auf, mit Blitz und Donner,
wie Mutsch ihr erzählte. Immer hatte es geheißen: „Wenn du
achtzehn bist, darfst du mit." Wie hatte sie sich darauf gefreut!
Nun ist sie vierzehn und alles wird vernichtet. Mädi hat in
dieser Nacht das ganz bestimmte Gefühl Berlin für immer zu
verlieren. Ihr Berlin - wie sie es von kleinauf kennt. Nichts
wird wieder so sein wie es war. Am nächsten Tag soll sie
erfahren, dass vor allem der Westen bei diesem ersten schweren Angriff untergegangen ist, in Flammen und Zerstörung.
Im Zoo wurden die Tierhäuser zum größten Teil vernichtet. In
ihnen starben und verbrannten die Kamele, Elefanten, Löwen.
In wilder Panik flohen sie vor dem Feuer und mussten erschossen werden. Das große Aquarium ist zerstört. Die
Bassins zerbrachen, das Wasser stürzte in die Flure die Treppen
hinunter. Die Tiere wurden mitgerissen, von einstürzenden
Mauern erschlagen. Auch unter den Menschen gab es viele
Opfer. Aber das Schlimmste steht Mädi am Morgen bevor. Sie
hat Renate und ihrer Mutter ihr Zimmer abgetreten, während
sie selbst auf der Couch im Wohnzimmer schlief, den armen
Toni auf dem Teppich zu ihren Füßen. Er hat darauf bestan-
den. Sie wollte unbedingt wach bleiben, aber die Erschöpfung
war zu groß. Als sie aufwacht, sind Renate und ihre Mutter
schon beim Verabschieden. Sie haben keine Ruhe mehr. Wer
weiß, was mit den Zügen los ist. Philipps wünschen ihnen alles
Gute, man hat nie wieder voneinander gehört. Auch Toni
muss jetzt gehen, er bekommt sonst Ärger bei seiner Einheit.
Mädi sieht das ein, aber sie ist wieder wie versteinert. Sie bringt
ihn zur Tür. Er macht den Abschied kurz. Wie ihm wohl zu
Mute ist? Die Läufer sind längst abmontiert, wegen der
Brandgefahr, so knallen seine schweren Soldatenstiefel auf den
Marmorstufen. Mädi kann es kaum ertragen. Sie steht in der
Tür, sieht ihm nach, der vertrauten Gestalt im grauen Flanell,

das flotte Käppi schräg auf dem dunklen Haar. Schreien möchte sie, seinen Namen rufen, aber keinen Laut bringt sie heraus. Nachstürzen möchte sie ihm, ihm sagen, wie es um sie steht, aber sie ist wie gelähmt. „Klack - klack", hört sie leise seine letzten Schritte, - dann Stille. Er ist weg.

Wumm!! Die einzige Glühbirne unter der niedrigen Kellerdecke schwingt hin und her an ihrem Kabel. Entsetzt starren Tante Grete, Karin und Mädi nach oben. Sie erwarten jeden Moment, dass ihnen das hübsche selbstgebaute Haus in Frohnau auf den Kopf fällt. Diese Weihnachtsferien in Berlin sind alles andere als gemütlich, denn immer häufiger und immer schlimmer werden die Angriffe. Trotzdem wollten die Kinder nach Hause, Karin will sogar bleiben, ihr gefällt das Leben in Altfriesack nicht. So ist Mädi noch ein paar Tage zu ihr gekommen, ehe sie sich wieder trennen. Man weiß ja nie, ob man sich überhaupt wiedersieht! Krampfhaft blickt Mädi auf ihren Strumpf, den sie mit dem Stopfei in der linken Hand hält. Rauf, runter, rauf geht die Nadel, ein feines Gespinst webt sie über das Loch. Sie hat nur wenige Strümpfe. Diese kratzenden braunen verhassten Dinger sind jetzt eine Rarität, es gibt sie kaum noch. Ihr linkes bloßes Bein ist eiskalt im linken Schuh, aber das Stopfen lenkt sie ab von ihrer Angst. Sie klammert sich an ihren Strumpf wie an einen Rettungsanker. Rummms!! Die Mauern um sie wackeln, die Birne flackert. Genervt und in Panik reißt Tante Grete den Strumpf und die Nadel aus Mädis Händen und beendet schnell die Arbeit, was Mädi heimlich sehr bedauert, nun hat sie nichts mehr, woran sie sich halten kann. Aber es würde ihr nie in den Sinn kommen, dagegen zu reden, so etwas gibt es einfach nicht. Die Erwachsenen haben eben Recht, die Kinder zu gehorchen (auch wenn sie innerlich protestieren!). Diese Nacht dürfen sie in das unbeschädigte Haus hinaufgehen. Aber wie lange wird es noch stehenbleiben?

„Danke", sagt Mädi, als Tante Lenchen ihr den dampfenden Kaffee hinstellt. Es ist gemütlich und warm in der Stube. Das Frühstück und nach der Heimkehr das warme Abendessen sind die besten Minuten in Altfriesack. Da setzen sich Tante Lenchen und Großvater zu ihr an den Tisch. Sie muss von der Schule erzählen, vom Konfirmandenunterricht, den sie zweimal in der Woche vormittags besucht. Das ist immer eine Hetzerei, denn punkt zehn Uhr muss sie bei Pastor Fischer sein. Er besitzt am Kirchplatz eines dieser breiten, behäbigen Bürgerhäuser mit einem großen Tor. 180 Konfirmanden hat der arme Pfarrer dieses Jahr! Da muss er umschichtig Unterricht erteilen. Trotzdem kennt er seine Pappenheimer ganz genau und nicht nur mit Namen! Es gibt vieles zu berichten, was Tante Lenchen brennend interessiert. Großvater geht früh schlafen. Dann holt Tante Lenchen ihre Karten und nun ist es Mädi, die neugierig zuguckt. Manchmal kommt eine Nachbarin und dann wird es richtig spannend. Da liegt ein wichtiger Brief neben dem Haus, die Kreuzsieben kündigt Krankheit an, also, Vorsicht! Am wichtigsten sind natürlich der Herzbube und sein schwarzer Gegner, der Pikbube. Tante Lenchen ist in ihrem Element. Mit flinken Fingern mischt sie die Karten und legt sie dann in einer bestimmten Reihenfolge auf den Tisch. Großvater, in seiner Ecke, brummelt ärgerlich etwas von „Snakkerei" aus seinen dicken Federkissen, aber niemand achtet darauf, man will doch wissen was die Zukunft bringt! Diesen Morgen ist etwas anders als sonst. Großvater wollte nicht aufstehen und auch kein Frühstück haben. Das gab es noch nie und Tante Lenchen streicht beunruhigt die Brote, als aus dem Bett plötzlich ein seltsamer Seufzer kommt. „Mein Gott", fährt sie herum und stürzt zum Bett. Mädi, die Tasse am Mund, sitzt wie erstarrt und sieht, dass sie verzweifelt Großvater aufzurichten versucht. „Komm, hilf mir", ruft sie, „fass ihn unter seine Schulter." Zögernd geht Mädi zum Bett. Der alte Mann atmet schwer und stoßweise, mit geschlossenen Augen. Kalter Schweiß steht auf seiner Stirn. Mädi fürchtet sich, ihn anzufassen. Denn auch ohne Tante Lenchens jammernde Ausrufe weiß sie, dass sie einen Sterbenden in den Armen hält. Sein Körper ist schwer, seltsam kalt und etwas Fremdes. Ein lauter, japsender Atemzug, dann ist es vorbei. Vorsichtig legt Tante Lenchen den Toten zurecht. Sehr ruhig und entspannt wirkt das alte Gesicht, friedlicher und gelöster als im Leben. Bei diesem Anblick muss Tante Lenchen weinen. Mädi wagt nicht, sie in den Arm zu nehmen. Ihr ist wunderlich zu Mute. Dieses Erlebnis braucht seine Zeit, um innerlich verarbeitet zu werden. Wohin ist die Seele von Großvater gegangen? Trotz ihres Kummers behält Tante Lenchen einen klaren Kopf. „Du gehst wie immer zur Schule", bestimmt sie, und so macht sich Mädi auf ihren langen Weg. Draußen ist es noch dämmrig, bitterkalt und glatt. Der Schnee verharschte schon, Eisbuckel bildeten sich auf dem Kopfsteinpflaster der Chaussee. Mädi wohnt am Waldrand am Ende des Dorfes. Sie muss durch das Bauerndorf laufen, am Holzplatz vorbei, vorbei am liebgewordenen Haus von Mutter Belz mit ihrem Zimmer unter dem Dach, über die Zugbrücke, durch das Fischerdorf und noch 45 Minuten durch den kalten, verschneiten Wald. Sie kämpft sich frierend durch den harten Schnee auf dem Sommerweg neben der Chaussee, mutterseelenallein, während es allmählich hell wird. An den Füßen hat sie dünne Lederstiefel mit einer glatten Ledersohle, die ihr keinen Halt gibt. Es sind Eislaufstiefel, von denen die Schlittschuhe abmontiert wurden. Die Eltern sind froh, ihr diese Schuhe besorgt zu haben. Im Sommer läuft sie in Stoffschuhen mit klappernden Holzsohlen herum. Trödeln darf Mädi nicht, sonst versäumt sie den Zug. Sie ist froh, als sie sich auf der Holzbank im Abteil erholen kann. Es ist ungeheizt, bietet aber doch ein wenig Schutz gegen den eisigen Wind. 20 Minuten lang darf sich Mädi ausruhen. Am Rheinsberger Tor verlässt sie den Zug, der dort genau neben der Hauptstraße der kleinen hübschen Seestadt hält. Um 12 Uhr ist der Konfirmandenunterricht zu Ende. Sie geht schnell in ihr Restaurant zum Essen, dann läuft sie die ganze Hauptstraße hinunter bis ans andere Ende der Stadt zur Schule. Hektik! Hektik! Kein Wunder, dass Karin dies Leben zu anstrengend war. Aber Mädi weiß, die Eltern sind froh, sie aus Berlin heraus zu haben, in einiger Sicherheit, (denn wo ist man schon sicher in diesem Krieg?) und bei vernünftigem Essen, sie warm und gut versorgt durch Tante Lenchen zu wissen. So hält sie tapfer durch. Nur die Schularbeiten kommen bei diesem Leben zu kurz. Abends ist sie zu müde dazu.

Die Zensuren sind dementsprechend, aber niemand schimpft oder nimmt das tragisch. Es ist eben nicht zu ändern. An den Wochenenden fährt sie immer noch nach Hause und bringt Mutsch ihre schmutzige Wäsche, die sie dann am nächsten

Wochenende gewaschen und gebügelt wieder mitnimmt. Aber Saxophon üben muss sie jeden Abend, auch wenn keine Tanzmusik am Sonntag mehr stattfindet. Dafür spielt sie stundenlang mit den Eltern zusammen ihre Schrammelmusik.

Als sie am Abend nach Großvaters Tod zurückkehrt, hat man ihn inzwischen vorn in der „Guten Stube" feierlich aufgebahrt. Scheu und schnell durchquert Mädi das kalte Zimmer, ihr ist unheimlich dabei. Wie auf der Flucht läuft sie schnell die Treppe nach oben in ihr Zimmer und ist froh, als sie endlich allein ist. Diesen Abend in ihrem Bett hat sie wieder viel nachzudenken. Drei Tage später drängen sich die Besucher durch die Eingangstür von der Straße her ins Haus. Tante Lenchen und einige ihrer Freundinnen haben alle Hände voll zu tun Kaffee und Kuchen zu verteilen. Sie sind alle gekommen, um Großvater das letzte Geleit zu geben. Er ruht nun auf dem kleinen Friedhof des Dorfes.

Brigitte ist schön, wunderschön, Mädi muss sie immer wieder ansehen. Seit ein paar Tagen wohnen sie zusammen. Brigitte ist Tante Lenchens Nichte. Blond, blauäugig, groß und schlank, also ein richtiges „deutsches" Mädchen und genau das Gegenteil von der Tante. Wie kommt diese zu einer solch hübschen Nichte? Mädi wundert sich mal wieder. Natürlich ist Tante Lenchen sehr stolz auf Brigitte, die sogar schon verlobt ist, mit einem Gebirgsjäger. Er kämpft in Jugoslawien, wo es die vielen Partisanen unter der Leitung von Tito gibt. Brigitte hat furchtbare Angst um ihren Liebsten, denn Partisanen sind keine richtigen Soldaten, sie kämpfen heimlich im Untergrund. Das Mädchen ist vor den Bomben geflüchtet und hilft nun beim Nähen und im Haushalt, sehr zur Freude von Tante Lenchen, die nach Großvaters Tod sehr allein war, wenn Hellmuth auch zu den Wochenenden aus Neuruppin nach Hause kommt.

Nachdem Mädi den Schnee von den Stiefeln gestapft hat, betritt sie aufatmend die Küche, aber verwundert bleibt sie stehen. Es brennt zwar ein Feuer im Herd, aber keine Tante Lenchen steht wie sonst abends vor ihren Kochtöpfen. Voll beklommener Angst öffnet sie behutsam die Tür zum Zimmer. Dort sitzt Tante Lenchen wortlos am Tisch, den Arm liebevoll um Brigittes Schultern gelegt. Aber was ist mit Brigitte? Den Kopf in den Armen vergraben, rührt sie sich nicht, nur ab und zu steigt ein trockenes Schluchzen aus ihrer Kehle. Ohne zu fragen, weiß Mädi, was passiert ist. Der Verlobte von Brigitte ist tot, gefallen. Einige Tage später fährt Brigitte nach Wittstock, wo sie zur DRK-Schwester ausgebildet wird. Ein paar Monate später pflegt sie an der Ostfront Verwundete.

Mädi friert in ihrem dünnen schwarzen Taftkleid, das Mutsch aus einem alten hat neu nähen lassen. Vorher war es lila. Nun geht Mädi damit von Pastor Fischers Haus über den gefrorenen Kiesweg zur Kirche. Krampfhaft hält sie ihre Bibel und das Blumensträußchen fest, das die Eltern noch organisiert haben. Sogar das lange weiße Spitzenband ist darum geschlungen. Februar 44, da sind solche Dinge Wunder, auch die Käsetorte, die Mutsch aus Berlin mitbrachte. Was für eine seltsame Konfirmation! Paps hat übers Wochenende von einer jungen Frau die Wohnung gemietet. Sie liegt an einem Hof, mit Plumpsklo und besteht aus Schlafzimmer und Küche, in der eine Couch steht, so dass auch Mädi dort übernachten kann. Die einzigen Gäste sind die junge Frau und ihre achtjährige Tochter. Wie anders hatte sich Mädi früher diesen Tag ausgemalt! Zusammen mit Sanne.. mit dem gleichen Spruch wollte sie vor dem Altar knien. Nun lebt Sanne irgendwo in Ostpreußen, weit weg, und die Verbindung ist abgerissen. Auch die Verwandten wollte Mädi alle dabei haben. Nun muss sie froh sein, dass die Eltern gesund mit ihr zusammensitzen können, dass die Wohnung in Berlin noch steht und sie zu essen haben. Nichts davon ist selbstverständlich. Mädi weiß das. Sie geht ganz allein in den Hof, sieht zu dem blassblauen Himmel auf, der jetzt für alle so viele Gefahren birgt und denkt: „Dahinter ist Gott." Ganz erfüllt ist sie von diesem Wissen, ganz feierlich wird ihr zu Mute. Nie soll sie diesen seltsamen Vorgang in ihrem Leben vergessen!

„Ja, geht das denn überhaupt? Auf einem Rad? Dieser weite Weg! Du kannst doch auch bei uns schlafen!" Frau Doktor Feucht ist ganz aufgeregt. Mädi hat bei ihrer Neuruppiner Freundin, die auch Christa heißt, den Nachmittag verbracht und Geburtstag gefeiert. Fünfzehn ist sie jetzt, aber noch weit entfernt von einer jungen Dame! Deshalb stimmte sie auch gleich zu, als ihr neuer Verehrer sie bat, doch mit ihm zusammen auf dem Rad nach Hause zu fahren. Erwin heißt er, wird bald siebzehn und damit auch bald eingezogen. Er betet Mädi an, aber nie sind sie allein. Abends im Zug trifft sich ein ganzer Trupp, da kann man nichts miteinander bereden. Und später am Abend treffen sich alle auf der Dorfstraße, die Jungs aus Karwe, die Mädchen und Jungen aus Wustrau. Eine ganze Kette ist das, die sich da unterärmelt. Immer Junge, Mädchen, Junge, Mädchen. Es macht riesigen Spaß, so durch den dunklen Wald die Chaussee entlang zu marschieren! Auch

Tante Lenchen ist mit dieser Fahrt durch die Finsternis nicht einverstanden, denn Licht dürfen sie nicht machen, über die leeren Felder unter einem diesigen Himmel, an dem wie Geisterfinger die riesigen Scheinwerfer entlangzucken, sich zu einem Lichtkegel zusammenfinden, wieder auseinandergleiten. Gespenstisch ist das! Abenteuerlust kribbelt in Mädis Bauch. Der arme Erwin strampelt und strampelt, bemüht, seine liebe Last nicht zu sehr leiden zu lassen. Denn Mädi sitzt vor ihm und langsam tut ihr der Po weh, weil sich die harte Eisenstange schmerzhaft bemerkbar macht. Erwin kennt den Weg genau und ist bemüht den Schlaglöchern auszuweichen. Und das im Dunkeln! Mädi liebt ihn in diesem Augenblick sehr. Er ist „nur" ein einfacher Dorfjunge, aber sie hat volles Vertrauen zu ihm. Nie würde er etwas sagen oder tun, was sie verletzen könnte! Sie weiß, wie glücklich er heute ist, sie so nah und ganz für sich allein zu haben. Sie sprechen nichts. Das ist auch nicht nötig, sie wissen auch so, was den anderen bewegt. Mädi wäre sehr überrascht und wahrscheinlich auch böse, wenn der Junge versuchen würde, sie zu küssen. Aber an so etwas denkt er gar nicht, es genügt ihm, sie so nah bei sich zu haben. Siebzehn Kilometer sind es von Wuthenow um den See herum nach Altfriesack. Wuthenow liegt Neuruppin gegenüber auf einer Landzunge, der See hat dort einen Nebenarm. Theodor Fontane schrieb eine Novelle über dieses idyllische Fleckchen Erde: „Schach von Wuthenow". Genau dort, wo er beschreibt, dass an diesem Platz das alte Gutshaus stand, hatte Dr. Feucht sein schönes Haus mit Salon und Esszimmer und vielen Schlafzimmern bauen lassen. Es besitzt Parkettböden, auf denen kostbare, echte Teppiche liegen, die alten Möbel bestehen aus teuren Antiquitäten. Dr. Feucht ist tot, seine Frau, nervös, ohne Geld und ohne Stütze, bemüht sich verzweifelt, den Glanz ihres Hauses zu erhalten. Ihr einziger Trost ist ihre kleine Tochter, die mit ihrer Fröhlichkeit und ihrem Übermut eine Hilfe ist. Diese Christa, mit ihren spitzbübischen dunklen Augen, ihrer Stupsnase und ihren glatten braunen Zöpfen, die ständig um sie herumfliegen, ja, sie hat es nicht leicht. Mädi weiß das, sie mag und bewundert dieses kleine tapfere Mädchen, dessen Mutter ständig weint, jammert und putzt. Dieses lebhafte Ding hat seinen Spaß an Mädis Überlandfahrt. Und Tante Lenchen ist froh, als Erwin und Mädi heil ankommen. Am nächsten Abend ist Erwin bedrückt und schweigsam. Was hat er nur? Mädi kennt sich gar nicht mehr aus. „Was ist los?", will sie wissen. „Bist du böse auf mich?" Sie sucht die Schuld bei sich, obwohl sie beim besten Willen nicht weiß, was sie verbrochen haben soll. Er schüttelt den Kopf, seine schwarzen großen Augen unter dem dichten Buschen blauschwarzen Haares sehen sie völlig verzweifelt an. „Er hat schon heute seine Einberufung bekommen", sagt da sein Freund, „dabei wird er erst in drei Wochen siebzehn." Und gleich am nächsten

Tag muss er weg. Es ist ein Schock für alle, obwohl sie es ja wussten. „Mensch, ick wär froh, wenn ick noch drei Wochen hier sein könnte!" Es ist ein Junge aus Berlin, der mit seiner Mutter und seinen Geschwistern nach Altfriesack kam, weil sie ihre Wohnung verloren. Die Frau ist Kriegerwitwe, sie hat schon ihren Mann hergeben müssen. Dann das Heim und nun auch noch ihren Ältesten. Die Dorfbewohner nahmen sie voller Mitleid auf. Sie sammelten Möbel, Geschirr, Wäsche, denn die vier besaßen nur noch das, was sie auf dem Leibe trugen. Seine Schwester hakt sich bei ihm unter und so wandern sie alle zusammen zum Dorf hinaus. Zum Abschied singt sie ihrem Bruder ihr Lieblingslied. „In einem kleinen Café" Den Refrain singen alle mit. Sie schauen hinauf zum Himmel. Klar und rein ist er heute Abend. Die Sterne funkeln und glitzern. Da fängt einer an zu singen „Heimat, deine Sterne" Es ist ein bekannter Schlager, oft im Radio gespielt, vor allem in den Wunschsendungen der Frontsoldaten. Heute Abend aber klingt es wie ein feierlicher Schwur. Heimat, deine Sterne! Aber jäh werden sie aus ihrer feierlichen Stimmung gerissen, denn drüben von der anderen Seeseite her beginnt die Sirene zu heulen. „Scheiße", sagt Erwins Freund „Fliegeralarm", und

wie die Wilden rasen sie los, nach Hause. Zusammen mit Mädi
rennt ein blondes Mädchen durch den Wald. Friedchen wohnt
in der anderen Haushälfte neben Mädi. Ihre Mutter arbeitet
den ganzen Tag bei den Bauern, um Friedchen, ihre Großmutter, den kleinen Bruder und sich zu ernähren. Friedchen hat
auch keinen Vater mehr und ein schweres Leben, wie Mädi
schnell feststellte. Denn wenn sie aus der Schule kommt, muss
sie aufräumen, putzen, das Essen kochen, ihre blinde Großmutter und vor allem ihren Bruder versorgen. Er ist sieben,
groß für sein Alter, besitzt blondes strubbeliges Haar und die
seltsamsten Augen, die Mädi je sah. Rehbraun sind sie, mit
goldenen Pünktchen drin, hübsche Augen, aber sie wirken wie
blinde Spiegel. Der Kleine geht nicht zur Schule, er wird nie in
der Lage sein, etwas zu lernen oder zu arbeiten. Friedchen

muss ihn trocken legen wie ein Baby, manchmal bekommt er
plötzlich solche Wutanfälle, dass sie ihn festhalten muss. Den
ganzen Vormittag hocken die alte Frau und das Kind nur da
und warten auf Friedchen. Mädi besuchte sie einmal, aber sie
merkte schnell, dass es Friedchen nicht recht war. Die Wohnung wirkte schmutzig und unaufgeräumt, es roch nach Urin
und ungewaschenen Kleidern. Wie sollte Friedchen das auch
alles allein schaffen? Mädi ging nicht mehr hin. Dafür bat sie
Friedchen zu sich nach oben in ihr Stübchen, eine Oase für
dieses müde, abgearbeitete Kind. Tante Lenchen hatte nichts
gegen diesen Besuch einzuwenden. Alle mögen Friedchen und
ihre Mutter, die so unermüdlich arbeiten. Das ganze Dorf
schützt den kleinen Jungen. Er ist gar nicht vorhanden, man
vergisst ihn einfach. Denn er ist unwertes Leben, nach den
schrecklichen Gesetzen der Nazis. Es würde seiner Familie das
Herz brechen, wenn man ihn wegholen würde. Denn der Tod
wäre ihm gewiss.

Die beiden Mädel rennen, als wäre der Teufel hinter ihnen her.
Es ist unheimlich, so spät und bei Alarm durch den dunklen
Wald zu laufen, während ringsum die Flak wie wahnsinnig zu

bellen anfängt. Und dann.... Huiiii, fängt es an zu pfeifen. Sie kennen dieses Geräusch! Ein Flugzeug muss getroffen worden sein und wirft nun seine Bombenlast ab. Rummms! Die Erde zittert unter ihnen. Das war nahe! Mädi denkt an Erwin und seinen Freund. Die Jungs müssen um den See herumlaufen bis nach Karwe, das ist ein ganz schönes Stück weg. Und wieder geht es Huiiii und Rummms! Dieses verdammte Heulen der Bomben zerrt einem ganz schön an den Nerven! Sie klammern sich aneinander, keuchen von dem schnellen Lauf und horchen auf den Krach ringsum. Tante Lenchen schimpft nicht schlecht, als Mädi schließlich völlig kaputt und erschlagen ins Haus stürmt. Wenigstens ist im Dorf alles in Ordnung. „War's schlimm gestern Abend?" fragt Mädi die Jungs am Bahnhof als sie sich treffen. „Mensch, wir haben uns in den Dreck geschmissen und die Hintern zugekniffen", sagt Erwins Freund lachend.

Am nächsten Sonntag wird Friedchen eingesegnet. Sie sitzen in ihren schwarzen Kleidern feierlich in der kleinen uralten Kirche von Wustrau. Friedchens Mutter kann nicht dabei sein. Sie räumt auf und kocht etwas Gutes, denn Mädi ist eingeladen. Der Pastor steht vor seiner Gemeinde und hält seine Predigt. Die Kirche ist bis auf den letzten Platz gefüllt, alle hören andächtig zu. Sonnenlicht fällt durch die bunten Fenster, denn draußen ist ein herrlicher Frühlingstag. Und dann.... Rummms! Die dicken Mauern wackeln, die Scheiben klirren und allen stockt der Atem. Der Pastor hält in seiner Predigt inne und lauscht. Nichts mehr. Und ruhig spricht er weiter. Aber dann wieder: Rummms! Und wieder schwanken die Wände und die Fensterscheiben klirren. Doch niemand gerät in Panik. Ruhig und gelassen, mit einigen Unterbrechungen beendet der Pastor den Einsegnungsgottesdienst und entlässt dann seine Pfarrkinder mit den besten Segenswünschen. Die beiden Mädels rennen los, mitten in den Wald. Die dichten Kronen der Bäume schützen sie zwar gegen die Sicht von oben, aber ganz bestimmt nicht vor den Bomben, die immer noch abgeworfen werden. Die Einschläge krachen mal näher, mal weiter weg. Es liegt immerhin ein Kilometer zwischen den Dörfern, ein endloser Weg bei diesem Inferno, denn auch die Flakgeschütze ringsum ballern wie wahnsinnig. Es heult und pfeift, als sie den Waldrand erreichen. Friedchens Mutter steht unter dem Vorbau, schwenkt wie verrückt mit den Armen und schreit: „Hinlegen! Hinlegen!" Und zack! liegen die Mädels im Dreck, denn am Waldrand schütten sie immer ihre Aschenkästen aus!

Das ganze Dorf ist um das offene Grab versammelt, auch alle Jungen und Mädchen, die sich abends immer treffen. Es ist die schlimmste Beerdigung, die Mädi je erlebt. Sie geben dem Jungen aus Berlin das letzte Geleit. Er ist während der Ausbildung zum Soldaten verunglückt. Fassungslos stehen seine Schwester und sein kleiner Bruder neben ihrer Mutter, die von beiden Seiten gestützt werden muss, sonst wäre sie umgesunken. Sie weint hemmungslos, als der Pastor dem Jungen einen letzten Gruß nachruft. Doch dann, als der Sarg in die Erde gesenkt wird, reißt sie sich los, schreit immer wieder den Namen ihres Sohnes und fällt hinter dem Sarge her, bevor zwei Dorfbewohner sie halten können.

Alle stehen wie erstarrt vor Entsetzen. Es kostet viel Mühe, die verzweifelte Frau wieder herauszuheben und nach Hause zu bringen. Still gehen Friedchen und Mädi nebeneinander, sie bringen kein Wort hervor.

Mädi schwänzt die Schule und hat überhaupt kein schlechtes Gewissen! Erwin muss gegen Mittag in Berlin am Zug sein. Natürlich bringt sie ihn hin. Da gibt es gar kein langes Überlegen. Seine große Schwester hat etwas in der Stadt zu erledigen, so fahren sie zu Dritt. Dieses Mädchen mit den blauschwarzen Haaren und dunklen Augen sieht rassig aus, Mädi muss sie immer wieder ansehen. Auf dem Bahnhof in Berlin bleibt Mädi bald das Herz stehen, während Erwin verlegen, aber auch stolz, sich einen Platz sucht. Stolz, weil Mädi als einziges Mädchen den Freund begleitet, verlegen, weil es wegen ihr ein großes Hallo gibt, denn der ganze Zug, so lang, dass die Lokomotive vorn nicht mehr zu sehen ist, steckt voller junger Männer. Kopf an Kopf schauen sie aus den Fenstern. Deutschlands Jugend! Mädis Herz tut weh. Schemenhaft gleiten Gedanken wie: „Wieviele von ihnen müssen sterben, wieviele werden als Krüppel zurückkommen?" durch ihren Kopf. Lebendige, strahlende, lachende Jugend, Kanonenfutter für den Führer! Die Tränen stehen ihr in den Augen, als sie zum letzten Mal ihre Hände zu Erwin hinaufstreckt und Abschied nimmt. Dann geht sie schnell. Sie kann es nicht mehr ertragen, alle diese Jungen in den Krieg fahren zu sehen.

„Na, hast du wieder Post von deiner Tute", fragt Mutsch lachend. Mädi ist beleidigt. Nur, weil Erwin nicht richtig deutsch schreiben kann! Es heißt bei ihm immer: Ich tue Dir jetzt schreiben, ich tue nachher meine Stiefel und mein Gewehr reinigen. Deshalb ist er doch ein lieber und anständiger Kerl! Sie freut sich über seine Briefe aus Luckenwalde, wo er seine Ausbildung bekommt und schreibt fleißig zurück. Sie weiß, er wartet auf ihre Post. Es ist Freundschaft, was sie verbindet. Komisch, dass Mutsch das nicht begreift. Auch Toni schreibt ihr oft. Diese Briefe empfängt sie mit Herzklopfen. Das, was sie mit ihm verbindet, ist etwas völlig anderes. Heilig ist ihr das, denn Toni ist ein Mann der weiß, was er will. Wenn er jetzt als Soldat auch sehr unglücklich ist. Er ist nicht gerne Soldat, er ist Musiker. Trotzdem hält er seine Knochen hin, wie alle anderen auch. Paps ist eifersüchtig auf Tonis Briefe! „Glaubst du wirklich, das ist was Ernstes mit den beiden?", fragt er Mutsch und macht dabei ein Gesicht, als hätte er in eine saure Zitrone gebissen. „Er ist doch katholisch", sagt er und meint damit, dass „so einer" doch nicht recht in die liberale Familie Philipp passt. „Ach, Mausi ist doch noch ein Kind", beruhigt ihn Mutsch. Wie sehr sich doch Eltern irren können!

Mädi ist sitzengeblieben! Paps schüttelt zwar nur den Kopf und zuckt resigniert mit den Schultern, aber es passt ihm doch nicht. Dabei hat er völlig vergessen, dass er auch einmal sitzenblieb, von seinen vielen Rauswürfen aus den Internaten ganz zu schweigen. Aber so sind die Väter!

Wie herrlich ist doch dieser Sommer 44! Als könnte es nie Regen geben, scheint die Sonne vom knallblauen Himmel. Einladend für die englischen und amerikanischen Bomber, die jetzt kommen wie es ihnen passt. Am Tage und in der Nacht, völlig ungestört durch deutsche Jäger, denn eine Luftwaffe gibt es nicht mehr. Die beiden Christas räkeln sich im Orje und lassen sich die Sonne auf den Bauch scheinen. Die Ruder haben sie seitlich ins Boot gelegt, ab und zu rafft sich eine von ihnen auf, um den Plattenspieler neu anzukurbeln, die Schallplatte zu wechseln, und lässt sich dann wohlig seufzend zurücksinken, während es laut über den stillen, leeren See quäkt: „Wochenend und Sonnenschein." Die ComedianHarmonists. Eine Rarität und verboten, denn die Sänger sind alle Juden, längst aus Deutschland emigriert. Das kümmert die beiden aber nicht. Sie genießen ihre Ferien, während über ihnen die Pulks wie bösartige kleine blitzende Hornissen weg brummeln, in Richtung Berlin. Mädi denkt mit zitterndem Herzen an die Eltern, die mitten im Hexenkessel sitzen, während sie es hier am See, nur 70 KM entfernt, so ruhig und schön hat. Sind die Hornissen wieder zurückgebrummt, rast sie ans Telefon und atmet erleichtert auf, wenn sich Paps' Sprechstundenhilfe meldet: „Alles in Ordnung? Alles gesund?" „Ja, alles in Ordnung! Bis zum nächsten Mal!"

Mädi musste mit Sack und Pack zu Frau Dr. Feucht ziehen. Die braune Christa freute sich wie ein Schneekönig über den Zuwachs, vor allem, weil der Orje mitkam. Ein eigenes Boot! Das Grundstück reicht bis an den See, hat einen eigenen kleinen Strand und sogar einen festen Bootssteg. Herz, was willst du mehr! Wenn sie nicht im Wasser sind, schwimmen sie drauf. Ist wirklich Krieg? Liegen die deutschen Städte in Schutt und Asche? Sterben jede Minute zig Tausende Menschen völlig sinnlos einen qualvollen Tod? Fast könnte man es hier vergessen, wenn nicht Frau Feucht ständig stöhnen würde, woher sie das Essen nehmen soll, denn die beiden Christas haben dauernd Hunger!

Frau Feucht hat Besuch, sogar mit Auto! Es ist ein ausländischer Gesandter, mit schwarzem Bärtchen und gelber Haut. Er sieht aus wie ein Schauspieler in einem Agentenfilm. Aber es ist natürlich sehr erhebend, von Wuthenow über die lange Seebrücke nach Neuruppin zu fahren. Die Leute in den Straßen recken die Hälse. Nicht nur ein schwarzer Mercedes, so was gibt es noch?! - nein, mit einem Chauffeur und einem CD-Schild, ganz vornehm. Mädi wächst gleich um zwei Zentimeter, als alle am Seeufer aussteigen. Es ist gemauert, mit Eisentreppen ins Wasser hinunter und runden Ringen, für die Bootsfahrer, damit sie aussteigen und ihre Boote festbinden können. Auch das war einmal. Aber heute, an diesem herrlichen Sonntag im Juni 44, gibt es wieder Ruderboote und Kanadier unten am See. Die Marine-Hitlerjugend macht eine Regatta. Die ganze Stadt ist auf den Beinen, um am Seeufer diesem Ereignis beizuwohnen. Die Jungs in ihren flotten Matrosen-Uniformen, zur Feier des Tages ganz in Weiß, mit blauen flatternden Bändern an den runden Mützen, strengen sich gewaltig an, um als Erste durchs Ziel zu gehen. Die Sieger werden jedesmal mit lauten Rufen und Händeklatschen begrüßt. Zwischendurch takeln sie noch ein großes Segel-Schulschiff auf. Es ist ein bezaubernder Anblick, das schlanke schaukelnde weiße Boot auf den dunkelblauen Wellen des Sees, mit den kleinen weißen Gestalten in den Wanten, die flink ein weißes Segel nach dem anderen setzen, bis es wie ein Schwan über das Wasser gleitet, die Segel in den hellblauen Himmel gereckt. Und niemand, wirklich niemand hat mitbekommen, dass es inzwischen Fliegeralarm gab und niemand, wirklich niemand, achtet auf die Pulks im azurblauen Himmel, die mit bösem Brummen gen Berlin ziehen. Alle, alle sind gefangen vom Anblick des herrlichen Schiffes. Bis es plötzlich in näherer Entfernung so rummst, dass alle die Köpfe rumreißen.

Der gelbe Herr aus Südamerika fragt Frau Feucht sehr nervös und entsetzt: „Was ist das? Wo kommt das her?" Frau Feucht zuckt bedauernd die Achseln und blickt sich suchend um, ob ihr nicht jemand Auskunft geben kann, während die beiden Christas sich eins grinsen. Denn es ist offensichtlich, der Herr hat Angst! Zumal in schöner Gleichmäßigkeit der Krach aus der Ferne weitertönt. Sie haben jedesmal das Gefühl, die Erde bebt unter ihren Füßen. Aber kein Mensch denkt an Flucht. Luftschutzkeller? Wer in Neuruppin geht denn in den Keller? Hier passiert doch nichts! Und die Regatta läuft weiter. Auf einmal geht ein Raunen durch die Massen. Wulkow ist ange-griffen worden! Da gibt es eine Munitionsfabrik, 20 KM von hier entfernt. Ein Güterzug soll getroffen sein, ein Waggon nach dem andern fliegt jetzt in die Luft. Na und? So weit weg! Los Jungs, packt die Paddel fester! Verrückter Krieg, Schizo-phrenie eines Krieges! 70 KM weiter fallen Tonnen von Spreng-stoff auf eine Stadt, auf Menschen, um sie zu töten und hier schreien sich die Leute die Kehle aus wegen einer Regatta! Was Mädi nicht wissen kann: drei Jahre später, fast auf den Tag genau, heiratet sie einen der Matrosen, der an diesem Sonntag zu den Siegern im Kanu-Fahren gehört.

Es gibt keinen Zufall! Denn wie sonst soll es sich Mädi erklä-ren, dass ihr auf der einsamen Landstraße zwischen Wuthenow und Karwe eine sogenannte „Grüne Minna" entgegenkommt, an deren Steuer sie schon von weitem ihren Onkel Gerhard erkennt? Die Reifen quietschen, als der Kasten-wagen mit seinen vergitterten Fenstern neben ihr hält. „Ja Mädel, was machst du denn hier?" ruft er erstaunt. „So ganz allein?" „Ich bin auf dem Weg nach Karwe. Und wie kommst du hierher?" „Ja, du siehst ja, was für Fracht ich habe." Er ist ausgestiegen und beide blicken zu den vergitter-ten Fenstern, hinter denen neugierige Gesichter blicken. „Lauter junge Frauen", sagt Mädi überrascht. „Ja", meint Onkel Gerhard ein bisschen wegwerfend, „Rumtreiberinnen, die

aufgegriffen wurden. Sie kommen jetzt in die Besserung."
Wirklich nur Rumtreiberinnen? Mädi hat das dumpfe Gefühl,
als sie in die jungen Gesichter blickt, dass da manches nicht
stimmt mit dieser Verurteilung. Mitleid überkommt sie, aber
sie kann ihnen nicht helfen. Sicher wollten einige der Dienst-
verpflichtung entgehen, die nun zur Zwangsarbeit in einem
Lager geführt hat. Oder sie haben etwas gesagt, was als
Zersetzung der Moral des deutschen Volkes gilt. Unter Hitler
und Goebbels gibt es viele Gesetze, die sich ein gewöhnlicher
Sterblicher, in einer Demokratie Lebender, überhaupt nicht
vorstellen kann. „Wie lange haben wir uns jetzt nicht gesehen?",
fragt Onkel Gerhard. „Das war vor dem Krieg, am Großen
Fenster", sagt Mädi prompt. Sie wird diesen herrlichen Tag am

Wannsee nie vergessen, die beiden Brüder Philipp mit ihren
Frauen und Kindern. „Meine Güte, das sind ja fünf Jahre! Du
bist inzwischen ja eine junge Dame geworden", liebevoll strahlt
er sie an. Sie haben sich immer gut verstanden. Nie ging er von
ihnen weg, ohne ihr ein Fünfmarkstück in die Sparbüchse zu
werfen, obwohl er oft sehr wenig Geld hatte, was Mädi wohl
wusste. Aber da er und Onkel Franz nur Söhne haben, ver-
wöhnten sie alle sehr. „Deine Eltern habe ich neulich gesehen,
es geht ihnen gut. Tante Grete und den Jungen auch. Bis jetzt
stehen unsere Häuser ja noch. Hans muss auf dem Bunker an
der Flak Dienst machen." Was er dazu denkt, glaubt Mädi zu
wissen. Nämlich: Der arme Kerl mit seinen gerade 16 Jahren!
Was kann er ausrichten gegen die vielen Flugzeuge? Da steht er
mitten im Bombenhagel auf dem hohen Bunker neben dem
Bahnhof Zoo. Sinnlos und nutzlos muss er sein Leben aufs
Spiel setzen. Aber so etwas darf man nur heimlich denken, es
auszusprechen, zumal jetzt hier, käme einem Selbstmord gleich.
Sie sehen sich nur an, Onkel und Nichte, schweigend, in
schönem Einverständnis. „Geht es dir gut?" fragt Mädi und
forscht in seinem Gesicht. Schmal ist es geworden, faltig, zwei
tiefe Kerben ziehen sich von den Nasenflügeln zum Kinn. „Ja,
es geht wieder." Er sagt es leise. „Du siehst ja, ich bin wieder

hier als Kraftfahrer eingesetzt." Es fällt ihm schwer zu sagen: „Ich muss jetzt weiter, wir werden erwartet." Mädi nickt traurig. Wer weiß, wann sie sich einmal wiedersehen? Er nimmt sie in die Arme und drückt ihr herzhaft einen Kuss auf jede Wange, dann klettert er langsam und umständlich zurück in den Laster. Aus dem Fenster reicht er ihr noch einmal die Hand. „Machs gut und pass auf dich auf." „Ja", sagt Mädi, „du auch. Und grüße alle schön von mir, wenn du sie siehst." „Wird gemacht", sagt er, und startet den Motor. Mädi bleibt noch stehen und winkt. Sie sieht hinter dem großen Auto her, bis es verschwindet.

Sie fühlt sich plötzlich sehr verlassen auf der einsamen Land-straße und ein Frösteln zieht über ihre Haut, obwohl es ein warmer Sommertag Ende Juni ist. Die Kornfelder stehen schon hoch, sie glänzen unter der Sonne, die vom wolkenlosen Himmel strahlt. Auf den Wiesen wiederkäuen die Kühe und die Apfelbäume werfen mit ihren knorrigen Ästen bizarre Schattenmuster auf die Chaussee. Sie läuft schneller und entschlossen weiter, das Dorf ist nicht mehr weit. Sie sehnt sich danach Menschen zu sehen.

Einige Zeit später, die Sonne ist schon ein beträchtliches Stück weitergewandert, findet sich Mädi fast an der gleichen Stelle wieder. Wie sie da hingekommen ist, weiß sie selbst nicht. Wie betäubt hockt sie im Gras am Straßenrand, den Kopf in den Armen vergraben. Bilder flimmern hinter ihren geschlossenen Lidern vorbei. Der sonnenbeschienene saubere Hof, das schöne Mädchen mit den blauschwarzen Haaren, das Gesicht schmal und ernst, in den dunklen Augen Trauer und Schmerz. Ihre Stimme, tief und rauh. Erwin ist vermisst. In Bukarest. Vermisst! Sie hat es gewusst! Sie hat gewusst, dass etwas geschehen ist, als plötzlich seine Briefe ausblieben. Keine Ruhe hatte sie mehr, bis Frau Feucht es ihr schweren Herzens erlaubte, zu seinem Elternhaus zu gehen, um nachzufragen. Vermisst! Was konnte das alles bedeuten! Schreckliche Bilder formen ihre Gedanken. Erwin, erschlagen unter einem zusammenstürzenden

Haus, erschossen beim Straßenkampf durch eine Garbe aus einer Maschinenpistole oder durch eine Gewehrkugel, überrannt von Urräh-schreienden russischen Soldaten, erschossen oder zusammengeschlagen, als Gefangener in einem Güterzug, unterwegs nach Sibirien. Oder schwer verwundet, liegen gelassen von den flüchtenden Kameraden, verblutet, einsam und ohne Hilfe, alles das bedeutet es: Vermisst. Es bedeutet, nie wieder einen Brief von ihm zu bekommen, nie mehr zu wissen, wo er geblieben ist, ob er lebt, wie es ihm geht. Und er war erst siebzehn!

Lange sitzt sie da, während die Ähren hinter ihr leise knistern, der Wind die blanken Blätter über ihr zittern macht, Vögel singen und zwitschern. Ein schillernder Käfer setzt sich auf ihre Hand. Wie aus einem bösen Traum erwachend blickt sie auf, nimmt dieses ganze jubelnde Leben um sich wahr. Leben, so viel Leben um sie her! Und Erwin.... mit einem Schluchzen in der Kehle taumelt sie hoch und läuft los. In ihrem Hinterkopf streift sie der Gedanke an Frau Feucht, die sicher unruhig auf sie wartet. Sie hat noch eine ziemliche Strecke vor sich. Aber dann bleibt sie stehen und schaut in den Himmel. Ein Flugzeug kommt auf sie zu. Sie hatte sein tiefes Brummen schon einige Zeit gehört, es aber nicht beachtet. Sie erkennt es sofort: es ist eine JU 52, das zur Zeit berühmteste Transportflugzeug, berühmt wegen seiner Zuverlässigkeit. Die Soldaten nennen es liebevoll „Tante Ju." Mädi winkt hinauf. Sie ist sicher, dass man sie genau sieht. Langsam verebbt das Gebrumme hinter ihr. Aber wie erstaunt ist sie, als es erneut aus einer anderen Richtung zu hören ist und die große Maschine genau über sie hinwegfegt. Wieder bleibt Mädi winkend stehen. Benutzt man sie zur Zielsetzung? Fliegen da oben junge Piloten in der Ausbildung? Bald ist sie sicher, dass es so ist, denn auf ihrem einsamen Weg, die Landstraße entlang, überfliegt die Ju 52 sie immer wieder und jedesmal bleibt Mädi stehen, hebt das Gesicht und winkt. Es ist ein seltsames, einmaliges Erlebnis, das sie ablenkt und tröstet, plötzlich fühlt sie sich nicht mehr so verlassen und traurig. Frau Feucht ist froh, als sie zum Abendbrot gesund wieder am Tisch sitzt. Später, im Mädchenzimmer, nimmt das Schwatzen kein Ende. Sie hat ja so viel zu erzählen! Das Geschick des hübschen Erwin beeindruckt die kleine Christa sehr. Sie hat sich auf den Bauch gerollt, die Arme aufgestützt, und blickt traurig zu Mädis Bett rüber. „Der arme Junge", sagt sie leise. Nach einer Pause fragt sie, immer noch ein bisschen ungläubig: „Und deinen Onkel hast du auch getroffen?" „Ja, sagt Mädi versonnen, nach so langen Jahren. „Es ist komisch, nicht? Ich hätte ja auch morgen gehen können, oder er hätte ein paar Stunden eher da entlangkommen können." „Ja, sagt die kleine Christa, das finde ich auch sehr komisch." „Onkel Gerhard ist alt geworden", sagt Mädi traurig. Aber ist das ein Wunder? Er war schon vor dem Krieg Polizist. Dann bis 1945 Fahrer wie jetzt. Plötzlich, ohne ihn gefragt zu haben, wurde er vom SD (Sicherheitsdienst) übernommen. Das war schlimm für ihn, denn dieser SD war der Gestapo unterstellt, der gleichen Gestapo, die erst die Juden in Deutschland verfolgte und dann im Krieg gleich hinter der Front die polnischen, später auch in den anderen besetzten Ländern die Juden „Saboteure" und Widerstandskämpfer jagte und tötete. Er war nach Warschau versetzt worden, sehr gegen seinen Willen, denn dort musste er im Warschauer Judenghetto bei der schrecklichen Vernichtung der jüdischen Familien mitarbeiten, er, der Kinder über alles liebte, der Frauen achtete, ausgerechnet er, ein Mann mit einem weichen Herzen. Er war todunglücklich. Aber ablehnen konnte er diesen Dienst nicht, sonst hätte man ihn auch in ein KZ gebracht oder einfach wegen Befehlsverweigerung liquidiert. Aber er nahm sich alles so zu Herzen. Er bekam Urlaub, besuchte Philipps in der Saarlandstraße, geschockt, gelähmt vor Entsetzen. „Ihr könnt euch nicht vorstellen, was da alles geschieht", war das einzige, was er zu sagen hatte und zu sagen wagte. Erst viel später, Jahre nach dem Krieg, als so nach und nach all die Greueltaten an den Juden und genauer die Vorgänge im Warschauer Ghetto bekannt werden, soll Mädi begreifen, was ihr Onkel seelisch durchgemacht hat, so lange, bis er vollkommen zusammenbricht und in der Heimat monatelang schwer nervenkrank im Sanatorium liegt. Darüber darf Mädi aber mit der kleinen Christa nie sprechen. Das Thema Judenverfolgung ist tabu, es kann tödlich sein, allzu viel darüber zu wissen oder gar, darüber zu reden. Offiziell weiß niemand etwas davon, der nicht gerade persönlich damit zu tun hat. Aber alle wissen, dass die Juden verfolgt werden, dass sie abgeholt werden aus ihren Wohnungen, spurlos verschwinden. Alle wissen von der Existenz der Konzentrationslager, aber als der Krieg vorbei ist, will plötzlich niemand etwas davon bemerkt haben, niemand hat etwas damit zu tun gehabt. Nur den armen Onkel Gerhard fassen die Russen, sperren ihn acht Jahre lang in Brandenburg an der Havel ins Zuchthaus, weil er im SD war, weil er in Warschau war. Es half ihm nichts, dass es gegen seinen Willen geschah, auf Befehl von denjenigen, die sich Dank ihrer hohen Stellungen und ihrer Beziehungen rechtzeitig absetzen und im Ausland in Sicherheit bringen und ihrer Verantwortung an den Morden an vielen Millionen Menschen entziehen können.

Aber vorher, am 13.02.45, schlägt das Schicksal noch kräftig zu. Mädis Tante Grete, mit den beiden Kleinen auf dem Arm, verliert bei einem schrecklichen Tagesangriff die Nerven. Bevor die Nachbarn sie zurückhalten können, stürmt sie aus dem Keller nach draußen auf die Straße. Niemand hat die Drei je wiedergesehen. Ein Volltreffer löscht sie so sehr aus, dass der arme Onkel Gerhard nichts mehr von ihnen wiederfindet. Tagelang schaufelt er wie ein Wahnsinniger im Schutt, dass die übrige Familie um seinen Verstand fürchtet. Erst etliche Jahre nach seiner Entlassung aus Brandenburg heiratet er wieder, eine Frau mit fünf Kindern, in der DDR. Mädi sieht ihn nie wieder. Das Treffen auf der Landstraße ist ein Abschied für immer. Das Haus von Frau Feucht füllt sich, denn außer Mädi wohnen nun noch Gerda aus Berlin, ein rothaariges, graziles und sehr liebes Mädchen und Elisabeth, ein dralles Ding mit dicken dunklen Zöpfen darin. Gerdas Eltern brachten sie der Bomben wegen in Sicherheit, während Elisabeth in Neuruppin zur Schule gehen soll. So kommt es, dass nun vier rasende Radlerinnen morgens von Wuthenow hintereinander über die Brücke rauschen, mit quietschenden Reifen und schrillem Klingeln in die Stadt einkurven, dass die Fußgänger erschrocken schimpfend zur Seite flüchten, die Straße bis zum Paradeplatz runterfetzen, quer über den Platz toben, dass der Sand nur so nach beiden Seiten spritzt, um schließlich mit scharfem Bremsen vor der Fontaneschule zu halten, wo sich ihre Wege trennen, weil jede in eine andere Klasse geht. Seit Mädi bei Frau Feucht wohnt, geht sie wieder zu normalen Zeiten zur Schule, in eine andere Klasse, in der sie sich bedeutend wohler fühlt. Sie ist ja sitzengeblieben und die neuen Mitschülerinnen jünger als sie. Außerdem kommen alle aus Neuruppin und wenn auch etliche ihren Vater verloren haben, sind sie doch unbelasteter und fröhlicher als die Flüchtlinge in der Nachmittagsschule. Sie kommen damit Mädis eigenem Wesen sehr viel näher, die mit ihrer kindlichen Art bei den oft älteren und ernsteren Mädchen auf Misstrauen und Verschlossenheit stieß. Aber da sie nun zu Viert sind, alles gemeinsam machen, Radtouren, Schwimmen gehen, Boot fahren, Schularbeiten, essen, schlafen, braucht sie keine extra Freundin. Die arme Frau Feucht hat jetzt so viel Arbeit, dass ihr keine Zeit zum Jammern bleibt. Und mehr Geld hat sie wohl auch, so dass sie diese große Sorge los ist. Außerdem bekommt sie neuerdings eine Menge Esswaren, denn der Vater von Elisabeth ist Pastor auf einem Dorf. Natürlich will er nicht, dass seine Tochter in der Stadt hungern muss, sie kennt das überhaupt nicht und ist ganz schön verwöhnt. Was für ein Glück für alle Bewohner der „Villa Feucht!"

Mädi liegt im Bett, das heißt, es ist eine Couch im Arbeitszimmer des verstorbenen Dr. Feucht, die man für sie als Bett arrangiert hat. Das Zimmer ist klein, aber sehr schön mit Stilmöbeln und einem echten Teppich ausgestattet. Aber Mädi fühlt sich trotzdem nicht wohl hier drin. Einmal, weil ihr Körper ganz plötzlich komische Reaktionen im Unterleib zeigt, keine Schmerzen, aber ein Ziehen, das sie noch nie hatte und dann die Reaktion, auf die niemand sie vorbereitet hatte. Sie hat zum ersten Mal ihre sogenannten „Tage" bekommen. Bei ihrem letzten Wochenend-Tripp nach Berlin hat sie es nach dem Mittagessen ganz zaghaft erwähnt, denn Gespräche über Liebe und körperliche Dinge, die damit zusammenhängen, sind kein Gesprächsthema, so etwas wird einfach „totge-schwiegen", als existierten sie überhaupt nicht. Mädi hat nur ein paar Mal bei Mutsch ganz zufällig etwas gesehen, so dass sie jetzt wenigstens keinen Schock bekam. Als Paps die Informati-

on geschluckt hat, meint er mit ernstem Gesicht: „Da kannst du jetzt ein Kind bekommen. Du musst dich vor den Jungs in acht nehmen." Ja und das ist alles, was zu dem einschneiden-den Vorkommnis gesagt wird. Mädi nickt, als verstünde sie jedes Wort, dabei hat sie nicht den geringsten Schimmer, was Paps eigentlich meint. Aber sie wagt nicht zu fragen. Wie gesagt: dieses Thema ist total tabu! Die Reaktion von Frau Feucht war noch erschreckender. „Du lieber Himmel, rief sie aus, da kann ich dich ja mit den Kindern nicht mehr in einem Zimmer schlafen lassen!" Deshalb liegt Mädi nun hier, allein, hat Bauchweh und hadert mit dem Schicksal, dass sie die Älteste von dem Mädchenclub hier ist. Drüben, im andern Zimmer, hinter geschlossener Tür, gickern und flüstern die drei Kinder. Sicher machen sie sich lustig über Frau Feucht und ihre Vorsichtsmaßnahme. Denn gerade Elisabeth, die Jüngste dieser Kinder, ist in Mädis Augen das ausgekochteste Weibsbild, das ihr bisher begegnete. Diesem Dorfmädchen ist nichts mehr fremd und Mädi ist sicher, sie klärt die beiden andern gerade genauestens über ihre, Mädis „Krankheit" auf.

Verzweifelt wählt Mädi immer wieder die gleiche Telefonnummer. Nichts! Endlich, endlich meldet sich irgendeine fremde Frauenstimme: „Das Postamt SW 11 ist gestört!" Mädi wirft den Hörer auf die Gabel. Einen Augenblick ist sie vor Entsetzen wie gelähmt, aber dann stürmt sie los. „Frau Feucht!, Frau Feucht, ich komme nicht durch! Ich muss sofort nach Hause!" „Um Gottes Willen, Kind. Willst du ganz allein los? Das ist doch so gefährlich!" „Ja, ich weiß", sagt Mädi, aber sie lässt sich nicht halten. Sie ist wie gehetzt. Schon früh am Morgen hat es Fliegeralarm gegeben! Pulk an Pulk sind die silbernen blitzenden Hornissen über Wuthenow hinweggezogen. Oh, wie Mädi sie hasst! Mit den Händen möchte sie diese brummenden gefährlichen Ungeheuer vom Himmel herunterholen! Es wird für Mädi die längste Bahnfahrt ihres Lebens. Der Zug fährt ihr nicht schnell genug. Die S-Bahn von Velten in die Stadt fährt wunderbarerweise noch. Überall starren ausgebrannte Ruinen in die Luft. Was ist aus Berlin geworden! Ein trauriger, zerstörter Anblick. Gesundbrunnen, Französische Straße. Überall der gleiche Anblick. Trümmer, zugenagelte Fenster, Einblicke in Hinterhöfe, wenn die Vorderhäuser zerstört sind, Herde, die in der Luft hängen, während die dazugehörenden Küchen weggebrannt sind, stehengebliebene Kamine, traurige Überreste einstiger stolzer wuchtiger Wohnhäuser, ausgebrannte Lagerhäuser an den Bahnschienen. Und trotzdem geht das Leben in Berlin weiter! Die S-Bahn und U-Bahnzüge fahren, auch wenn die Bahnhöfe beschädigt sind. Die Menschen verkriechen sich in den ausgebombten Häusern in die Keller. Sie reparieren, nageln und hämmern nach jedem Angriff alles notdürftig wieder zusammen, sie wühlen in dem Schutt nach Heilgebliebenem oder nach noch zu Reparierendem, sie gehen zur Arbeit, sie hungern, sie rücken zusammen. Nachbarschaftshilfe ist groß geschrieben. Es gibt aber auch Schattenseiten, es gibt hässliche Diebstähle, es gibt Neid. Und es gibt Tote, großes Herzeleid. Verschüttete, die liegenbleiben müssen, weil niemand die Trümmer über ihnen wegräumen kann. In all dies fährt Mädi hinein, mit bangem Herzen, aus ihrem friedlichen Leben in Wuthenow, aus Sommerferien und Sonnenschein, hinein in ein Inferno. Die letzten Kilometer liegt die S-Bahn unter der Erde. Am Anhalter Bahnhof auf dem Bahnsteig, ist alles in Ordnung, nur ein Geruch von Brand liegt über allem. Mädi schnuppert, während ihr Herz immer lauter zu klopfen beginnt. Denn die Treppe herunter, ihr entgegen, fliegen lautlos, dicht an dicht, verbrannte Papierfetzen. Wie schwarzer lautloser Schnee kommt es angeflogen. Setzt sich auf die Kleidung, in die Haare der Menschen, die treppauf, treppab an Mädi vorbeilaufen, wie Schemen, denn es herrscht eine trübe Dämmerung. Mädi begreift das nicht. Es ist Mittagszeit! In Neuruppin, die ganze Fahrt hierher war das herrlichste Sommerwetter. Es ist der 24. Juni, die Sonne brennt vom Himmel. Und jetzt, am Ausgang, steht Mädi da, fassungslos und sucht diese Sonne! Sie findet sie auch, aber nur wie eine matte, blakende Scheibe hinter all dem Ruß und Qualm, der sich über den Askanischen Platz, die Möckernstraße, die Saarlandstraße gelegt hat. Es knistert geheimnisvoll ringsum, heimliche Feuer, die noch in den ausgebrannten Kellern weiterglühen, Gebälk, das noch heiße beizende Rauchwolken in die bräunlich, finstere Luft sendet. Und nun kommt Leben in Mädi. Sie rennt an den qualmenden Schuttbergen vorbei, die einmal eine Häuserzeile waren. Mit einem Blick erfasst sie, dass die riesigen Postgebäude nicht mehr vorhanden sind, einfach weg, bevor sie um die Ecke biegt und ihr Herz vor Entsetzen stehen zu bleiben droht, die Balkone der Nr. 61 , die man schon immer von weitem als Vorsprung sehen konnte, auch sie sind weg! Mädi rennt wie noch nie in ihrem Leben! Und dann steht sie vor der Nummer 61. Oder vielmehr vor den qualmenden Überresten dieses herrlichen Hauses, ihres Zuhauses! Dass es die Nummer 61 ist, erkennt sie nur an den ausgeglühten eisernen Überresten der ehemaligen Haustür, die stehengeblieben sind. Sonst alles nur Trümmer. Das Vorderhaus weg, die Seitenflügel, das Hinterhaus, weg, alles weg! Das Schuhgeschäft

von Pantsch, das Feinkostgeschäft von Müllers, der Gemüse-
laden im Keller, daneben der Schokoladenladen, links die
Drogerie von Blumenrots, weg, alles weg! Die Straße bis zur
Ecke rechts, bis zur Ecke links, geradeaus bis zur Halleschen-
straße, weg, alles weg! Überall nur Mauerreste, qualmende
Balken, glühender Schutt, dessen beißende Hitze sich auf die
Lungen legt. Mädi verliert angesichts diesem Unfassbaren,
Entsetzlichem die Nerven. Sie steht da, langaufgeschossen,
dünn und weint wie noch nie in ihrem Leben. Wo sind die
Eltern, wo ist Boy? Liegen sie darunter, unter diesen qualmenden Trümmern? Bei dieser Vorstellung schlägt sie die Hände
vor das Gesicht und beginnt laut zu schluchzen. Im Nu hat
sich eine Menschenmenge um sie versammelt. „Meechen, wat
is denn?" fragt eine mitleidige Stimme.

„Meine Eltern, ich weiß nicht, wo sie sind. Das ist, das war
unser Haus." Sie kann kaum sprechen, so stößt sie der Kummer. „Och, det is doch noch ja nich jesacht, tröstet sie ein alter
Mann. Überleje doch ma, wo se hinjejangen sein können." Die
Anteilnahme im echten Berlinsch bringt Mädis Verstand wieder
zum Arbeiten. Mein Onkel Gerhard, in der Wassertorstraße,
denkt sie laut. „Na siehste, denn lauf ma da erst hin." Die
anderen Erwachsenen um sie herum nicken ernst mit den
Köpfen Zustimmung und so beruhigt sich Mädi ein bisschen,
sagt leise: „Danke" und kehrt dem gewesenen Elternhaus den
Rücken. Onkel Gerhards Wohnung steht noch und sie schöpft
neue Hoffnung. Weil aber niemand aufmacht, setzt sie sich auf
die Treppe, um zu warten. Etwas anderes bleibt ihr gar nicht
übrig. Zum Glück dauert es nicht lange, bis sie Schritte und
Stimmen hört, Stimmen, die sie genau kennt! „Mutti!", schreit
sie gellend los, dass es durchs ganze Treppenhaus schallt, und
stürzt Mutsch direkt in die Arme. Da ist auch Paps mit Boy,
der sie freudig begrüßt. Er bellt, Mädi heult noch mal vor
lauter Befreiung, sie drückt Mutsch, sie drückt Paps, sie nimmt
den Hund in die Arme, mein Gott, ist sie glücklich! Sie sind da,
sie sind gesund! Sie ist nicht mehr allein! Seltsamerweise ist die

sonst so zaghafte Mutsch viel gefasster als Vater, der herum-
läuft wie in einem bösen Traum. Völlig geistesabwesend ist er
noch. Es ist aber auch schlimm, denn nicht nur die Wohnung
ist weg, nein, mit der Praxis auch die ganze Existenz. Alles, was
er sich in 25 Jahren mühsam und bienenfleißig aufgebaut hat,
weg, in weniger als zwei Stunden! Mutsch erzählt es:
„Unser Haus hat eine Brandbombe abbekommen, aber unten,
im Hotel, im 1. Stock. Die Hauswirtin hatte dort alle ihre
kostbaren Teppiche und Möbel gelagert. Das Zeug fing sofort
Feuer und war trotz Feuerwehr nicht zu löschen. So frass sich
das Feuer von unten nach oben durch. Wir haben gerettet, so
viel wir konnten. Die Instrumente alle, bis auf das Schlagzeug
und den Flügel." Natürlich. Der schöne Stutzflügel, auf dem
Toni für sie spielte! Mädi tut das Herz weh. Das schöne

144

handgeschnitzte Wohnzimmer! „Unsere Eichenmöbel haben
geglüht. Sie strahlten so eine wahnsinnige Hitze aus, das kannst
du dir nicht vorstellen", sagt Mutsch. „Und hinten im Flur
hatten wir noch 20 Zentner Briketts stehen." Muss das geglüht
haben! Da fällt es Mädi erschreckend ein. Die schmutzige
Wäsche! Ihre hübschen Kleider, die sie vorher gerade noch
gebracht hatte! „Meine Kleider! Mutsch, hast du meine Kleider
gerettet?" Am entsetzten Blick ihrer Mutter erkennt Mädi, dass
sie nun kaum noch etwas anzuziehen hat. Und sie hatte alles
noch erst vor kurzem unter der Hand bei Onkel Charley
bekommen. Was für ein Verlust! Mädi ist geschockt, denn es
gibt keinen Ersatz. „Schade", sagt Mutsch, „dass du nicht
früher hier sein konntest. Wir hätten viel mehr retten können.
Vieles, was wir auf die Straße brachten, hat man uns gleich
gestohlen. Du hättest dich hinstellen und aufpassen können.
Was wir gerettet haben, steht jetzt in der katholischen Kirche."

Ja, die katholische Kirche... Um sie zu erreichen, muss man
durch einen Torbogen und über einen gepflasterten Hof gehen.
Einmal war Mädi dort als Hochzeitsgast der Familie Stumpf. Sie
wohnte neben ihnen, aber im Hinterhaus. Natürlich waren sie

Vaters Patienten. Sie hörten ihn durch das geöffnete Fenster Cello üben und baten ihn, als die älteste Tochter heiratete, zur Orgel das Largo von Händel zu spielen. Das war natürlich etwas für Vater! Er produzierte sich gern vor Publikum! Allerdings, seine eigene Meinung zur katholischen Religion behielt er lieber für sich, was ihn aber nicht abhielt, hingebungsvoll sein „Largo" zu streichen, oben auf der Empore, während unter ihm vor dem Altar feierlich die Ringe aufgesteckt wurden. Und Mädi beginnt zu träumen... Statt der hübschen dunkelhaarigen Braut sieht sie sich selbst dort stehen und der Bräutigam trägt plötzlich die Züge von Toni. Ob ihre eigene Hochzeit auch so abläuft? Denn Toni ist ja auch katholisch. Ob Paps dann auch für sie auf dem Cello spielt? Zukunftsträume, ungewiss und doch so voller Sehnsucht nach Sicherheit und Geborgenheit!

Auch an einen schönen Feiertag erinnert sich jetzt Mädi. Aus dem gegenüberliegenden Torbogen treten in langen Roben mit Spitzenkragen, die Weihrauchfässchen schwenkend und mit Glöckchen in den Händen, die zart und hoch und doch so durchdringend klingeln, die Messdiener. Mädi liegt im Schlafzimmerfenster und freut sich an dem blauen Baldachin mit den goldenen Troddeln, der von vier farbig gekleideten Priestern über den Kopf eines weißhaarigen, alten Mannes gehalten wird. Ist er ein Bischof? Mädi weiß es nicht. Jedenfalls sieht er in seiner scharlachroten Robe mit der breiten Schärpe darüber sehr mächtig und gebietend aus. Ihm schließen sich die „Engelchen" an, kleine Mädchen mit Kränzchen im Haar, in weißen duftigen Kleidchen, die große Wachskerze in der Hand, nach ihnen die kleinen Jungen, die ebenfalls zur Erstkommunion gehen. Auch sie ganz in Weiß, mit strenggescheiteltem Haar, die große Kerze in der Hand. Dann folgen größere Messdiener mit allen möglichen Gefäßen in den Händen, begleitet von einer Menge Priester. Ihre Soutanen leuchten in Orange, blau, dunkelrot. Der Zug nimmt kein Ende. Ja, die Wohnung ist weg, die Praxis ist weg, wie geht's nun weiter? Sie müssen schließlich essen und schlafen, ein Dach über dem Kopf haben. Onkel Gerhard hat keinen Platz, auch wenn er und Hans nicht zu Hause sind. Onkel Franz in Frankfurt an der Oder bietet sich an. Er ist Major, lebt in einer Kaserne mit genug Räumen und Lebensmitteln. Aber erst einmal müssen die Formalitäten erledigt werden. So gehen sie zu Dritt in die Halleschestraße. Auf der linken Straßenseite steht schon reichlich einsam ein noch heiles Haus. Sonst sieht man nur trostlose, zum Teil noch qualmende Trümmerhaufen, in denen verzweifelte Menschen nach ihrer einstigen Habe wühlen. Vereinzelt ragen geschwärzte Mauern in den blauen Sommerhimmel. Viele Leute sind wie Philipps unterwegs zu dem einsamen Haus, um ihren Schaden zu melden und, wenn möglich, einige „Bezugsscheine" für Kleidung oder einen Kochtopf oder was auch immer, zu ergattern. Meine Kleider sind weg, verbrannt, teilt Mädi der Dame hinter dem Schreibtisch mit. Die guckt skeptisch, schließlich lebt man im 5. Kriegsjahr! Und jeden Tag kommen immer mehr Flugzeuge, um ihre Bomben auf Fabriken, Bahnhöfe, Häfen und Wohnhäuser abzuwerfen. Wo also sollen Kleider gewebt, genäht, verschickt und verkauft werden? Und so ist es mit allem. Die wichtigen Fabriken sind unter die Erde in Bunker oder in Bergwerkstollen verlegt worden, aber die stellen Dinge her, die nötig sind, um weiter Krieg führen zu können, wenn es auch immer schwieriger wird, Kleider, Lebensmittel und ganz selten nur noch Panzer und Geschütze nach vorn an die vielen Fronten zu bringen, die Züge mit dem Nachschub sind ein begehrtes Ziel für britische und amerikanische Flieger, und die armen deutschen Soldaten hungern, vor allem an den östlichen Fronten. Sie laufen in kaputten Stiefeln, zerfransten Uniformen, verdreckt und verlaust Richtung Westen, mühselig, verzweifelt, aber unausweichlich. In den Nachrichten werden die Fronten begradigt, Truppenteile aus strategisch wichtigen Überlegungen zurückgenommen, aber die harte Wirklichkeit heißt: Rückzug an allen Frontabschnitten. Nur noch selten wird den Soldaten

Urlaub bewilligt, jeder wird jetzt händeringend gebraucht, aber wenn sie kommen, schauen sie verstört auf die so grausam veränderte Heimat. Oft müssen sie erst auf die Suche nach ihrer Familie gehen, viele finden niemanden mehr vor. Die Zahl der Toten durch die Bomben ist sehr, sehr hoch. Trotzdem denkt die Mehrzahl nicht ans Aufgeben. Sie räumt den Schutt weg, legt Kellerräume frei, um dort unterzukriechen, vernagelt die Fenster mit Pappe und Holz und wartet auf das nächste Sirenengeheul, um mit dem Rest der Habe in zerbeulten Koffern oder Pappkartons zum Bunker zu rennen. Das Einzige, was die Dame an diesem Tag Mädi anzubieten hat, ist ein Bezugsschein für eine Baumwollgarnitur Unterwäsche und einer für Sommerschuhe, was besagt, dass sie aus dünnem Stoff mit einer Holzsohle gearbeitet sind. Heute werden solche Schuhe in Spezialgeschäften als „Gesundheitsschuhe" angeboten, für teures Geld. Aber 1944 muss Mädi froh sein, überhaupt etwas zu bekommen. Dann geht es ein Stockwerk höher, zur nächsten Dame hinter einem Schreibtisch. Und da passiert es, dass Mädi zum ersten Mal in ihrem Leben zeigt, wie zielstrebig, verbissen und ja regelrecht stur sie sein kann, wenn sie sich etwas in den Kopf gesetzt hat. Es kommt so weit, dass Mutsch neben ihr nur dauernd entsetzt flüstert: „Aber Mausi!" und Vater, weiß vor Wut, den Arm hebt und versucht, sie mit einem: „Jetzt ist aber Schluß!" zu bremsen, aber sie ignoriert alles und redet, redet, redet! Paps kommt nicht zu Wort, sie überfährt einfach die drei Erwachsenen mit ihren Wünschen, Forderungen und allem, was sich seit der Minute, als sie ihr zu Hause in Schutt und Asche vorfand, in ihrem Kopf geformt hat, zu einer einzigen logischen Folgerung: Sie müssen nach Neuruppin ziehen. Da Vater als Zahnarzt immer noch ein wichtiger Mann ist und man ihm die leerstehende Praxis eines Kollegen, der als Soldat eingezogen ist, irgendwo in oder um Berlin anbieten will, was liegt da näher, als in das altgeliebte Neuruppin zu ziehen, wo Mädi sowieso schon zur Schule geht? In eine kleine Stadt, die noch heil ist, wo die Flugzeuge drüber weg ziehen, an den schönen sauberen See, auf dem sie mit dem „Orje" rumpaddeln kann? Wieder mit den Eltern zusammen in einer Wohnung zu leben, versorgt von Mutsch, ist das nicht das Vernünftigste, was in dieser Situation zu tun ist? Mädi jedenfalls ist restlos davon überzeugt, und sichtlich auch die Dame hinter dem Schreibtisch. Denn nachdem sie erst ernsthaft zugehört hat, fängt sie nun, als Mädi- hochrot im Gesicht und völlig außer Atem- mit ihrem Sermon ans Ende kommt, ja, wahrhaftig, sie fängt an zu lächeln! Verständnisvoll, aufmunternd, und Mädi weiß sofort: Sie hat gewonnen! „Ja", meint die junge Frau, wobei sie der völlig konsternierten Mutsch und dem fassungslosen Paps zuzwinkert, „bei so vielen wichtigen und guten Argumenten bleibt mir wohl gar nichts anderes übrig, als Ihnen eine Praxis in Neuruppin zu vermitteln. Vorausgesetzt natürlich, Sie schließen sich dem Wunsch Ihrer Tochter an?" Mutsch und Paps können nur noch nicken, es hat ihnen total die Sprache verschlagen! Sie gehen zurück, nachdem nun alles beantragt ist, aber an der Ecke Großbeerenstraße erschallen plötzlich laute Rufe: „Hallo, hallo!" Als sie sich erstaunt umdrehen, sehen sie aus einem Parterrefenster rechterhand winkende Arme und die aufgeregten Gesichter von zwei alten Damen unter weißen Haaren. Das ist sehr erstaunlich, denn das ganze Haus ist eigentlich nur noch eine Ruine. Die oberen Stockwerke sind bis auf einige Mauerreste gar nicht mehr vorhanden und liegen als Schuttberge auf dem Bürgersteig, die große Haustür hängt völlig verkeilt schief dazwischen. Da kommt keiner mehr raus und rein! Die beiden alten Damen demonstrieren das sehr klar: Flink wie zwei Affen klettern sie durch das breite Fenster, balancieren über den Schutt darunter und stürmen auf Philipps zu; die eine lang und dürr, die andere klein und zierlich. Tochter und Mutter, Patienten von Vater, natürlich. Mädi hat sie gleich erkannt und wie das bei Berlinern so ist, trotz der schrecklichen Situation sieht sie doch die Komik dabei und hat Mühe, sich das Lachen zu verbeißen. Sie weiß, den Eltern geht es genauso, erst recht, als die lange Tochter sich strahlend und glücklich (einen bekannten Menschen in diesem Inferno gefunden zu haben) auf sie stürzt. „Chrischtelchen, ja, Chrischtelchen, wie schön, disch schu schehen! Wie geht esch dir?" Mädi tritt unwillkürlich zurück, um einem Sprühregen auszuweichen, aber sie ist doch gerührt über diese Anhänglichkeit. Paps berichtet kurz was passiert ist und wie es nun weitergehen soll, und die beiden Altchen sind ganz entsetzt, dass „ihr" Zahnarzt nun auch noch weggeht. Schließlich schütteln sie sich die Hände, wünschen sich gegenseitig viel Glück!, das kann man brauchen! und die beiden Damen turnen in ihre Wohnung zurück, während Philipps sich auf den Weg zu Onkel Gerhard in die Wassertorstraße machen, zu Fuß natürlich.

Nun sind sie also bei Onkel Franz untergekrochen, solange, bis sie mit ihrer letzten Habe nach Neuruppin können. Es ist der 20. Juli 1944 und in der Küche von Tante Eva geht es lustig rund. Der U.v.D. (Unteroffizier vom Dienst) schält Kartoffeln, Tante Eva macht sich doch nicht ihre schön manikürten Hände schmutzig! Mädis Cousin, der dreijährige Peter, turnt dazwischen und bringt alles in Unordnung. Tante Eva schimpft mit ihm und läuft dauernd hinter ihm her, um ihm Küchenmesser, Kochtopfdeckel und was er sich sonst noch so alles besorgt, wieder zu entreißen. Das Radio läuft auf vollen Touren mit zackigen Märschen und markigen Gesängen aus rauhen Männerkehlen. Peter ärgert gerade den armen U.v.D., indem er ihm die frischgeschälten Kartoffeln aus dem Eimer klaut und sie lustig durch die Küche feuert, dass sie nur so auf dem gekachelten Fußboden langschliddern, zur größten Freude des kleinen Peter, als plötzlich die Tür zum Flur aufgerissen wird und ein Soldat reingestürzt kommt. „Auf den Führer ist ein Attentat verübt worden!" „Was?" Entsetzt drehen sich Mutsch, Tante Eva und Mädi, die gerade auf Jagd nach dem kreischenden Peter und den kullernden Kartoffeln waren, zu ihm um. „Das kann doch nicht wahr sein! Wie ist so etwas möglich?" Mädi hat das Gefühl, ihr Herz bleibt ihr stehen. Wenn der Führer ermordet worden ist, wenn er tot ist! Was soll dann werden? Wie soll es dann weitergehen? Geht es dann überhaupt weiter? Ist dann nicht alles zu Ende? War dann nicht alles umsonst gewesen? Diese vielen, vielen Opfer? Die Millionen Toten, die zu Krüppeln Verletzten, die persönlichen Opfer an Hab und Gut? Nicht nur der Ausgebombten, sondern auch der Flüchtlinge aus dem Osten? Sie fluten auf Trecks, Rädern und zu Fuß zusammen mit den deutschen Soldaten westwärts, um sich dem Zugriff der Roten Armee zu entziehen. Viele von ihnen schaffen den weiten Weg nicht, vor allem die Alten und die Babys. Schreckliche Szenen spielen sich auf den Straßen ab, unbemerkt von der großen Weltpolitik. Mädi denkt an die verzweifelten, erschöpften Menschen, die hier in Frankfurt mit ihren Pferdewagen und oft nur mit Handkarren oder mit Taschen und Rucksäcken bepackt zu Fuß ankommen, und in Schulen und Turnhallen, in die Stroh geschüttet worden ist, betreut von Rote Kreuz Schwestern, freiwilligen Helfern und den größeren Schülern, seit Wochen zum ersten Mal eine warme Mahlzeit und ein bisschen Ruhe bekommen. Obwohl auch hier oft die Sirenen heulen. Aber es sind nur russische Maschinen, die angreifen. Sie richten nicht allzu viel Schaden an. All das Elend, all diese Not, ist das alles umsonst gewesen? Sollen sie nun berannt, besetzt werden von den Alliierten und vor allem von den Russen? Entsetzlicher Gedanke! Denn der Führer, der weiß, was zu tun ist! Er wird alles zu einem guten Ende, einem Sieg Deutschlands führen, davon ist Mädi felsenfest überzeugt. Es wird so viel von einer neuen Waffe geflüstert, die Menschen halten die Hand über den Mund, wenn sie heimlich davon sprechen und sich gegenseitig Mut machen, sich die Gewissheit geben, es wird sich bald alles ändern. Lasst nur erstmal den Führer seine Geheimwaffe einsetzen, dann werden sich die Alliierten schon wundern. Es ist gefährlich, nicht daran zu glauben, noch gefährlicher, solche ketzerischen Gedanken offen auszusprechen. Vor kurzem wurde das Schicksal eines jungen Musikers bekannt, der als Pianist und Meisterschüler eine große Zukunft vor sich hatte. Nach dem Fall von Stalingrad äußerte er kurz zu einer Freundin seiner Mutter, nun wäre der Krieg wohl verloren. Daraufhin zeigte ihn diese Frau bei der Gestapo an und er wurde in einem Kurzverfahren zwei Tage später wegen Wehrzersetzung zum Tode verurteilt und gehängt. Wie war wohl dieser Frau nach dem April 45, nach der Kapitulation und dem Ende der Nazi-Führung zu Mute? Denn er hatte nur das ausgesprochen, was viele kluge Leute, vor allem die gelernten Offiziere, dachten und deshalb schlossen sich einige von ihnen zu einer heimlichen Opposition zusammen, entgegen ihrem Soldateneid auf den Führer Adolf Hitler und die Fahne, einer tödlichen Einstellung. So kommt es zu diesem Attentat am 20. Juli 1944. Die Offiziere wollen mit dem Tod des Führers den Krieg so schnell wie möglich beenden, um weitere Opfer zu vermeiden und vor einer totalen Niederlage und Überflutung durch fremde Truppen Deutschlands eine normale und ehrenhafte Kapitulation zu erreichen. Ist es ihnen geglückt? Kurze Zeit später wird die Musik jäh abgebrochen und ein sichtlich erregter Sprecher verkündet, dass dem Führer nichts passiert ist und dass die verbrecherischen Attentäter gefasst sind. Alle in der Küche atmen auf. „Gott sei Dank!", sagt Mutsch, auch sie, die menschlich so Kluge, ist befangen von der Idee, der Führer wird's schon machen! Erst einige Zeit nach Ende des Krieges werden die Einzelheiten des Attentates, die schnelle Aburteilung dieser Offiziere manche, sie starben noch am gleichen Tag, bekannt. Sie waren eben keine „echten" Verbrecher, keine Profis im Umgang mit Sprengstoff, den sie, in einer Aktentasche versteckt, zu einer Besprechung mit dem Führer in dessen Bunker mitnahmen, aber zu unpassender Zeit explodieren ließen. Nach dem Krieg wurden sie alle als Attentäter rehabilitiert, als Helden angesehen und ihre Familien geehrt, wegen des menschlichen Verlustes, den sie nun so ganz umsonst erlitten hatten. Und es gab auf einmal sehr viele, die den Fehlschlag dieses Attentates bedauerten, als seien sie plötzlich aus einer tiefen Hypnose erwacht.

„Nun stell dich doch nicht so an!", sagt Tante Eva ungeduldig, weil ihr die langen, glatten Haare von Mädi, die sie zu einem großen Knoten aufstecken will, wieder aus den Händen gleiten. Mädi ist so aufgeregt, dass sie den Kopf nicht still halten kann, und das erleichtert die Arbeit von Tante Eva nicht gerade. Diese hat sich schon von Fuß bis Kopf schick gemacht. Mit ihrer Entwarnungsfrisur, alle Haare hochgenommen und in einer Rolle oben auf dem Kopf festgesteckt, ihren knallroten Lippen und den dunkel nachgezogenen Augenbrauen sieht sie perfekt, wie die Schauspielerinnen im Kino aus.

Und darum geht es auch! Mädi soll mit in den Film „Die Familie Buchholz". Er ist nicht jugendfrei und deshalb veranstaltet Tante Eva eine Maskerade. Sie hat Mädi in einen engen Rock, hinten mit Sicherheitsnadeln enger gemacht, eine Seidenbluse, Seidenstrümpfe! - Mädi besitzt gar keine! - und hochhackige Pumps gesteckt. Mit ihrem großen Knoten, den nachgezogenen Lippen und Brauen sieht sie aus wie zwanzig.

„Meine Güte", sagt Mutsch überrascht, aber auch ein bisschen besorgt. Einmal, weil es mit dem Kinobesuch schiefgehen könnte, zum andern aber auch, weil ihr plötzlich klar wird, dass Mädi gar kein so kleines Mädchen mehr ist mit ihren 15 Jahren, von denen die letzten Jahre eigentlich doppelt gezählt werden müssten, mit den vielen schrecklichen Erlebnissen und Erfahrungen. Aber gleich darauf zeigt ihr Mädi, dass sie eben doch noch ein echter Teenager ist, denn sie kichert und gickert und biegt sich endlich vor Lachen, als Tante Eva sie im Schlafzimmer vor den großen Spiegel zieht. Das soll sie sein? Eine elegante junge Dame schaut ihr entgegen, mit großen Clipsen an den Ohrläppchen. Völlig fremd! Da sieht man mal wieder, dass es stimmt: Kleider machen Leute! Aber es muss eben auch gelernt sein, sich in solchen Sachen zu bewegen. Mädi hat zwar hübsche, lange, schlanke Beine, aber in den hohen Stöckelschuhen stelzt sie jetzt herum wie ein Storch im Salat. Tante Eva lässt diesmal ein ungeduldiges „Puh!", hören und blickt auf ihre kleine Armbanduhr. „Wenn wir jetzt nicht gehen, kommen wir zu spät", meint sie.

„So, wie du gehst, dauert es bestimmt noch länger als sonst, bis wir am Kino sind." Mit zusammengebissenen Lippen macht sich Mädi auf den Weg. Es ist verflixt schwierig, auf diesen hohen Dingern nicht umzuknicken. Das fehlte ihr noch, sich deswegen einen verknacksten Knöchel zu holen. Das kann sie Tante Eva nicht antun, wo die sich solche Mühe gegeben hat, damit sie diesen Film sehen kann. Natürlich hat Mädi die herrlichen humorvollen Bücher von Julius Stinde über die Familie Buchholz aus dem Berlin der Kaiserzeit verschlungen und sich köstlich darüber amüsiert. Und den Film will sie natürlich auch sehen. Aber so viel Aufwand und Mühsal deswegen! So'n Quatsch, diese Filme nicht jugendfrei zu geben. Welche Idioten das wohl zu bestimmen haben? Während Tante Eva an der Kasse die Karten holt, geht es ja noch. Stocksteif steht Mädi da. Aber dann müssen sie eine mit rotem Samt belegte Treppe rauf und oben wartet schon die Platzanweiserin, um ihre Eintrittskarten zu kontrollieren. Hilfesuchend schiebt Mädi ihre Hand unter den Arm von Tante Eva, während sie verzweifelt mit der rechten nach dem Treppengeländer angelt. Die Frau im schwarzen Kittel über ihnen, äugt so misstrauisch, dass Mädi ihr Herz in den Ohren klopfen hört, gleichzeitig mit Tante Evas ärgerlichem Zischen: „Reiß dich zusammen, du fällst ja auf!" Erschrocken gibt Mädi sich große Mühe, möglichst leicht und elegant diese entsetzliche Treppe zu bewältigen, die scheinbar kein Ende nehmen will! „Schon achtzehn?", fragt die Frau. „Natürlich", sagt Tante Eva pikiert und beleidigt darüber, dass daran gezweifelt wird, während Mädi spürt, wie ihr bei dieser riesigen Lüge das Blut hochrot ins Gesicht steigt, so dass Tante Eva sie energisch packt und vor sich herschiebt, zur richtigen Reihe. Tante Eva kennt sich hier aus, das Kino ist für sie die einzige Abwechslung in dem kleinen Städtchen. Aufatmend lassen sie sich in ihre samtenen Sessel plumpsen. Und sofort entledigt sich Mädi der engen Pumps. Während sie unter dem Sitz die schmerzenden Füße aneinanderreibt, schwört sie sich grimmig, lieber auf den schönsten Film zu verzichten, als solch eine Tortur noch einmal mitzumachen. Dem ist sie nervlich nicht gewachsen!

Mädi sitzt im Eckzimmer am Tisch und liest. Vor ihr steht eine runde große Erdbeertorte, und das im Herbst 1944. Weiß der Deubel, von welchem Patienten Paps diese Köstlichkeit bekam. Ja, Paps hat wieder Patienten, und zwar in Neuruppin! Es ist alles genauso, wie sie es sich erträumte. Sie bewohnen eine Etage direkt am Paradeplatz, auf dem ihr Onkel Georg als junger Rekrut schon das Marschieren lernte. Neuruppin war schon immer eine Stadt mit vielen Kasernen, Friedrich der Große wohnte ja in der Nähe, im Schloss Rheinsberg und um die Ecke befindet sich ein reizender öffentlicher kleiner Garten, mit einem luftigen Pavillon auf einer Anhöhe, in dem sich der junge Prinz oft und gern aufhielt.

Mädi liest. Das Buch ist spannend, und niemand stört sie, denn die Eltern machen einen Sonntagsspaziergang. Die Torte duftet, Mutsch schnitt sie schon zurecht, ehe sie gingen. Mädi liest, sie ist ganz versunken in ihrem Buch, aber doch nicht genug, um zu vergessen, dass vor ihr köstlicher Kuchen steht. Sie streckt die Hand aus, ganz langsam, mechanisch langt sie sich ein Stück und genießt nun doppelt, mit den Augen und dem Gaumen. Die Zeit vergeht... „Was ist das denn?" Mutsch steht in der Tür und starrt entgeistert auf die fast leere Torten-platte. Paps schaut über ihre Schulter und sein Gesicht wird immer länger! Ist doch klar, beide hatten sich bei der ständigen Hungerei auf eine herrliche Kaffeestunde gefreut, obwohl es nur noch grässlichen Muckefuck gibt, von echten Bohnen können sie nur noch träumen. Mädi kommt mit einem Ruck zu sich und sieht nun erst, was sie da angestellt hat. Die Torte ist fast alle! Sie hat sie ganz allein aufgefressen! Und nun tut es ihr direkt körperlich weh, die Enttäuschung ihrer Eltern über den Verlust eines so seltenen Leckerbissens mit ansehen zu müssen. Was hat sie nur getan! „Ich, ich habe es gar nicht gemerkt", stottert sie los, „und das ist die Wahrheit." Sie hat wirklich nicht mitbekommen, dass sie sich ganz mechanisch ein Stück nach dem andern in den Mund schob. Und wie immer, wenn sie sich schuldig und bedrückt fühlt, kriecht sie ins Bett, am hellichten Nachmittag, obwohl draußen die Sonne scheint. Nach einer Weile geht Mutsch durch das Zimmer. Sie tritt an das Bett, wo ihr ein völlig verweintes und verquollenes Gesicht entgegenblickt. Aber nicht nur das.... „Was ist denn mit dir los?" Mädi leuchtet jetzt selbst rot wie eine Erdbeere. Sie hatte gemerkt, dass ihr heiß war, aber da sie sich sowieso elend fühlte, nicht darauf geachtet. Mutsch holt das Thermometer: 40,5 Grad! Paps läuft los und kommt endlich mit einem Arzt zurück, der sofort die richtige Diagnose stellt. Nesselfieber! Mädi muss Tabletten schlucken und wird mit einer Spritze gepiekst. Geschieht ihr nur recht! Das kommt davon, wenn man so gefräßig ist!

Mädi genießt total fassungslos! Das gibt es doch nicht! Es ist Herbst 1944, und sie steht in einem Zahnbehandlungsraum aus dem vorigen Jahrhundert. Das ist ein Museum! Aber die alte weißhaarige Besitzerin dieser Zahnpraxis beteuert, sie hätte bis vor nicht allzu langer Zeit selbst noch ihre Patienten hier behandelt. Paps, der neben ihr steht, besieht sich genauso geschockt die Pracht ringsum. Den mit rotem Plüsch bezogenen, troddelverzierten Behandlungsstuhl, die altmodischen Instrumentenschränke... wie in einem Ufa-Film über Robert Koch, oder so. Aber der große Raum ist schön (später wird er geteilt und ein Labor daneben eingerichtet), mit hohen schmalen Fenstern zur Hauptstraße hin. Der schmalere Raum daneben mit dem Balkon wird das Wartezimmer, und rechts, den großen Eckraum, richtet Paps als Wohn-Schlafzimmer für sich und Mutsch ein. Aber das ist noch nicht alles an Räumlichkeiten. Von der Küche aus, durch einen kleinen Flur, gelangt man in ein gemütliches Zimmer, mit zwei hohen, schmalen Fenstern zur Seitenstraße hin, und gleich daneben, den einfenstrigen Raum, bekommt Mädi. Und nun ist es fast wie früher: Sie schläft bei Klavier- und Kammermusik ein, denn Paps hat - witsch - aus dem gemütlichen Raum neben ihr ein Musikzimmer gezaubert, mit Couchgarnitur, Glasschrank und einem reizenden Stutzflügel, wo hat er den bloß so schnell her? Auch die musikalischen Freunde finden sich später, eine Klavierlehrerin und ein junges, reizendes Ehepaar. Er spielt Geige und so kommt es, dass in der Aula des Gymnasiums (ein Schinkelbau) öfter Konzerte stattfinden und Paps vor Aufregung wieder über dem Waschbecken hängt. Aber das ist später... Vorläufig ist noch Krieg... Mädi geht morgens in die „normale" Schule, zu Fuß, in den Schinkelbau, Paps steht am Stuhl - einem modernen natürlich! - und die Patienten kommen nicht nur aus Neuruppin, sondern auch aus den umliegenden Dörfern. Manches Ei und manches Stück Speck wandert aus dem Sprechzimmer zu Mutsch in die Küche. Aber andere wandern auch. Die Russen vom Osten in den Westen in Richtung Berlin, die Engländer vom Westen in den Osten Richtung Elbe, die Amerikaner aus dem Süden Richtung Bayern. Und die Flieger kommen. Ungehindert, Tag und Nacht. Und die Flüchtlinge, vor allem die Trecks aus dem Osten.

Mädi geht immer noch in die Schule, aber nicht mehr, um zu lernen, sondern um zu helfen. In der Aula und anderen Räumen liegen auf frischem Stroh und Decken erschöpfte Menschen, meistens junge Frauen mit ihren Kindern. Sie haben wenig Gepäck bei sich, weil viele zu Fuß ankommen. Mädi hört Schreckliches: Vom Marsch über das gefrorene Watt, von Kindern, die unterwegs starben vor Kälte und Hunger, von Angriffen durch russische Tiefflieger auf die von Pferden gezogenen Wagen und Schlitten, so dass diese stehengelassen werden mussten, von unbeerdigten Toten, weil die Erde tiefgefroren und auch keine Zeit vorhanden war, von Krankheit, Schmerzen, Tränen. Von gefallenen Ehemännern und

Vätern, Kriegerwitwen, Kriegswaisen. Sie liegen auf dem Stroh, sehen Mädi mit großen Augen an, trinken dankbar ihre heiße Maggisuppe, die diese ihnen reicht. Rotekreuz-Schwestern, die Lehrerinnen und großen Schülerinnen haben viel zu tun, die kaputten, müden Menschen zu betreuen, aber sie arbeiten ruhig und freundlich Hand in Hand, trösten weinende Kinder, helfen den Erwachsenen, sich auf dem Stroh einzurichten und ein wenig zu entspannen, verteilen heißen Tee und Suppe. Langsam wird es ernst, die Fronten rücken näher. Es ist ein kühler, sonniger Tag, es ist Mittag und es ist Fliegeralarm. Mädi ist zu Hause, Paps nicht. Plötzlich kommt er die Treppe raufgekeucht. „Los, los, Neuruppin und der Flugplatz sollen bombardiert werden. Ich gehe nicht in den Keller, der schützt uns sowieso nicht. Und das Haus lasse ich mir auch nicht auf den Kopf fallen." Er ist ganz offensichtlich in Panik. Woher er bloß diese Information hat? Aber egal, Mädi klemmt sich rechts ihren Boy, den schwarzen Scotchterrier, unter den Arm, greift sich links den Kasten mit ihrem Alt-Saxophon und den kleineren mit ihrer Lieblings-Klarinette und rennt die Treppe runter, hinter Paps her über die Straße und auf den Parade-Platz, unter dessen zwei Baumreihen sogenannte „Splittergräben" im Zick-Zack ausgehoben worden sind, zum Schutz gegen Tiefflieger-Angriffe. Mädi fragt sich zwar, mit einem Blick in die unbelaubten Bäume über sich, wo dieser „Schutz" herkommen soll, aber die Erfahrung hat sie gelehrt, jetzt lieber den Mund zu halten. Die Erwachsenen haben immer Recht. Und dann passiert es. Es geht alles furchtbar schnell, eigentlich, aber vor Mädis Augen spult sich alles ab wie in Zeitlupe. Auf der gegenüberliegenden Platzseite, über den Dächern der Häuser, erscheint wie eine bösartige Hornisse ein Flugzeug. Es fliegt so tief, dass es bald die Dächer streift. Zusätzlich zum Brummen der Motoren hört Mädi noch ein anderes, sehr hässliches Geräusch: „tak, tak, tak", das Knattern des Maschinengewehrs. Kleine spritzende Sandhäufchen auf der Erde zeigen die Spur der Munition. Wie gebannt starrt

Mädi dem Flugzeug entgegen, das in schnellem Tempo auf sie zukommt und mit ihm die tödliche Spur im Sand. Es ist ein Engländer, mit dem runden Hoheitszeichen an der Seite, eine Spitfire, die voll tödlichem Hass auf sie zurast. „Kopf runter!", schreit Paps entsetzt und verzweifelt neben ihr. Er liegt der Länge nach auf dem Bauch im Dreck. Erschrocken zieht Mädi den Kopf ein, während die Munitionskapseln aus Metall ihr um die Ohren rieseln. Es hört sich an wie feine Weihnachtsglöckchen am Tannenbaum. Sie spürt die Wärme des kleinen Hundes unter ihrem Körper. Boy liegt mucksmäuschenstill und rührt sich nicht. Und das ist auch gut so, denn das Flugzeug ist über ihnen noch nicht weggerauscht, erscheint hinter den Dächern auf der andern Seite des Platzes schon eine zweite Maschine, die tödlichen Gewehrgarben auf die Drei im Splittergraben gerichtet. Als der Spuk vorbei ist, macht Mädi sich Luft. „Sind die denn total verrückt geworden? Mit zwei Flugzeugen auf drei Zivilisten und einen kleinen Hund loszugehen?" Ihr reicht's! Entschlossen marschiert sie zurück ins Haus und in die Wohnung. Schweigend folgen die Eltern. Niemand ist zu sehen. Neuruppin scheint ausgestorben zu sein. Es gab keinen Angriff mehr, weder auf die Stadt noch auf den Flugplatz.

Paps ist schwer krank, Paps darf nicht mehr arbeiten, er muss fest liegen. Paps hat Thrombose im linken Bein, durch die vielen Krampfadern. Das bedeutet, er ist in Lebensgefahr und darf sich nicht rühren. Auf dem Tisch liegt ein amtliches Schreiben: Paps ist zum Volkssturm eingezogen, er soll jetzt doch noch in den Krieg, mit ganz alten Männern und den Pimpfen, den 14- und 15jährigen HJ-Jungens. Es ist Ende März 1945 und Mädi 16 Jahre alt. Schlaksig und dünn ist sie, mit ellenlangen Beinen, dicken blonden Zöpfen und hellen grünen Augen, die alles um sie herum wachsam aufnehmen, und feinen Ohren. So weiß sie, dass Paps nicht nur durch seine

Krankheit in Lebensgefahr ist, sondern auch durch das amtliche Schreiben auf dem Tisch. Wenn er sich nicht pünktlich und bald dort meldet, wird man ihn holen. Aber nicht zum Kämpfen, sondern um ihn aufzuhängen, an einem Baum oder einem Laternenmast, die Feldgendarmerie oder die SS ist da nicht wählerisch. Und sie werden ihm ein Pappschild um den Hals hängen mit der Aufschrift: „Ich bin ein Feigling". Irgendetwas muss jetzt ganz schnell getan werden, um das Leben von Paps zu retten. Die Erwachsenen stecken die Köpfe zusammen. Der Gendarm aus Dabergotz kommt, aber er ist nicht nur ein Patient, sie sind mit der ganzen Familie befreundet. Mädi war zur Konfirmation seiner Tochter eingeladen, einem Mädchen in ihrem Alter, auch mit langen blonden Zöpfen. Mädi denkt nur noch mit ziemlich gemischten Gefühlen an diese Einsegnung. Man muss sich das einmal vorstellen: Eine lange Kaffeetafel mit Buttercremetorte, Obsttorte, Streußelkuchen, Schlagsahne, eben mit allem, was Mädi seit Jahren nicht mehr zu sehen, geschweige denn zu essen bekam. Vollbeladene Teller, von einem Tischende zum anderen, so dass sie mehr an eine Hochzeit als an eine Konfirmation denken musste. Und bedient wurde sie, von Polinnen, von in Polen gefangengenommenen Frauen, die nach Deutschland verschleppt und hier zwangsweise zur Arbeit im Haus und auf den Feldern des Gendarmen eingesetzt wurden. Mädi schmeckte der herrliche Kuchen nicht mehr, damals. Sie sah in junge Mädchengesichter mit niedergeschlagenen Augen, in denen der Hass aufglänzte, wurde sie doch einmal angesehen. Die Frau des Gendarmen saß am anderen Tischende und Mädi spürte Furcht. Die hübsche blonde Frau hatte Angst, obwohl sie versuchte, ruhig zu erscheinen. Eine seltsame lähmende Beklemmung herrschte im Raum, die Mutter, die Tochter, der kleine Sohn, Mädi, die polnischen Frauen um sie herum, die sie bedienten, sprachlos, stumm, ab und zu die Aufforderung: „Nimm doch noch ein Stückchen!" und Mädi stopfte, aber geschmeckt, nein, geschmeckt hatten ihr die herrlichen Kuchen nicht. Sie war froh, als sie sich aus diesem seltsamen Haushalt verabschieden konnte. Und draußen, im Flur aus roten Backsteinen und auf den Stufen vor dem Haus, erwartete sie noch ein Schock. Junge Männer, in schwarzer SS-Uniform standen dort herum und begutachteten sie sofort sehr interessiert. Ausgerechnet SS, dachte Mädi und machte, dass sie wegkam. Und nun kam dieser Gendarm und Mutsch bat Mädi, ihre Wäsche zusammenzupacken. Das war schnell getan, sie besaß im 6. Kriegsjahr nicht mehr viel. Die verbrannten hübschen Kleider konnten nicht wieder ersetzt werden. Und dann wurde es dunkel, die Nacht kam, und mit ihr der Gendarm auf dem Kutschsitz eines Kastenwagens, vor den ein Pferd gespannt war. Da Vater nicht laufen durfte, trugen sie ihn die Treppe hinunter und legten ihn vorsichtig in das Stroh, mit dem der Wagen gefüllt war. Vorsichtshalber deckten sie ihn wohl noch ganz und gar damit zu. Niemand durfte wissen, dass er, und wohin er aus der Stadt weggebracht wurde. Deshalb ging alles ganz schnell und heimlich im Dunkeln vor sich. Aufgehalten wurden sie von den vielen Musikinstrumenten, die alle mitgenommen werden mussten. Paps bestand darauf. Er wollte sich von keinem Stück trennen. Und so kam Mädi zurück in dieses Haus. Zurück zu der blonden Frau, dem jungen Mädchen, dem kleinen Bruder, dem Gendarmen, den Polinnen im Haus und den polnischen Kriegsgfangenen, die im Stall die Tiere versorgen mussten und den jungen SS-Leuten. Alle unter einem Dach. Und im Westen grummelte die Front: Dort kämpften die deutschen Soldaten gegen die Engländer. Und im Süden grummelte die Front: Dort kämpften die deutschen Soldaten gegen die Russen um Berlin. Und Paps lag wohlbehalten und gut gepflegt im Bett. Beschützt durch die SS im Haus und bedient von Mutsch und Mädi, versorgt mit gutem Essen durch die Polen. Auf diese Art wurde er langsam wieder gesund.

Es kommen und gehen seltsame Tage, Warte-Tage. Aber warten auf was? Dass die SS abzieht? Oder dass die Russen etwa kommen? Mit beidem verbindet Mädi eine so große Gefahr, dass sich ihre Bauchmuskeln zusammenziehen und ihr schlecht wird. Die Russen, eine wilde Soldateska! Furchtbare Gerüchte und entsetzliche Geschichten gehen unter den Dorfleuten herum. Von Mord und Vergewaltigung. Mädi sträuben sich die Nackenhaare. Und die SS im Haus? Mädi hat in Berlin genug über die SS gehört, über die Keller um die Ecke, wo die Juden und die „Politischen" unter schlimmsten Bedingungen gefangen gehalten werden. Aber diese Jungs hier? Sollen sie sie gegen die Russen beschützen? Mädi hockt mit ihnen auf den Treppenstufen vor dem Haus sund sie erzählen ihr von sich, wo sie herkommen und von ihrer großen Angst. Ja, sie beben vor Angst, denn sie haben, wie sie ihr zeigen, ihre blauen Stempel auf dem Unterarm, die sie als SS-Leute ausweisen. Es würde ihnen nichts nützen, sich Zivilkleider anzuziehen, andere Papiere zu besorgen, dieser Stempel, eingeritzt in die Haut, würde sie sofort als verhassten SS-Mann verraten. Verhasst von der deutschen Bevölkerung, verhasst von allen europäischen Nationen wegen der vielen Greueltaten hinter den Fronten, den Erschießungen von Juden und Zivilisten. Aber diese Jungs hier... Es geschieht Mädi, dass sie allmählich Mitleid mit ihnen bekommt. Sie sind nur ein paar Jahre älter als sie, 18-19 Jahre alt. Sie sagen ihr, dass sie nicht freiwillig in die SS gegangen sind, sie sind ohne ihre Einwilligung einfach dorthin eingezogen worden. Sie haben Heimweh und sie beten. Sie beten wirklich. Und immer das Gleiche. „Lieber Gott, bitte bitte, lass die Engländer vor den Russen kommen!" Und Mädi betet mit! Sie lungern herum, die Kinder, die Soldaten. Die andern versuchen, möglichst den Alltag, die Normalität des Alltags durch häusliche Tätigkeiten vorzutäuschen. Aber die Fronten grummeln in der Ferne, ununterbrochen, ununterbrochen. Im Süden die Russen, im Westen die Engländer, wie drohende Gewitterwolken am Horizont.

Aber Mädi hat auch zu tun. Sie ist sich der Gefahr nicht bewusst, in der sie sich befindet, wenn sie mit dem Fahrrad

loszieht, altmodische Ledertaschen rechts und links an der
Lenkstange. Sie fährt durch die märkische Vorfrühlings-
landschaft, als wäre es ein Ausflug, die Landstraßen unter den
knorrigen Obstbäumen entlang nach Neuruppin hinüber, in
die Wohnung, die immer noch unversehrt dasteht. Sie räumt
sorgfältig Vaters Medizinschrank aus und packt die Taschen
voll mit seinen Zangen, Spritzen, Scheren. Es heißt, Neuruppin
soll bis zum letzten Stein verteidigt werden und Paps möchte
soviel wie möglich von seinen Zahnarztinstrumenten retten. So
kommt es, dass Mädi mutterseelenallein den langen Weg,
Kilometer für Kilometer, zurückstrampelt, rechts und links an
der Lenkstange hängend die vollgepackten schweren Ledertaschen. Die Sonne scheint, es ist ein herrlicher Tag, alles ruhig
und friedlich. Auf beiden Seiten flache Felder bis an den
Horizont, eine liebliche Landschaft in zartem Vorfrühlingsgrün.
Doch, auf einmal, Mädi spitzt die Ohren. Vor ihr, direkt auf
sie zukommend, ein hämmerndes lautes Geräusch. Ach du
dickes Ei, denkt sie, eine Mähmaschine! Die hat mir gerade
noch gefehlt! Und schon sieht sie im Niedrigflug, fast die
Obstbäume mit den Flügeln streifend, ganz genau der Landstraße folgend, diese Mähmaschine, von den Dorfleuten so
genannt wegen des markanten Motorengeräusches. Ein russischer Tiefflieger! Ganz gemächlich, wie auf einem Sonntags-
ausflug, kommt er Mädi entgegen! Direkt auf sie zu, die
Maschinengewehre aus der durchsichtigen Plexiglashaube auf
sie gerichtet. Und dann rattert es auch schon los. „Tak, tak, tak,
tak", Staub wirbelt vor ihren Füßen hoch, wo die Einschüsse
reinkrachen. Stoppen, das Fahrrad hinschmeißen und mit
einem rasanten Kopfsprung im Straßengraben landen, das geht
ganz schnell und automatisch! Der Motor rattert weiter, als
Mädi vorsichtig den Kopf hebt. Langsam fliegt die Maschine,
primitiv gebaut, wie aus einem Kinderspielkasten, an ihr
vorbei. Und aus der durchsichtigen Kanzel blicken sie drei
Augenpaare unter engen braunen Lederkappen an, aufgerisse-
ne Münder und, sie lachen! Sie lachen schallend da drin, die

drei russischen Piloten! Sie lachen sie aus! In Mädi steigt wilder Zorn hoch. Diese Idioten! Schießen auf sie, um sie in den Straßengraben hechten zu sehen und um über sie lachen zu können. Denn ihr ist klar: Wenn sie hätte getötet werden sollen, sie hätte ein gutes Ziel abgegeben. Aber die Drei wollten nur ihren Spaß haben!

Die Sonne scheint, ein blasser Himmel wölbt sich über ihnen, aber es ist kalt, der Wind unangenehm und die grünen Äcker noch voller Frost. Ende April 1945, vor den letzten Häusern von Dabergotz, auf der Landstraße, haben sich viele Dorfbewohner eingefunden. Alarmiert durch vorbeieilende Nachbarn, liefen die Kinder und stehen nun fassungslos, geschockt und vor allem entsetzlich hilflos herum. Niemand wagt sich zu rühren, weiterzugehen, niemand zu reden oder zu rufen, geschweige denn helfend einzugreifen. Daran ist gar nicht zu denken! Obwohl es Menschen sind, viele Menschen, einige Hundert bestimmt, die dringend Hilfe benötigten! Mädi steht wie erstarrt, mit dem Gefühl, einem inszenierten Filmausschnitt zuzuschauen, einem Gefühl, das sie jedesmal überkommt bei der Erinnerung an diesen Alptraum, der eingebrannt ist in ihr Gedächtnis und ihr Gänsehaut verursacht, sobald sie nur daran denkt. Es ist ein Horror-Tripp, dem sie da zuschaut! Hunderte Menschen mit blauweiß-gestreiften dünnen Gefängnisanzügen auf der bloßen Haut, kahlgeschoren, zu Skeletten abgemagert, werden barfüßig über die gefrorenen Wiesen, quer über die Landstraße und auf der anderen Seite weitergetrieben über die Äcker, wie eine unübersehbare Herde Vieh. Und getrieben werden sie von Frauen. Die man eigentlich gar nicht als Frauen bezeichnen darf, sondern als Weiber! Feiste Weiber! Weiber mit dicken Bäuchen und strammen Schenkeln, ganz und gar in braune SA-Uniformen gekleidet, angefangen bei den hohen Mützen mit glänzendem Lack-Schirm, den glänzenden Lack-Koppel-Gürteln um die vorquellenden Taillen bis hin zu den braunen, glänzend polierten kniehohen Lackleder-Stiefeln,

in denen sie über die Äcker marschieren, rings um die armen
verhungerten und verlumpten Elendsgestalten der
KZ-Häftlinge verteilt, als Aufpasser und als Treiber. Denn das
Allerschlimmste von allem sind die dicken Elefantenpeitschen,
die diese Weiber mit beiden Fäusten festhalten müssen, weil sie
so schwer und lang sind, mit denen sie auf die Menschen in
den gestreiften Anzügen eindreschen, um sie voranzutreiben.
Und niemand wagt, dagegen aufzubegehren oder ein Wort
dazu zu äußern. Zu groß ist die Angst, selbst festgenommen
zu werden und in die Hände der SS oder der Gestapo zu
fallen und in eines der Konzentrationslager gebracht zu werden. Viel später erst wurde bekannt, dass dies nicht der einzige
Zug von KZ-Häftlingen war, der durch die Mark Brandenburg auf diese Art getrieben wurde. Aus dem Frauen-KZ-
Ravensbrück, aus Oranienburg usw. wurden die Häftlinge
getrieben. Der Plan war, sie auf diese Art bis zur Ostseeküste
zu bringen, dort auf Schiffe zu verladen und in der Ostsee
mitsamt den Schiffen zu versenken. Nur das schnelle Vordrin-
gen der Alliierten in West-Deutschland verhinderte diesen
Massenmord. Aber wo sind die dicken Weiber nach Kriegsen-
de geblieben? Wohin flüchteten sie? Sind sie jemals für ihr
schreckliches Tun zur Rechenschaft gezogen worden? Als Mädi
auf den Hof zurückkommt, erfährt sie, dass einer der
KZ-Häftlinge kraftlos liegen geblieben und in den Ziegenstall
zwischen die Tiere gebracht worden ist. Es war ein Pole. Er
soll dort auch bald gestorben sein.

Anfang Mai 1945 ist Mädi wieder unterwegs, auf ihrem
Fahrrad. Aber diesmal nicht allein, sondern Paps und den
Sohn von dem älteren Polizisten - auch auf Rädern - neben
sich. Und einem riesigen, mit Strohballen gefüllten und mit
Leinwand überdachten Planwagen hinter sich, auf dem
Mutsch mit den Frauen und Kindern, sämtlichem Gepäck,
Musikinstrumenten und vielen, vielen Lebensmitteln verstaut
worden ist. Die Pferde schnauben. Vier wurden vorgespannt,

braune, glänzende, starke Tiere. Mädi bewundert sie immer
wieder wegen ihrer Schönheit, Kraft und Intelligenz. Denn es
ist nicht leicht für den Dorfpolizisten, sie auf den schmalen
Landstraßen richtig zu lenken. Aber er hat alle Zügel fest im
Griff. Sie meiden die großen Autostraßen. Wegen der deutschen
Soldaten, die dort immer noch kämpfen und der vielen
Pferde-Trecks, die wie sie von Ost nach West flüchten, weg
von den Russen, hin zu den Engländern, immer gen Westen,
aber vor allem auch wegen der Tiefflieger, die nicht davor
zurückschrecken, die Wagen mit Frauen und Kindern immer
wieder aus der Luft mit ihren Maschinengewehren zu beschießen. Mit sechs Familien sind sie unterwegs. Es ging plötzlich
alles sehr schnell. Die Männer steckten die Köpfe zusammen,
die Frauen packten und packten, räumten die Vorratskammern
leer. Die Polen standen und schauten, als der Planwagen fix
und fertig gerüstet war und dann ging die große Karawane
auf und davon. Dabergotz blieb zurück. Mädi strampelt und
strampelt. Entsetzlich aufregend ist das alles! Angst empfindet
sie überhaupt nicht, auch keine Trauer. Nur eine große Abenteuerlust! Ja, das muss gesagt werden: Mädi genießt die ganze
Situation in vollen Zügen! Die wärmende Sonne auf ihrer
Haut, den hellen weiten Frühlingshimmel über sich (ohne
Flugzeuge), die Nähe all der anderen. Paps neben ihr passt auf
sie auf, sie fühlt sich ringsum beschützt und geborgen. Der
ältere Polizist besitzt noch eine alte klapprige Mofa und sogar
noch Benzin dafür! , mit der er voranfährt und den besten
Weg erkundet. So müssen die Europäer den wilden Westen in
Nord-Amerika erobert haben!
Der runde Kochtopf ist riesig! Er hängt an einem Gerüst aus
dicken Ästen, das von den Männern aufgebaut und zusam-
mengebunden wurde. Auf Feldsteinen prasselt darunter ein
munteres Feuer. Die Kinder hatten den Auftrag bekommen,
im nahen Wäldchen dünne, trockene Äste dafür zu sammeln
und hatten sich eifrig an die Arbeit gemacht. Es ist so befrei-
end, im warmen Sonnenschein durch das feuchte Gras der

großen Wiese zu laufen, die sie sich als Rastplatz ausgesucht haben und im Waldschatten unterzutauchen wie in einem frischen Bad. Wie das hier herrlich duftet! Und erst die dicke blaue Holunderbeersuppe mit Mehlklößen darin, von den Frauen liebevoll zusammengezaubert! Große dickbäuchige Glasflaschen mit eingemachten Beeren hatten sie vom Wagen geholt, Mädi hatte so etwas vorher noch nie gesehen. Es ist die einzige und köstlichste Fliederbeersuppe ihres ganzen Lebens, deren Genuss sie nie wieder vergessen soll. Und Hunger haben sie alle! Auch die ausgespannten Pferde. Sie denken gar nicht daran, wegzulaufen, sondern stürzen sich mit ihren Mäulern direkt in das frische dichte Gras. Und einen kleinen Bach mit klarem Wasser finden sie auch. Es ist einfach paradiesisch!

Nun liegt dieses kleine Paradies schon wieder einige Wegstunden hinter ihnen. Um sich herum sehen sie nichts als flaches Land, bis hin zum fernen Horizont. Sie wollen über Perleberg weiter in Richtung Mecklenburg zu den von den Engländern schon besetzten deutschen Gebieten, um nicht den russischen Soldaten ausgeliefert zu sein. Kein anderer Treck benutzt diese kleine Landstraße, kein Mensch begegnet ihnen, kein Flugzeug brummt irgendwo herum, kein Laut von den nahen Kämpfen, kein Grummeln der Geschütze beunruhigt sie. Bis, ja, bis die Pferde mit einem harten Ruck der Zügel und einem lauten Zuruf ihres Kutschers gestoppt werden. Und dann sehen sie es.... Der ganze Horizont in Richtung ihrer kleinen Landstraße steht in hellen Flammen! Bis hoch in den Himmel lodern und flackern sie in grellem Rot und Gelb, ein faszinierender An-blick! Perleberg brennt! Und das bedeutet, sie können hier nicht weiter! Sie müssen umkehren! Sich einen anderen Weg suchen! Das bedeutet, sie müssen auf einer der großen Über-landstraßen versuchen, in Richtung Westen zu flüchten. Es bedeutet, sie müssen sich den endlosen Flüchtlingskarawanen, den anderen Trecks anschließen. Es bedeutet, nicht mehr voranzukommen, es bedeutet, direkt in die Kämpfe reinzu-fahren, es bedeutet Lebensgefahr für alle. Den Erwachsenen ist das vollkommen klar.. während Mädi und die Kinder (noch!) ahnungslos bleiben. Sie beobachten interessiert, wie alle Pferde ausgespannt werden, die Insassen des Wagens aussteigen müssen und dann alle zusammen mit angespannten Kräften das schwere Gefährt umdrehen müssen. Die Pferde werden wieder eingespannt, in Trab gebracht und dann lassen sie das hellauf brennende Perleberg hinter sich am Horizont. Sie müssen zurück! Schweigend und bedrückt steigt Mädi auf ihr Rad. Ihr schwant, dass hiermit der gemütliche und angenehm aufregende Teil ihrer Flucht zu Ende gegangen ist. Stunden sind sie jetzt schon unterwegs. Vorwärts, vorwärts, weiter, weiter! Die Straße ist frei, vor ihnen, hinter ihnen, endlos, scheint es Mädi. Ein blauasphaltiertes Band, unter ihren Pneus hinweghuschend. Sie strampelt und strampelt, Paps strampelt und strampelt neben ihr. Ein Glück, dass er wieder gesund ist! Die Pferdehufe klappern, schnell, schnell, weiter! Die Frauen und Kinder auf dem Wagen sind schon lange ganz still geworden. Die Mofa knattert vorneweg, während der Junge sich abmüht, seinem Vater mit dem Rad zu folgen. Weiter, weiter. Schnell, schnell. Neben ihnen nichts als undurchdringlicher Wald, dicht an dicht die Bäume, stundenlang. Unheimlich irgendwie, denn außer ihnen allen ist hier niemand unterwegs. Plötzlich ein seltsamer Geruch, süßlich, unangenehm, fremd. Mädi ist es gar nicht wohl in ihrer Haut. Und als einer der Männer plötzlich laut behauptet: „Hier ist kürzlich erst ge-kämpft worden, hier liegen Tote!", läuft ihr ein eisiges Frösteln über den Rücken. Wo ist die englische Front? Vor ihnen? Wo rollen die russischen Panzer? Hinter ihnen? Weiter, weiter, treten, die Pedale treten, auch wenn die Muskeln schon lange eklig wehtun. Weiter! Und bloß nicht nachdenken! Bloß nicht darüber nachdenken, dass sie sich jetzt direkt zwischen den Engländern und Russen im Kampfgebiet befinden. Weiter, treten! Sie müssen zu den Engländern! Sie müssen es einfach schaffen! Und dann ... ! Links von ihnen kracht es pfeifend zwischen die Bäume, der Einschuss einer Panzerkanone.

Niemand braucht es zu erklären, die Russen sind mit ihren Panzern hinter ihnen und beschießen rechts und links den Wald. Bumm Krach! links, bumm Krach! rechts. Später weiß Mädi nicht mehr, wie lange sie brauchten, um aus dem Wald und dem Beschuss herauszukommen.

Sie stehen zu Dritt in der Scheune eines großen Bauernhofes, Paps, Mutsch und Mädi. Wo die andern sich aufhalten, der Wagen mit den Pferden abgeblieben ist, weiß Mädi nicht. Es ist ihr auch vollkommen egal! Sie ist total außer sich und wütend! Sie schreit Paps an: „Wir müssen weiter! Wir dürfen hier nicht bleiben!" Es geht darum, daß sie alle hier übernachten sollen. Die Scheune ist riesig, mit mehreren Trockenböden bis unter das hohe gewölbte Dach. Überall liegen dicke, duftende Heuballen und laden zum Ausruhen und Schlafen ein. Zum Entsetzen von Mädi hat Mutsch schon angefangen, aus den mitgebrachten Decken Schlafplätze herzurichten. Mädi ist todmüde, die Beine tun ihr weh, nein, alles tut ihr weh, ihr Magen knurrt vor Hunger, gleich sollen alle etwas zu essen bekommen. Aber nein, Mädi will nichts essen, will nicht schlafen. Weiter will sie, nichts als weiter!

Sie steht vor Paps, lang aufgeschossen, schmal wie ein Stecken, im schmutzigen Trainingsanzug, ihre dünnen blauen Stoffschuhe mit den schweren Holzsohlen an den Füßen, die dicken blonden Zöpfe reichen ihr bis an den Po, ihre hellen Augen sprühen Paps zornig an, nein, das „echte deutsche Mädchen" hat nicht die geringste Lust, den russischen Soldaten in die Hände zu fallen! Paps ist erschöpft. Die Verantwortung für seine beiden „Weiber", das Radfahren, die Angst vor der unbekannten Zukunft, alles das schlägt ihm jetzt über dem Kopf zusammen. Er möchte essen, er möchte schlafen, nicht mehr nachdenken müssen, er möchte ganz einfach endlich mal wieder seine Ruhe haben! Und da steht Mädi vor ihm, mit ihrer Forderung zum Weiterfahren! Genauso wütend wie sie, sagt er mühsam: „Die Pferde können nicht mehr. Sie müssen sich ausruhen, sonst brechen sie uns zusammen." Und Mädi,

die Pferdenärrin, schreit los: „Dann lass sie doch zusammenbrechen! Die Hauptsache ist, dass die Russen uns nicht einholen!"
Und da tut Paps etwas, was er noch nie getan hat, er holt aus und gibt ihr eine schallende Ohrfeige! Diese wirkt so stark, dass Mädi fast ihr Gleichgewicht verliert und einige Schritte zur Seite taumelt. Dann starrt sie ihrem Vater nach, der wortlos die Scheune verlässt.

Und sie hat doch Recht behalten! Mädi steht mitten auf der Straße. Benommen, nichts begreifend und doch ganz klar registrierend, was um sie herum geschieht. Vor ihnen Trecks bis in die kleine Stadt Grabow in Mecklenburg hinein. Vollgestopft, alles. Mit Fuhrwerken, Menschen, Pferden. Nichts geht mehr! Dazwischen riesige Panzer, die Rohre gen Osten, also in ihre Richtung gereckt. Aber kein Schuss fällt mehr. Der Krieg ist aus. Eine Holzbrücke führt über einen Bach in den kleinen Ort. Das niedrige Wasser bildet jetzt die Grenze zwischen Ost und West, Russen und Engländern. Und diese Grenze überqueren nun wirklich in letzter Sekunde viele deutsche Soldaten, indem sie sich in den Bach stürzen und ihn so schnell wie möglich durchwaten, ans andere rettende Ufer, wo die Engländer schon alles besetzt haben. Um Mädi herum stehen alle von ihrem Treck, sie sind heruntergeklettert, Endstation! Sie haben es nicht geschafft, noch zu den Engländern durchzukommen. Sehnsüchtig und ratlos schaut Mädi hinüber zur Stadt, über die ein großer Hubschrauber unentwegt seine Kreise zieht. Eine riesige britische Flagge, an seine Kufen gebunden, flattert unter ihm im blauen Himmel. Er zeigt damit an, dass die Stadt Grabow schon von den Engländern eingenommen wurde, damit die russischen Kampfgenossen nicht noch ihre englischen Freunde beschießen, denn neben dem Treck von Mädi ragt wie ein riesiger Turm ein russischer T 34 auf. Er hat sie eingeholt. Jetzt gibt es kein Entrinnen mehr! Und dann kommt alles so, wie sie es befürchtet hat: Plötzlich öffnet sich die Luke des Panzers, ein grinsendes braunes Mongolengesicht mit Schlitzaugen unter einer enganliegenden braunen Lederkappe schaut auf sie herab und dann wimmelt es von russischen Panzersoldaten. Sie stürmen den Planwagen, wühlen alles durch und nehmen an sich, was ihnen gefällt. Mädi steht wie angewurzelt. Niemand wagt einzugreifen, sich auf die Plünderer zu stürzen. Anwohner aus den Häusern in der Nähe laufen schnell wieder hinein und verriegeln ihre Haustüren. Aber manche schaffen es nicht mehr, die russischen Soldaten sind schneller. Sie stürmen die Häuser und suchen nach Lebensmitteln, Schmuck und anderen Wertsachen, vor allem Uhren. Mädi sieht, dass manche Russen an ihren Handgelenken zahlreiche Armbanduhren tragen. Auch Paps muss dran glauben und zähneknirschend seine eigene hergeben.

Tierställe werden geplündert, Mädi hört die Todesschreie von Hühnern und Gänsen. Eingebrannt hat sich in Mädis Seele folgende Szene: Auf dem großen T 34 sitzt ein russischer Panzersoldat, das schöne kostbare Akkordeon von Mutsch auf den Knien. Selig lächelnd zieht er es auf und zu. Dass er dem Instrument entsetzliche Töne entlockt, weil er gar nicht spielen kann, stört ihn nicht. Das Akkordeon ist verloren, sie sehen es nie wieder. Und eine andere Szene wird Mädi nie vergessen: Englische und russische Soldaten, die mit geöffneten Armen aufeinander zulaufen, laut jubelnd und Urrä, Urrä! rufend. Sie fallen sich lachend in die Arme, drücken sich, klopfen sich strahlend auf die Schultern. Der Krieg ist aus, zu Ende! Dieser mörderische Krieg, der in den letzten Jahren vielen Millionen Menschen den Tod brachte. Sie leben noch! Sie haben alles überlebt! Sie haben gemeinsam den Feind besiegt! Nazi-Deutschland gibt es nicht mehr! Die Faschisten sind tot oder geflohen und das deutsche Volk hat keine Macht mehr. Jetzt haben sie, die Sieger, das Sagen und die Macht! Wieder und wieder fallen sie sich lachend und jubelnd in die Arme. Mädi steht daneben und schaut zu, mit sehr gemischten Gefühlen. Ja, der Krieg ist zu Ende. Aber, was nun?

Und dann geht erst einmal alles sehr schnell. Plötzlich liegen Lotti und Mädi ganz unten im Wagen, die Männer wurden aktiv. Denn um sie herum aus Häusern, Gärten und anderen Trecks fangen Frauen an zu schreien. Die russischen Soldaten befolgen den Befehl, den Stalin angeblich seinen Soldaten gegeben haben soll. Sie sind noch keine halbe Stunde hier angekommen und suchen sich schon die deutschen Frauen, um sie zu vergewaltigen. Mädi und Lotti sind 16 und 15 Jahre alt, hübsch und schlank. Beiden gehen die dicken blonden Zöpfe bis an den Po. Damit sind sie besonders begehrt und gefährdet. Betend und leise jammernd liegen sie nebeneinander unter Heusäcken, Decken und dem ganzen durchwühlten Gepäck, ein wildes Durcheinander, oben drauf ihre Mütter und die Kinder und sie hören diese Schreie, die sie nie in ihrem Leben wieder aus ihrem Kopf verlieren sollen. Der Krieg ist aus! Es wird nicht mehr geschossen, jedenfalls nicht offiziell. Es gibt aber noch viele Opfer von Hass und Gewalt, von Rache und Habgier. Der Faschismus ist erst einmal besiegt, Adolf Hitler und Goebbels tot. Aber es kommt ein neues System unter Stalin, genauso menschenfeindlich, unerbittlich, total. Und nun wird alles, was vorher in Deutschland braun war, rot. Der Kommunismus hält seinen Einzug. Aber das ist schon wieder eine andere Geschichte...

Ende